U0501143

三岛 由纪夫

春雪

〔日〕三岛由纪夫 著

陈德文 译

三岛由纪夫

春<ruby>はる</ruby>の雪<ruby>ゆき</ruby>

北京联合出版公司
Beijing United Publishing Co.,Ltd.

雅众文化　出品

一

　　松枝清显在学校里听人谈起日俄战争，问他最亲密的朋友本多繁邦，还记不记得当时的详细情景。可是，繁邦也大都模糊了，只是朦胧地记得当时被带到门口去看提灯游行。清显以为那场战争结束那年，两个人都已经十一岁了，按理也该记得更清楚些。尽管同学们谈起当时的情景来个个扬扬自得，但大都是从大人们那里贩卖来的，为自己的一知半解装点装点门面而已。

　　松枝家族中，清显有两个叔叔在那场战争中战死了。如今，祖母依然作为两个儿子的遗属继续领取抚恤金。她不把这笔钱花掉，而是搁在神龛上了。

　　或许是这个原因，家中日俄战争的影集里给清显留下最深印象的，就是明治三十七年[1]六月二十六日题为《凭吊得利寺附近战死者》的一张照片。

深褐色的油墨印制的照片，和其他杂乱的战争照片迥然不同。奇妙的绘画式的构图，数千名士兵，不论怎么看，都像画中人物一般配置得十分得当，整个画面的效果都集中于中央一根高高的白色墓标。

远景是一带模糊的倾斜的山峦，左首展开宽阔的山裙，并徐徐隆起；右首的远方是稀稀落落的小树林，消失在黄尘的地平线上。代替山峦渐渐向右首升起的树林之间，透露着灰黄的天空。

前景中有六棵高大的树木参天而立，以适当的间隔各自保持着平衡。树的种类不清楚，但枝干亭亭，梢头的一簇簇树叶在狂风里悲壮地飘扬着。

广阔的原野远处放射着微光，近处的荒草随风披拂。

画面的正中央有一个插着白木墓标和飘卷着白布的小小祭坛，可以看见上面放置的鲜花。

其余都是士兵，有几千名士兵。前景中的士兵一律背向着这边，军帽上挂着一块白布，肩上斜斜地襻着武装带。他们都没有排成整齐的队列，而是这里一团，那里一堆，低垂着脑

---

1 1868 年为明治元年。明治天皇在位期间（1868.9.8—1912.7.3），史称明治时代。

袋。只有左角前景中的几个士兵，宛如文艺复兴绘画中的人物一般，用半个黑暗的脸孔冲着这边。左首深处，原野的尽头无数士兵分布成巨大的半圆，人数众多，自然认不出谁是谁来，远远地麇集在树林之间。

无论是近景的士兵还是远景的士兵，都映现着奇妙的微光，绑腿和长靴的轮廓闪闪发亮，俯伏的颈项和肩膀的线条也亮晶晶的。整个画面也因此而充满了无法形容的沉郁的气氛。

所有的人都向着中央小小的白色祭坛、鲜花和墓标献上自己一颗波浪般涌过来的心灵。漫山遍野的庞大集团的一种言之无尽的悲思，犹如一个沉重的巨大铁环向中央徐徐收缩……

正因为是一张深褐色的老照片，它所酿造出的悲哀是无边无际的。

清显十八岁。

他的一颗纤细的心灵沉浸于悲惋的忧思之中，然而，可以说养育他的家庭并未对他的这种性格起到过任何影响。

他家位于涩谷高台，宅第宽阔，家庭中很难再找到一个和他心灵相通的人。因为是武家，他的侯爵父亲耻于幕末卑贱的武士门第，将亲儿子清显从小就送给公卿家做了养子，否则清显也不会成为有着这副性格的青年。

4

松枝侯爵府邸占据涩谷郊外一片广大的区域,十四万坪[1]的地面上千庑万室,比屋连甍。

主楼是日本式建筑,庭院一角有一座英国人设计的壮丽的洋馆。这种穿着鞋子可以登堂入室的宅第,只有大山[2]元帅等四个家族拥有,松枝府邸是其中之一。

庭院中心是以红叶山为背景的广阔的湖面。湖里可以划船游玩,中央有湖心岛,浮萍花开,还可以采摘莼菜。主楼大厅面临这片湖水,洋馆的宴会厅也面临这片湖水。

湖岸和岛上各处张挂着二百盏灯笼。湖心岛上站立着三只铁鹤,一只垂首顾盼,两只仰天长啸。

红叶山顶有瀑布,重重水流围绕山腹流淌下来,钻过石桥,注入佐渡红岩[3]背后的水潭,而后汇入湖水,到了一定时节,浸润着菖蒲的根,绽放出美丽的花朵。湖里可以钓鲤鱼,冬天钓鲫鱼。侯爵一年允许小学生到这里来远足两次。

清显小时候受用人们欺骗,很害怕鳖鱼。那是祖父生病的时候,有人送来一百只鳖鱼,说是给他滋补身子。这些鳖鱼放入湖里养殖。用人们吓唬清显说,手指头要是给鳖鱼吸住,就别想再拔出来。

---

1 坪,土地面积单位,一坪约合 3.306 平方米。
2 大山岩(1842—1916),萨摩藩士,陆军大元帅。中日甲午战争时任第二军司令官,日俄战争时期任满洲军总司令官,其后为元老、内大臣。
3 佐渡红岩,新潟县佐渡岛出产的岩石。

府邸里有几座茶室，也有很大的台球房。

正房后面有祖父种植的扁柏林，那一带地方可以挖到好多野山药。林间的小路一条连接着后门，一条通向平缓的山冈。那里是一片宽广的草坪，坐落着一栋家里人称作"神宫"的祠堂，里边供奉着祖父和两个叔叔的牌位。石阶、石灯笼和石牌坊，造型都按一定的规矩。然而石阶下边左右本该放置石狮子的地方，却摆着一对日俄战争时涂着白漆的炮弹。

比祠堂稍低的地方供奉着五谷神，前面有一座繁茂的藤架。

祖父的忌日是五月末，全家人集中在这里进行祭奠，正是藤花盛开的时候，女人们都挤到藤架下面躲避阳光。藤花的紫色，一旦罩在她们比平时更加着意修饰的粉脸上，宛若沉落着优雅的死影。

女人们……

实际上，这座宅第住着无数女人。

首先应该提到的当然是祖母。祖母住在离主楼稍远的一个供她养老的宅子里，使唤着八个婢女。按照家里的规矩，不论是雨日或晴天，母亲早上一俟穿戴齐整，就带着两个用人去给祖母请安。每次到了那里，祖母总是对母亲的打扮上下打量一番。

"那种发型对于你不合适，明天再梳个时兴的瞧瞧，保准会更好看些。"

她眯细着慈爱的眼睛说。第二天，梳个时髦的发型给她看，她又说：

"都志子呀，怎么看都像个古典美人儿，这种时髦发型不太合乎你。明天还是梳成个元宝髻为好。"

因此，在清显的记忆中，母亲的发型总是变来变去。

理发师傅领着徒弟经常在这座府邸里出出进进，主子们不用说了，四十多个奴婢的头发也要由他们打理。这位理发师傅只有一次对男人的头发表示过关心，那是清显在学习院读中等科的时候，那年他要到宫中新年贺年会上担当"捧裾"。

"虽说在学堂里剃和尚头，可今天要穿大礼服的，总不能剃得精光啊！"

"可长长了要挨骂的呀。"

"没关系，我略微给打扮一番，反正要戴帽子的，一旦摘掉帽子，保您比其他少爷格外光鲜。"

话虽说得好听，十三岁的清显剃过头，看起来青青的发根，显得凉飕飕的。梳齿儿刮得头皮生疼，发油渗进皮肤里，不论他吹嘘本事有多大，对着镜子照一照，脑袋并不显得有多么好看。

然而，在贺年宴会上，清显却很难得地获得了美少年的称誉。

明治大帝曾经有一次临幸这座府邸。当时为了迎接圣驾，在庭院里举行相扑比赛，供圣上御览。以大银杏树为中心张起了帷幕，陛下从洋馆二楼的露台上观赏角斗。清显对理发师傅谈起当年承蒙圣上接见，圣上还抚摸了他的头，直到那年新年入宫捧裾，其间已经四年过去了，想必陛下还记得自己的模样儿吧。

"是的，是的，少爷的头是承蒙天子抚摸过的头啊！"

理发师傅说罢便从榻榻米上后退几步，虔诚地对着清显尚带着几分稚气的后脑勺，拊掌拜了一拜。

捧裾的少年身穿及膝的短裤，上衣是一色的纯蓝天鹅绒，胸前左右四对白色大绒球。左右袖口和裤子也缀着同样蓬松的白色绒球。腰间佩剑，白袜子外面套着黑漆锁扣式皮靴。镶着白色花边的宽大领饰，中央系着白绢领带。插着大羽毛的拿破仑帽子，用缎带坠在脊背后头。从华族[1]子弟中挑选二十名成绩优秀者，新年三天之内，轮流四人为皇后捧裾，两人为妃殿下捧裾。清显为皇后捧裾一次，为春日宫妃殿下捧裾一次。

轮到为皇后捧裾时，清显随着皇后沿着舍人们点燃麝香的走廊，恭恭敬敬来到谒见厅里，侍立于被谒见的皇后背后，直到贺宴开始。

1　华族，1869 年于皇族之下和士族之上设置的族称。开始仅限于称呼旧公卿和大名的家系身份(旧华族)，1884 年，根据华族令对维新功臣(亦适用于实业家)分别授予公、侯、伯、子、男爵位，并伴有特权身份(新华族)。1947 年废止。

皇后气度高雅，聪明伶俐，无与伦比，可是此时上了年纪，已经近六十岁了。与皇后相比，春日宫妃三十光景，品貌双全，体态丰盈，宛如一朵鲜花，辗然盛开。

至今，浮现在清显眼里的，不是诸事都喜欢朴素的皇后的裙裾，而是妃殿下那飘舞着黑色斑纹的大幅毛皮周围，镶嵌着无数珍珠的裙裾。皇后的裙裾有四个把手，妃殿下的裙裾有两个把手，清显等侍童们经过多次反复的练习，握着把手走路并不感到困难。

妃殿下的头发漆黑，云髻盘鸦，光洁莹润，垂下的几根发丝，次第同丰腴、雪白的颈项融合一体，一直飘散于穿着袒胸礼服的浑圆的香肩之上。她端正姿势，径直果断前行，玉体轻摇，那动作虽然没有传到裙裾上来，但在清显眼里，那似扇形展开的香气馥郁的白色，随着音乐的旋律，宛若山巅的残雪，于飘忽不定的云影里时隐时现，或浮或沉。此时，他有生第一次发现那令人目眩的女性美的优雅的核心。

春日宫妃的衣裙上洒了大量法国香水，浓郁的馨香压倒了陈旧的麝香味儿。清显走在廊下，半道上打了个趔趄，一瞬间，裙裾向一边强拉了一下。妃殿下微微倾过头来，朝着失态的少年亲切地一笑，丝毫没有嗔怪的意思。

妃殿下并非明显地回头观望，她依然亭亭玉立，只是稍许侧过脸来，掠过一丝微笑而已。这当儿，几丝鬓发轻轻飘过直立的雪白的面颊，细长的眼角里黝黑的眸子，倏忽点亮一星火焰般的微笑，端正的鼻官无意中显得清净而又挺秀……妃殿下一瞬间的侧影，犹如微微倾斜的某种清净的结晶的断面，玲珑剔透，又像刹那间一闪即逝的彩虹。

再说父亲松枝侯爵，在这个贺宴上亲眼看见自己的儿子身穿华美的礼服，一副光艳动人的样子，想起长年的梦想终于实现了，心中充满无限喜悦。由此，他感到不管自己有多么高的身份，曾经在自家恭迎圣驾光临，但只有这时才彻底治愈了占据他整个心胸的似乎是赝物的感觉。他从亲儿子身上看到了宫廷和新华族真正的亲密交往的形式，以及公卿和武士最终的结合。

侯爵在贺宴上，从人们对儿子的交口称赞中，起初感到喜悦，最后觉得不安。十三岁的清显长得太漂亮了。比起其他侍童，不论如何舍弃偏爱的目光，清显的美丽都是格外出众的。他的白嫩的面庞兴奋地透着几分红晕，眉清目秀，充满稚气的眼睛睁得大大的，忽闪着长长的睫毛，放射着明丽的黑黝黝的光亮。

受到众人言语的触发，侯爵从亲儿子的过分美艳之中，反而清醒地觉察出一种虚无缥缈的美貌。侯爵的心里产生了不安的征兆。但是，他又是个极乐观的人，这种不安只限于当时那种场合，过后又从心里洗涤尽净了。

其实，这种不安倒是沉淀在饭沼的心底里了，自打清显捧裙那年的前一年，十七岁的饭沼就住进这座府邸里了。

饭沼作为清显的学仆[1]，受鹿儿岛乡间中学的推荐，以学业优秀、体魄健全之名誉，被送到松枝家里来。松枝侯爵的先祖，在当地被看作豪宅之神，饭沼只是透过家庭和学校传闻的这位先祖的面影，想象着侯爵家的生活情景。但是，来到这里一年，侯爵家的奢侈已经推翻了他脑里的影像，伤害了这位朴素少年的心灵。

对于其他的事情，他尽可以闭起眼睛，但对于唯一托付给自己的清显，他却不能这样做。清显的美貌、怯懦，以及对事物的感受方法、思维方式、志趣和爱好，这一切都不能使饭沼满意。侯爵夫妻的教育态度，也是出人意表的。

"俺即使当了侯爵，俺的儿子也绝不会照这样培养。侯爵对于先祖的遗训是怎么想的呢？"

侯爵只是对于先祖的祭典十分认真，但平时很少言及先祖。饭沼时常梦想着，要是侯爵能够多少谈谈先祖的往事，表述自己对于先祖美好的追慕之情，那该多好。然而，一年过去，他的希望也落空了。

清显完成捧裙的任务回到家中，当晚，侯爵夫妇举行家宴庆祝。十三岁的少年竟然也被半真半假地灌了酒，喝红了脸孔。到了睡觉的时候，饭沼扶着他急急送到寝室。

1　学仆，寄居于别家，一边帮佣一边学习的青年。

　少年的身子埋在缎子被里，头靠在枕头上，直吐热气。从短短的发际到绯红的耳畔一带，皮肤特别薄嫩，似乎可以窥视内部脆弱的玻璃体组织，浮现着一道道鲜明的青筋。嘴唇薄暗而红润，从那里吐出的气息，听起来犹如一位不识苦恼之严酷的少年，偏偏又在戏说苦恼的歌声。

　修长的睫毛，不住闪动的细薄的水栖类的眼睑……饭沼瞧着这张面孔，他深知这位今晚完成光荣任务的盛气凌人的少年，是不可指望他会有什么感激和忠诚的誓言的。

　清显睁大眼睛望着天棚，眼眶润湿了。一旦被这双润湿的眼睛所凝视，一切都会违反饭沼的意愿。尽管如此，他还是只能相信自己的忠实。清显似乎感到热，他正要把赤裸的光洁而红润的臂膀枕在脑后，饭沼立即为他向上拉一拉睡衣的领子，说道：

　"要感冒的，快些睡吧。"

　"我说饭沼，今天我做错了件事。实说了吧，你可不能告诉我的父亲和母亲啊。"

　"什么事？"

　"我今天捧着皇妃殿下的裙裾走路的时候，不小心打个趔趄，妃殿下微笑着原谅了我。"

　饭沼对于他的轻薄的话语，对于他的不负责任，还有那湿润的眼睛里浮现的恍惚的神色，一概表示憎恶。

二

　　就这样，清显长到十八岁，渐渐想脱离自己的环境而孤立出去，他有这种想法也是理所当然的。

　　这种孤立不光游离于家庭之外。将学习院[1]院长乃木[2]将军那种殉死作为崇高的事件向学生头脑里灌输，将军假如是病死就不会那样大张旗鼓宣传一番吧？这种教育传统越来越变得强加于人。因此，一向讨厌以势压人的清显，正因为学校里弥漫着素朴、刚健的空气，十分厌恶起学校来了。

1　学习院，1847年创立于京都培养公卿子弟的私立学校。1877年，为吸收皇族和华族，迁移至东京。1884年始为官内省（管理皇宫事务的机关）管辖。1947年同女子学习院合并，遂对社会开放。1949年，成立学习院大学。

2　乃木希典（1849—1912），军人，陆军大将。日俄战争中任第三军司令官，攻陷旅顺。曾任学习院院长。明治天皇驾崩，夫妇为之殉死。

论朋友，他只和同班的本多繁邦关系亲密。当然，愿意同清显做朋友的很多，但他不喜欢同龄人的年轻、鄙俗，高唱院歌时有意回避那种郁郁不振和浅薄的感伤情绪。在这种年龄段之中，很少有人像本多那般沉静、蕴藉而富于理智，清显被他的这种性格吸引住了。

尽管如此，本多和清显无论在外表还是气质上，也并非十分相似。

本多的相貌较之他的年龄显得老成些，五官很平常，看起来有些装模作样。他虽然对法律学感兴趣，但平时只把敏锐的、一针见血的观察能力藏在心里，不肯轻易示人。而且，从表面上看，他没有丝毫官能上的魅力，然而给人的感觉是：他的内心深处正有一团烈火熊熊燃烧，似乎可以听到木柴毕毕剥剥爆出火花的声响。每当本多略显峻厉地眯细着近视的双眼、蹙起眉头、平时紧闭的嘴唇微微开启的时候，从这种表情里就能窥知他的内心。

抑或清显和本多本是同根生的植物，各自长出了完全不同的花和叶。清显毫无防备地暴露着自己的资质，一副易于受伤的裸体含蕴着尚未足以左右本人行动动机的官能，宛若一只沐浴着初春雨水的小狗，眼睛和鼻子都沾满淋漓的水滴。同他相反，本多打从人生的第一步起，就觉察到世情险恶，他选择这样一条道路：将身子团缩于屋檐下，以便躲避过分明亮的雨水。

但是，他们两个的确又是世上最亲密的朋友。在学校里每天见面还嫌不够，星期天总是整日待在一方的家里。不用说，清显的家宽大、轩敞，是个理想的消闲场所，本多来的次数自然多一些。

大正元年[1]十月，一个红叶初染的星期日，本多到清显的屋子来玩，提议要去湖里划船。

往年，这时正是前来观赏红叶的客人渐渐增多的季节。今年夏天由于国丧，松枝家有意节制豪奢的交际，所以庭园里总显得空落落的。

"那只小船可以乘坐三个人，我们坐上去，可以叫饭沼划桨。"

"有什么必要请别人代劳呢？我可以划呀。"

本多说着，随之想起那个眼神悒郁、紧绷着面孔的青年来，刚才饭沼不顾从不要人引路的本多，执拗地郑重其事地陪伴着，从大门口一直走到这座房子。

"本多，你很讨厌他吧？"

清显含着微笑说。

"谈不上什么讨厌，只是总也摸不透他的脾性。"

"那小子在这里待了六年了，对我来说，他的存在就像一

1　1912 年为大正元年。大正天皇在位期间（1912.7.30—1926.12.25），史称大正时代。

15

团空气。我觉得，他和我也不是情投意合。不过，他对我富有献身精神，忠心耿耿，勤勉用功，老实可靠。"

清显的屋子位于主楼附近一座楼房的二楼之上。本来是和式房间[1]，铺上地毯和西洋家具，就变成洋式了。本多坐在凸窗一侧，扭过身子，眺望红叶山、湖水和湖里的小岛。午后和煦的阳光照耀着湖水，小船就停泊在眼下的小水湾里。

本多又回头窥视一下朋友有些倦怠的风情。清显无论做什么都不抢在头里，一副无动于衷的样子，正因为如此，才会勾起不绝的兴致。故而，万事都由本多首倡，然后他再拖着清显共同行动。

"看到小船了吗？"

清显问。

"嗯，看到了。"

本多怪讶地转过头来……

当时，清显想说些什么呢？

倘若硬要加以说明，那么他或许会说对任何事情都不感兴趣。

清显早已感到自己是有毒的小小棘刺，扎进了家庭这根粗

1　和式房间，日本传统风格的房间，设有障子门、榻榻米（草席）、隔扇和壁龛等。

壮的指头。论起这个，也是因为他学会优雅的缘故。五十年前，一个朴素、刚健、贫穷地方上的武士之家，在很短时期内就壮大起来，随着清显的成长，开始给这个家族悄悄带来一些优雅。但是，他的家庭和本能地对优雅具有免疫能力的公卿贵胄之家不同，清显很快感到将要迅速开始没落的征兆，就像蚂蚁预知洪水一样。

他是一根优雅的棘刺。而且，他清楚地知道，自己一颗忌讳粗杂、喜欢洗练的心，实际是徒劳的，犹如一株无根水草。他想蛀蚀，却蛀蚀不了；他想侵犯，也侵犯不得。这位美少年认为，他的毒刺对于全家来说固然有毒，但全然是无益之毒，这种无益可以说就是自己出生的意义。

他感到自己存在的理由是一种精妙的毒素，是同十八岁的倨傲紧密结合在一起的。他决心毕生不玷污自己美丽、白净的双手，不让它磨出一个水泡来。他像一面旗帜，只为风而生存。对于自己来说，唯一的真实就是单单为着一种"感情"而活着，这种"感情"漫无边际、毫无意义、死而复生、时衰时荣，既无方向又无归结……

所以，眼下他对任何事情都不感兴趣。小船？那是父亲从外国进口的小船，外形潇洒，涂着蓝白两色的油漆。对于父亲来说，那是文化，文化就是有形的物质。

对于自己来说，那又是什么呢？不就是一只船吗？……

本多到底是本多，这时候，凭着他天生的直感，他很理解清显为何突然陷入沉默。他虽然和清显同年，但他已是青年，是一位决心成为"有用"之人的青年。他果断地为自己选择了这一使命。而且，对于清显，他多多少少带一点麻木和粗疏，他知道这种巧妙的粗疏，朋友是会乐意接受的。清显心灵的胃口，对于人工的食饵，具有惊人的消化能力，即使是友谊。

"你小子可以着手做一项运动，虽说读书不多，但看你那脸色，就像读书破万卷，给累倒了似的。"

本多直言不讳。

清显默默微笑着。的确，他不爱读书，却频繁地做梦。他每晚所做的梦的次数，足足抵得过万卷书，他实在读累了。

……昨夜，就是昨夜，他在梦中看到了自己的白木棺材。这口棺材停放在窗户宽阔、空无一物的房子里。窗外是黎明前紫色的晦暗，小鸟的鸣啭充满天地之间。一位年轻女子披散着长长的黑发，低俯着身子，扒在棺材上唏嘘不止，细软的双肩不住抽动着。他想看看女子的面庞，但是只能微微瞥见那白皙而忧戚的前额。这白木棺材一半盖着宽大的布满豹纹的毛皮，周围镶嵌着众多的珍珠穗子。这一排珍珠，含蕴着拂晓时分不太明亮的光泽。房子里没有香奠，只是飘荡着西洋香水那种熟透了的水果般的味道。

清显呢？他由半空里向下俯视，确信自己的亡骸就躺在那口棺材里。他虽然这样确信，但还是千方百计想看上一眼，以便证实一下。然而，他的存在就像一只早晨的蚊子，只能在半空里歇息羽翅，决然看不见钉上钉子的棺材的内部。

……他满心充溢着无尽的焦躁，睁开眼来。清显在他偷偷记下的梦日记里，对于昨夜的梦也记上了一笔。

最后，两个人下楼来到停船的地方，解开缆绳。一眼望去，半面湖水映着红叶山，好似燃烧的火焰。

乘上小船，船身一阵摇摆，这时使得清显对这个不安定的世界，唤起了最真切的感觉。一瞬间，他的内心鲜明地映现在涂着白漆的船舷上，也在大幅度地晃动着。他由此感到非常快活。

本多将船桨在湖岸的岩石上用力一顶，小船划向广阔的水面。绯红的湖水细波粼粼，仿佛将清显闲适的心情进一步散放开来。那粗犷的水音似乎是从喉咙深处发出来的。他确实感到，自己十八岁秋令一日午后的这个时辰，就这样滑去，再也不复返了。

"到湖心岛看看吧。"

"看了之后会扫兴的，那里什么也没有。"

"哎，不要这么说嘛，还是去看看吧。"

本多划着船，他那发自内心的兴高采烈的话语，表达了这种年龄的少年的一副好奇心。清显一边远远地倾听着湖心岛对面瀑布发出的声响，一边凝望着被沉滞而泛红的逆光映射得迷离惝恍的水面。他知道湖内游着鲤鱼的水底岩阴下边暗藏着鳖鱼。于是，幼年时代的恐惧又微微泛上心头，顷刻又消失了。

阳光绚烂地照射着他们刚刚剃光的富有青春活力的颈项。这是一个静谧、悠闲而富足的星期日。尽管如此，清显依然觉得这个世界就像一只皮囊，下面开了小洞，似乎听到"时光"的水滴从那里一点点滴落下去。

两人到达松林里夹着一树红叶的小岛，沿着石阶登上顶端那片站立着三只铁鹤的圆形草地。他们坐在两只仰天长啸的铁鹤脚下，进而平躺到地上，遥望着傍晚时分一碧如洗的秋空。草尖儿穿透他俩脊背的和服，刺得清显一阵剧痛；然而对于本多来说，他的整个脊背仿佛垫在一种不得不承受的最甘美、最爽净的苦难之上。两只历经风吹雨打、沾满鸟粪的铁鹤，那婉转伸延着的脖颈的曲线，随着飘浮的云朵，似乎也在两人的眼角里轻轻晃动。

"多么美好的一天！这种无所事事的悠闲的日子，怕是一生中没有几次。"

本多内心满怀着一种预感，心直口快地说道。

"你小子是在谈论幸福吧？"

清显问。

"我没有这个感觉。"

"没感觉就好。我可不会像你一样说得那么大胆，我感到害怕。"

"你小子肯定是欲壑难填，有着强烈欲望的人，往往装出一副可怜的样子。你小子或许还有更大的欲望吧？"

"似乎已经定下来了，究竟是什么，我也不清楚。"

这位面貌端丽、凡事皆犹豫不决的青年懒懒地回答。尽管他们是亲密的朋友，但清显那颇为任性的心胸，面对本多犀利的分析能力和充满自信的谈吐，以及这位"有为青年"的做派，感到有些厌烦。

清显突然翻了个身，趴在草地上，扬起头来，远远眺望着湖水对岸主楼大厅前的庭院。白色的沙地上间隔地铺着脚踏石，一直到达湖边。那一带是山石树木极其混杂的水湾，石桥重重叠叠。他发现，那里走着一群女子。

三

清显捅捅朋友的肩膀，眼睛注意着远方。本多也回过头来，从草丛里望着湖水对面的那一群人。他俩就像年轻的狙击手一样观察着动静。

平素，碰到母亲高兴的时候，这群人就出来散步，除了母亲之外，都是随侍在她身边的年轻女子，可是今天，其中却夹杂着一老一少两位客人，她们紧挨着母亲身后走着。

母亲、老婆子和女侍们的衣着都很朴素，只有那位年轻客人一身浅蓝的绣花缎子和服，无论在白沙地还是湖岸上，都像黎明前的天空一般发出冷艳的光亮。

仿佛在留意脚下那些不规则的脚踏石，这时，一阵笑声又传向秋空。在清显听来，这座宅第里的女人们的笑声，含着一种过于清朗的做作，使他感到厌恶。其实，清显看得也很清楚，本多就像一只雄鸟在倾听一群雌鸟的鸣啭，两眼闪耀着光辉。

两人的胸脯，压断了晚秋时节干枯的草茎。

清显确信，只有那位身穿浅蓝和服的女子不会发出那种笑声。女人们离开湖畔走向通往红叶山的小路，特意选择那条需要跨过好几座石桥的难走的路径。女侍们拉着主人或客人的手，大模大样地迈着步子。她们的身影离开两人的视野隐没在草丛中了。

"你们家里女人真多啊！我们家好像净是男人。"

本多似乎对自己的一番热心做着解释，他说罢站起身子，接着倚在西边的松树荫里，眺望着那群艰难跋涉的女子。由于红叶山西侧是一片开阔的山坡地带，九段瀑的四段瀑都位于西侧，水流向佐渡红岩下面的水潭中。女人们打水潭前边的脚踏石上走过，因为那一带红叶灿烂如火，第九段小型瀑布的白色的水沫，也都掩映于树丛之中，那里的流水被染成了暗紫色。那位身穿浅蓝和服的女子被女侍牵着手，正走在脚踏石上，清显远远望着她那低俯的雪白的颈项，联想起那位难忘的春日宫妃殿下丰腴而白皙的颈项。

渡过水潭，小路有一段绕着水边平缓地向前伸延。这里的湖岸距离湖心岛最近，清显一直热心地目送着她们走到那里，他从浅蓝和服的女人侧影上，认出她是聪子，不由得感到失望。为什么自己始终没有觉察那是聪子，而一味认定只是素不相识的漂亮女郎呢？

对方既然打碎了心中的幻影，自己也没有必要躲躲闪闪。

他拂去外褂上的草籽站起身子，从松树荫里走了出来。

"喂——!"他呼喊着。

本多看到清显突然活跃起来，他也兴奋地伸直了腰杆。这位朋友每当梦想被打破的时候，就会变得快活起来。本多要是不知道他这个脾气，肯定会觉得被他占了先。

"那是谁啊?"

"聪子小姐。不是给你看过她的照片吗?"

清显说出这个名字的时候，语调里也带着轻视的口吻。岸上的聪子确实是一位美丽的女子，但是这位少年装作坚决不承认她的美丽。这是为什么呢? 因为他很清楚，聪子很喜欢他。

对于深爱着自己的人抱着轻视的态度，岂止是轻视，简直是冷酷。没有比本多这位朋友更早知道清显这种不好的倾向的了。据本多分析，清显打从十三岁起，听到人们为自己长得漂亮而喝彩，心里就滋生了倨傲的情绪。这是一种霉菌般的感情，是一旦接触就会发出铃声的银白的霉斑。

实际上，作为朋友，清显波及他的危险的魅惑也许正是由此而来。同班同学之中，有不少人企图和清显做朋友而未能实现，结果还受到他的奚落。只有本多一人，面对他那严冷的毒素，尝试着独善其身，这一实践获得了成功。虽然也许是误解，他对那位神情阴郁的学仆饭沼，之所以感到厌恶，正是因为他从饭沼的脸上看到了那副司空见惯的失败者的面影。

——本多没有见过聪子，但这个名字他经常听清显提起。

绫仓聪子的家是羽林家族[1]二十八家族之一，发源于所谓藤家蹴鞠[2]之祖难波赖辅，由赖经之家分出，至第二十七代作为侍从移居东京，住在麻布旧武家宅第，以和歌[3]和蹴鞠之家而闻名。论官职，这个家族的嗣子从童稚时起就被赐为从五位下，可以升至大纳言一级。

松枝侯爵憧憬自己家系所缺少的风雅，希望至少从下一代起，获得名门贵族的优雅之风。他征得其父的赞同，将幼小的清显寄养在绫仓家中。因此，清显受到公卿家风的熏陶，又为比他大两岁的聪子所珍爱，上学前，她成了他唯一的姐姐，唯一的朋友。绫仓伯爵不脱京都口音，性情温厚，他教幼小的清显作和歌，练书法。绫仓家至今保有王朝时代的双六[4]盘，有时玩到深夜，获胜的一方可以获得皇后赏赐的形状各异的点心。

1　羽林家，中世以降公卿家格之一，仅次于大臣家，可以晋升大纳言（太政官次官，相当于后世的副总理）、中纳言、参议，兼近卫中将、少将。其他还有四辻、中山、飞鸟井、冷泉、六条、四条、山科诸家。

2　蹴鞠，古代贵族家游戏，12世纪由中国传入，兴盛于平安时代末期，飞鸟井、难波两家首倡。通常是八人足蹬皮靴，将悬于树枝的鹿皮球向上踢，不使之落地。以所踢次数多少以及姿势优劣判定胜负。

3　和歌，日本传统诗歌长歌、短歌、旋头歌、片歌的总称。狭义上指三十一音组成的短歌。

4　双六，室内游戏之一。二人隔双六盘（刻有左右两排横格的木台）相向而坐，各执黑白棋子对攻。起源于印度，奈良时代以前经中国传入日本。

尤其难得的是，伯爵这种优雅的熏陶持续至今，每逢过年，宫中举行歌会[1]，伯爵亲自担任执事，清显从十五岁起也获准参加。当初对于清显来说，他只觉得是一种义务，随着年龄的增长，他不由得对这种年初举办的优雅的活动充满向往。

聪子今年二十岁了。她和清显两个小时候脸儿磕着脸儿那种亲密无间的样子，以及最近她参加五月末皇宫庆典的情影，都保留在清显的一本相册之中。从这本相册里，可以详细探知她的成长的过程。二十岁的姑娘，虽说已过了豆蔻年华，但聪子至今还未嫁人。

"那是聪子小姐吧？那位众人簇拥着的身披鼠灰色斗篷的老太太又是谁呢？"

"那位呀，那是……对啦，那是聪子的大伯母门迹[2]。顶着那种奇怪的头巾，都快认不出来了。"

她是一位稀客，定是首次来访问这个家族。如果只是聪子一人，母亲不会这样，她为了招待这位月修寺门迹的光临，特意陪伴她到庭园走一走的吧。是的，门迹平素很少进京，聪子一定是带她来观赏松枝家的红叶的。

清显寄养在绫仓家的时候，门迹十分疼爱他，可是清显对

1　歌会，和歌朗诵会。
2　门迹，皇太子和贵族住居或担任住持的寺院，也用来称呼该寺院的僧尼主持。

当时的一切都模糊不清了。他读中等科时，门迹进京，受到绫仓家的款待，那时曾经见过一次。然而，门迹那副亲切、高雅的白皙的面孔，以及柔和的话语中带有几分锋芒的谈吐，依然历历如在目前。

——听到清显一声呼唤，岸上的人一齐停住脚步。接着，他俩从湖心岛铁鹤旁边，穿过深深的草丛，突然像海盗一样窜了出来。可以清楚看到，一群人对于两个青年的出现甚为惊奇。

母亲从腰带里抽出小小的扇子，指着门迹示意行礼，清显从岛上深深鞠了一躬，本多学着他也鞠了躬。门迹还了礼。母亲打开扇子招呼他的时候，金色的扇面映着红叶一片绯红。清显随之明白，应该赶快敦促朋友将船划到对岸去。

"但得有机会到这个家里来，聪子绝对不会放过。这次，借口陪同大伯母前来，自然是顺理成章的事了。"

即便忙着帮助本多一起解缆的当儿，清显也不忘嘲弄地嘀咕着。此时，本多怀疑，清显还不是想赶紧到岸上向门迹问候，借故为自己辩白一番吗？清显看到朋友一丝不苟的动作，似乎有些焦灼，他用细白的手指可怜见地抓住粗大的船缆，那副急急慌慌帮着干活的样子，足以引起朋友的疑惑。

本多背对着湖岸划着船，在红色水面的映照下显得更加兴奋的清显，神经质地躲开本多的目光，一心瞧着湖岸。出于男士成长期的虚荣心，对于一位幼小时候极为熟悉、完全被感情所支配的女性，在他心灵最为脆弱的一隅引起的反应，看样子他是不想暴露给朋友的。清显那个时候，自己肉体上那根洁白的葱头般的小小蓓蕾，说不定也被聪子瞧见过。

"本多划得真够好的啊！"

船到岸了，清显母亲夸奖着本多尽了大力气。她是一位瓜子脸上生着一双悲戚的八字眉的妇女。然而这副即使微笑也带有几分哀愁的面孔，未必说明她是个易于感伤的女子。其实，她是个既现实又麻木的人。丈夫那种一贯大大咧咧的乐天主义和放荡行为培养了她，因此，她绝不会进入清显细密的内心世界。

聪子呢？她一直瞧着清显从船上走到岸上，对他的一举一动都不肯放过。她那负气而清亮的眼眸，看起来颇为爽净而宽容，却使得清显感到畏葸，他从那副视线里读出了几分怨艾，这倒也难怪。

"大法师今日光临，大家等着聆听宝贵的教诲，正打算到红叶山那边去呢。刚走到这里，就听到你一声粗野的喊叫，大家吓了一跳。你们到岛上干什么去了？"

"呆呆地望着天空呢。"

听到母亲发问，清显故作神秘地回答。

"望着天空，天上会有什么呀？"

母亲对于自己看不见的东西总是不能理解，她对自己这种脾性从来不觉得难为情。但在清显眼里，这是母亲唯一的长处。

这样的母亲居然一门心思想听佛门说法，实在有些滑稽。

门迹听着这对母子的对话，守护着贵客的身份，只是谦恭地微笑着。

清显有意不把视线投向聪子，聪子却目光炯炯地望着他那耷拉在面颊上的乌亮的头发。

于是，一行人高高兴兴簇拥着门迹，一边攀登山路，一边观赏红叶，倾听枝头小鸟的鸣啭，猜测着鸟的名字。两个年轻人自然走在前头，不论脚步多么缓慢，他们还是脱离了围绕在门迹身边的一群女子，这是很自然的。本多瞅准这个机会，开始谈论起聪子，赞扬她生得娇媚动人。

"你是这么看吗?"

清显有些神经质地淡然地回答。看得出来，假如本多说聪子长得丑，就会立即伤害他的自尊。显然，在清显心目中，不管自己关心不关心，大凡和自己多少有些关系的女子，都应该是美丽的。

一行人终于来到瀑布下边，站在桥上仰望第一段大瀑布。母亲盼着初次看到这番景象的门迹说几句赞扬的话来。这时，清显有了一个不祥的发现，以至于使他永远忘不掉这一天。

"怎么回事啊? 瀑布出口的水流怎么分成了两股呢?"

母亲也注意到了，她打开扇面搪住枝叶间炫目的阳光，抬头仰望着那里。为了使瀑布下落时别具风情，要将岩石巧妙地组合在一起，即便这样，瀑布口中央也不会让水流岔开来。那里的确有一块岩石凸显出来，但也不至于搅乱瀑布的形态。

"究竟是什么缘故？看样子有什么东西卡在那里了……"

母亲带着困惑的神情对门迹说道。

门迹似乎立即心领神会，只是默默微笑着。清显处在这样一个地位上：他必须把看到的情况老老实实说出来。然而，他害怕自己的发现会使大家感到扫兴，所以有些踌躇不决。而且，他也知道，大家早已看清楚了。

"那不是一条黑狗吗？头朝下挂在那儿。"

聪子一语道破实情。这时，众人好像这才如梦初醒似的纷纷议论开了。

清显的自负心受到了伤害。聪子凭借女人所不应有的勇气，敢于指出那是一条不祥的死狗的尸体，且不说她天生有着甜美而响亮的嗓音，也不说具有分辨事物轻重的适度的明朗态度，这件事本身于纯正、率直之中，有效地显示了她的优雅。这是一种玻璃容器中水果一般新鲜的优雅。清显耻于自己的踌躇，他害怕聪子这种教育者的力量。

母亲立即吩咐女佣将那个玩忽职守的园艺师叫来，她反反复复对这件不体面的事情表示道歉。门迹出于慈悲心，提出一个出乎意料的方案。

"我看到这种事情也是缘分，尽早埋掉筑起一座坟来，为它祈求冥福吧。"

那条狗定是有了伤病，到水源喝水，失足淹死了，尸首被冲下来，卡在瀑布出口的岩石上。本多被聪子的勇气感动了，同时眼前又仿佛看到瀑布出口湛蓝的天空飘浮着淡淡云彩；看到凭空悬挂的沐浴着清冽的水花的黑狗，那濡湿的闪光的狗毛，以及张开的嘴巴里纯白的牙齿和黑红的口腔。

本来是欣赏红叶，一转又要为狗举行葬礼，这对于在场的人们来说，似乎是令人愉快的变化，女佣们的举止立即活跃起来，内心里隐藏着轻微的浮躁。一行人走到桥对面一座象征着观瀑茶屋而建的凉亭里休息。匆匆跑来的园艺师说尽了道歉的话语，然后登上危险的崖头，将湿漉漉的黑狗的尸体抱下来，在适当的地方挖好土坑，掩埋了。

"我去摘些鲜花，清少爷帮帮忙好吗?"

聪子预先制止女佣们的帮助，说道。

"给狗献什么花?"

清显有些不大情愿，大伙儿笑了。这时，门迹已经脱掉斗篷，露出缀着小袈裟的紫色的法衣。众人仿佛感到，这位尊贵的法师眼看就会被除不祥，将小小的阴暗的事件融进广大光明的空间。

"有大法师为你超度，一定是一条能获得好报的狗，保佑你来世托生成人。"

母亲已经能笑着说话了。

再说聪子抢在清显前头登上山路，她眼疾手快地采下一枝迟开的龙胆花。清显的眼睛里除了干枯的野菊，什么也没有。

聪子欣然弯下腰来摘花，淡蓝的和服衣裾裹着她那窈窕的身子，似乎过于丰腴的腰肢显露出她已经是个成熟的女性了。清显在自己透明而孤独的头脑里搅起一阵水花，看到水底沙子般微细而混浊的沉积，随之泛起不快的情绪。

聪子采完几枝龙胆，迅速直起腰来，正好挡住跟在背后茫然望着远处的清显的视线。于是，清显未曾正视过的聪子，她那端庄的鼻官，美丽的大眼睛，于伸手可及的距离内，幻影般朦胧地浮现在眼前。

"我要是突然不在了，清少爷，你会怎么样呢?"

聪子压低嗓门冷不丁冒出了这么一句。

四

聪子本来就是这样，她时常故意说些骇人听闻的话。

她也不是存心做戏，但脸上的表情一点也看不出是恶作剧，以便预先使人放下心来；而是仿佛要透露一件惊天动地的特大新闻，煞有介事地满含着悲愁说出口来。

清显虽然早已熟知她的这个性格，但还是忍不住问道：

"为什么不在了？到底怎么回事？"

他表面上装着漠不关心，实际上却暗含着不安，这样的反问正是聪子所希望听到的。

"不告诉你，这事不好说。"

聪子在清显心中一杯透明的清水里滴进一滴墨汁，令他猝不及防。

清显用犀利的目光瞧着聪子。她经常对他这样。这正成了他憎恶聪子的缘由。蓦然间，无缘无故给他带来莫名其妙的不安。这滴难以抗拒的墨汁，在他心里眼看着渐渐扩大，水被浸染成一汪灰暗。

聪子含着忧郁的圆圆的大眼睛，在快乐中震颤。

回去之后，清显显得很不高兴，这使大家感到惊奇。这件事又成了松枝家众多女人闲谈的一个主题。

——清显一副任性的心灵具有一种奇怪的倾向，那就是使他不断增长自我腐蚀的不安。

如果是一颗痴恋之心，如此的韧性与坚持，多么富有青春的活力！然而，他不是。比起美丽的花朵，他更爱扑向满是荆棘的黯淡的花种。聪子明明知道他这一点，所以才播下这粒种子的吧？清显为这粒种子浇水、育苗，最后整个身心都在期盼它枝叶繁茂，除此之外，他一概不予关心。他全神贯注培育着不安。

他从聪子那里获得一种"兴趣"。此后，他一直心甘情愿做不愉快的俘虏，聪子抛给他这样一个未解开的包袱和谜团，这使他很恼怒；同时，自己当场接受下来又未能及时解开，他对自己的犹豫不决也感到生气。

他和本多两人躺在湖心岛小憩的时候，他曾经说过想要"一种决定性的东西"。虽然不知道是什么东西，但那光闪闪的"决定性的东西"，只差一点点就要到手的当儿，聪子伸出浅蓝的衣袖一挡，又把他推回未解决的湖沼。清显动辄就会泛起这种想法。实际上，他认为，这种决定性的亮光，也许就在手臂几乎将能够到的前方闪烁，聪子总是在一步之遥妨碍着他。

更使他恼火的是，揭开这个谜团和不安的所有途径，都被他自身的矜持堵塞了。例如，他若向别人询问，就只能采取这样的方式：

"聪子说她不在了，这是什么意思？"

这样一来，结果就会使人怀疑自己在深深关心着聪子。

"怎么办呢？如何才能使人相信，这是自己个人的抽象不安的表现，同聪子毫无干系呢？"

翻来覆去，清显的头脑只是围绕这个问题打转。

碰到这种时候，连平素厌恶的学校也成了散心的场所。他平日虽然和本多一起午休，但对本多的谈话多少有些厌倦。因为，本多自从在主楼的客厅和大家一起听月修寺门迹讲经以后，心全部被吸引过去了。当时清显只当是耳旁风一吹而过，如今，本多又将讲经的内容按照自己的理解，一一解释给他听。

有趣的是，经文的内容在清显梦幻般的心里，丝毫未留下任何影像，反而在本多循规蹈矩的头脑里，注入了新鲜的力量。

本来，奈良近郊的月修寺，在尼寺中是少有的法相宗寺庙，那逻辑性的教学，有些内容是足以使本多着迷的；但门迹的说法本身，利用一些通俗易懂的插话，引导人们进入唯识[1]的门槛。

"门迹不是说由悬挂在瀑布上黑犬的尸体，联想起那段说法的吗？"本多开腔了，"那无疑是门迹对你家的又一次亲切的抚慰。那一副夹杂着贵族妇女语言的古雅的京都方言，犹如轻风之中微微飘扬的帷幕，于无表情中闪烁着无数淡淡的彩色的表情，这样的京都方言大大增强了说法的感染力量。

"门迹讲经时提到古代唐朝的元晓[2]，他在名山高岳之间求佛问法，有一次于日暮之后，野宿于荒冢之地。夜半梦醒，口干舌燥，伸手从身边的洞穴里掬水而饮之。他从来没有喝过这样清冽、冰冷而甘甜的水。他又睡着了，早晨醒来，曙光照耀着夜里饮水的地方，没想到，那竟是髑髅里的积水。元晓一阵恶心，他呕吐了。然而，他因此而悟出一条真理：心生则种种法生，心灭则与骷髅无异。

"但是，我的兴趣在于，悟道之后的元晓，是否还肯将原来的水当作清冽的甘泉，一饮而尽呢？纯洁也是如此，你不这么想吗？不论对方是个多么恶劣的女人，纯洁的青年都能尝到纯洁的恋爱。可是，当你知道这个女人的劣迹之后，当你知道

1　唯识，佛教学说之一。认为一切存在都是自己识（即心）做出的假设，识之外不存在任何事物。

2　元晓（617—686），新罗学僧，立志入唐，中途止，转以俗人生活为修行手段。为《华严经》《大乘起信论》作注。号和诤国师。

自己纯洁的心像只会按照自己的喜好描摹世界之后，你还能再从同一个女人身上尝到清醇的情爱吗？如果能，你认为那是高尚的吗？假如自己心灵的本质和世界的本质能够巩固地结合在一起，你不认为这是一件了不起的事吗？这不等于将世界的钥匙握在自己手里了吗？"

说这话的本多，不用说并不了解女人，同样不了解女人的清显也没有办法驳倒他的这种奇谈怪论。但不知为何，这位任性的少年的心里，自认为和本多不同，一生下来就掌握着世界的秘钥。他也不知道这种自信来自何处。他感到，他那梦幻般的心性，那时而高视阔步、时而立即陷入不安的性格，以及命中注定的美貌，是镶嵌于自己柔软肉体深处的一颗宝石，虽说不疼也不肿，却从肌肉的深处不时折射出澄澈的光芒，因而，他或许有着一副类似病人的骄矜。

至于月修寺的来历，清显不感兴趣，也不甚了了，而和这座佛寺没有任何关系的本多，却到图书馆查阅了资料。

这是一座十八世纪初建筑的较为新近的寺院。第一百一十三代东山天皇之女，为了追念英年驾崩的父皇，寄身于清水寺、信仰观音菩萨期间，对于常住院老僧讲解的唯识论产生兴趣，次第深入皈依法相之教义，剃发后依然避开原来作为门迹的佛寺，重新开创一座学问寺院，成为今日月修寺的开山祖。作为法相的尼寺，虽说至今依然保持其特色，但历代由宫中人担当门迹的传统已于上代断绝。聪子的大伯母尽管有着皇家的血缘，却成了最初一位臣下的门迹……

突然，本多单刀直入地问道：

"松枝！你小子最近到底有些什么心事？我说什么你都听不进去。"

"怎么会呢。"

清显一下子被揭了短，暧昧地支吾了一句。他用俊美、清凉的眼眸看着朋友。朋友看出自己的不逊并不以为耻，要是被他看出烦恼，那才是可怕的事。

要是现在披露胸襟，本多就会大踏步闯入他的心灵世界，谁也不许这么做，清显知道，这样就会立即失去这个唯一的朋友。

可是，本多此时很快明白了清显的内心动态。他终于懂得：要想同后者继续做朋友，就得节制粗俗的友情；新漆的墙壁不可轻易触及，以免留下手印；甚至对于朋友的死活，有时也只能袖手旁观，尤其是那种因隐瞒而变得优雅的特殊的痛苦。

清显的眼眸此刻储积着一种切实而诚恳的愿望，甚至连本多也爱怜起来。这是祈望将一切都停止于暧昧而美丽的彼岸的眼神……在这种冷峻而近乎破裂的状态中，以友情做交易的无情的对峙，使得清显成为一个乞求者，而本多却成了审美的旁观者。这就是他俩暗自希望的状态，也是人们称之为两个人的友情的实质。

五

约莫十天之后，父亲侯爵偶尔一次及早归来，一家三口很难得地聚在一起吃晚饭。父亲喜欢吃西餐，于是就到洋馆小餐厅用膳。侯爵亲自到地下酒库挑选葡萄酒。酒库里摆满了名牌葡萄酒，他带清显一道去，一一指点儿子什么菜肴合乎什么酒，还告诫清显，有一种葡萄酒，除了招待皇家之外，其他场合都不使用。他满心高兴地教导着儿子。这位父亲抖落着这些无用的知识，看得出没有比这种时候更使他心情愉快的了。

饭前饮酒时，母亲得意扬扬讲述着前天她带一名少年马丁，驾着一辆单头马车，到横滨购物的情景。

"横滨也很难看到洋装，真令人惊奇。一群蓬头垢面的孩子，追着马车，嘴里喊道：'看，小绵羊[1]！小绵羊！'"

---

1 小绵羊，原文为葡萄牙语的日语音译词"raxa"，意指给洋人做妾的日本女人。

父亲话里透露出要带清显去看"比睿号"军舰下水典礼，这当然是看出来清显不会去才这么说的。

接着，父亲和母亲千方百计搜寻着共同的话题，清显明明看穿了这一点，不知为何又谈起三年前清显十五岁的"待月典礼"[1]来了。

那是个古老的习俗，旧历八月十七日夜，将新制的木盆盛满水，置于庭院之中，使月亮映入水里，摆上各种供品。十五岁那年夏季这天要是碰上阴雨天，就预示着一生都是厄运。

听到父母一席话，清显心中清晰地浮现出当年那个夜晚的情景。

夜露瀼瀼、虫声唧唧的草地中央，放着储满清水的新制木盆，他身穿印着家徽的礼服，站在父母之间。圆形木盆的水面，映着特意关掉灯火的庭院周围的树木和远方的屋甍以及红叶山，将这些富于凹凸的景物紧缩而统括为一体了。这只明净的桧木板箍成的水盆边缘，既是这个世界的终结，又是另一世界入口的起点。正因为关系着祝贺自己十五岁时的吉凶，所以对于清显来说，那仿佛就是自己灵魂的造型，赤裸裸摆在露水淋漓的草地上。这木盆的内缘展露着自己的内心，外缘则是自己外部的开始……

没有人出声，满院子的虫鸣显得格外聒耳。眼睛一个劲儿

1　"待月典礼"，原文为"御立待"，亦作"立待月"。

盯着水盆中央。起初，盆里的水是黑的，闭锁在海藻般的云层里。海藻渐渐弥散了，渗透着微微的光亮，旋即又消泯了。

长久的等待，不一会儿，凝结在水里的模糊的黑暗破裂了，小巧而明丽的满月，出现于水盆的正中。人们欢声四起，母亲放下心来，这才摇动扇子，驱赶衣裾边的蚊子。

"太好了，这孩子有好运啦！"

她说着，而后，逐一接受大家异口同声的祝福。

然而，清显害怕仰望天上真实的月亮。他只看着那个圆水盆里早已深深印入自己心底的、金色贝壳似的月亮。终于，他的内心捕获了一个天体。他的灵魂的捕虫网，网住一只金光闪闪的蝴蝶。

但是，这面灵魂的捕网，网眼粗大，一度捕到的蝴蝶，会不会又立即飞走呢？十五岁的他，却及早地害怕丧失。一旦得到又害怕丧失，这种心情成为这位少年性格的特征。既然获得月亮，今后如果住在没有月亮的世界，那是多么令人恐惧的事情。尽管他憎恨那月亮……

和歌纸牌[1]哪怕缺少一张，这个世界的秩序就会留下一个无法弥补的裂缝。尤其是清显，害怕某一秩序的一部分小小的丧失，像钟表缺少一个小齿轮，整个秩序被封闭在凝滞不动的

1　和歌纸牌，原文为"歌留多"，一种每张印有一首和歌和彩图的纸牌。玩时将纸牌摊于铺席之上，由一人朗诵歌词，两人（或多人）抢先捡出，最后以每人获得的张数决定胜负。

雾霭之中。而要寻找那张缺失的纸牌，将会耗费我们多大的精力！最后，不光是那张缺失的纸牌，就连全副纸牌本身，也成为世上争夺王冠似的一大紧急事件了。他的感情无论如何都在发生波动，他没有办法抵抗。

——清显回忆八月十七日夜晚十五岁"待月典礼"的时候，发现自己不由想到了聪子，这使他感到愕然。

这时，执事穿着窸窣作响的仙台绸礼服来告诉说饭好了，使人觉得天气很冷了。三人走进餐厅，各自在餐具前坐下来，这些都是从英国订制的标有美丽家徽图案的餐具。

清显从孩子时代起，就受到父亲严格的关于进餐礼仪的教育。但是母亲至今不习惯吃西餐，清显举止自然而不出格。父亲则依旧保持刚刚回国时那套烦琐的规矩。

开始上汤菜了，母亲立即用安详的口吻说：

"聪子姑娘，也实在太叫人为难啦。这不，听说今天一早就派人把那门亲事退掉了。前些时看样子是满心答应的呀。"

"那孩子都二十了，这样由着性儿下去，将来会给剩下的。我们真是白操心啊。"

父亲说。

清显侧耳倾听。父亲不管别人，只顾说下去。

"什么原因呢？也许考虑身份不等吧。绫仓家虽说是名门，如今也家道中落到这个地步，对方是将来有望的内务部的秀才，难道还不该求之不得地一口应承下来吗？"

"我也是这个想法。所以，我们也不必再瞎操心啦。"

"毕竟人家照顾过清显，是有恩于我们家的，我们也有义务帮助他家再度复兴起来。要是能介绍一家他们没有任何理由回绝的就好了。"

"到哪里找这样的家庭呢?"

清显听着听着脸上现出高兴的神色，由此，谜团顿时解开了。

聪子关于"我要是一下子不在了"这句话，仅仅是指自己的婚事。而且，从那天聪子的心境上看，她时时暗示自己是同意那门亲事的，以此引起清显的注意。要是像刚才母亲说的那样，十天后正式回绝这门亲事的话，那道理清显也很清楚。那是因为聪子爱着清显呢。

因此，他的世界再度澄澈明净，不安消失了，犹如一杯清水。他终于可以回到自己的家园了，这是十多天来想回来而未能回来的和平而舒适的小家园。

清显很少感到如此广大的幸福，这种幸福无疑是来自自己对于明晰的再发现。故意隐藏的一张牌又回到手边，和歌纸牌凑齐了。……而且，这副纸牌只是一般的纸牌……一种无法形容的明晰的幸福感。

他如今至少在瞬间里成功地驱走了"感情"。

——然而，侯爵夫妇却未能敏锐地发现儿子所体味到的突然的幸福感，只是隔着餐桌互相盯着对方的脸。侯爵望着悲戚的长一对八字眉的妻子的面孔。夫人呢，则望着丈夫坚毅而红润的双颊，那里的皮下组织早已蓄积着和他的行动能力相对应的安逸。

父母似乎谈得很有兴致的时候，清显总觉得他们是在举行某种仪式。他们的对话，仿佛是依次恭恭敬敬献给神佛的玉串[1]，光洁的杨桐叶子也要经过一番品味才被选用。

同样的情景，清显从少年时代不知看到过多少次了。白热化的危机既没有来临，感情的高潮也没有出现。但是，母亲清楚地知道接踵而来的该是什么，侯爵也很明白妻子知道是什么。这是每次向瀑布水潭的坠落，坠落前连尘芥也手拉起手来，带着毫无预感的神情，掠过映着蓝天白云的平滑的水面……

果然，侯爵餐后随便呷了口咖啡，说道：

"走吧，清显，咱们打会儿台球去。"

"那好，我也该退出了。"

侯爵夫人说。

清显一颗满怀幸福的心，丝毫没有受到今晚这场互相欺瞒的谈话的伤害。母亲回到主楼，父子走进台球室。

这座房间的墙壁镶嵌着仿制英国的槲木镜板，悬挂着前代父辈的肖像画和描绘日俄海战的大幅油画，使得这座房子

1　玉串，指扎着纸或棉线的一束杨桐叶，日本人习惯用杨桐（日语汉字"榊"或"贤木"，读作 sakaki，即神木）树枝叶敬神。

名声远播。绘制格莱斯顿[1]肖像画的英国肖像画家约翰·米莱斯[2]的弟子，来日期间所描绘的祖父百号巨幅画像，运用简素的构图表现晦暗之中身着大礼服的祖父的神姿，严谨的写实和理想化恰到好处地结合在一起。这种手法将这位受到世间崇敬的维新的功臣那副威武不屈的风貌，以及对于家族富有亲切关爱意味的面颊上的赘疣，巧妙地融合为一体。每当从家乡鹿儿岛雇来新女佣时，一定将她领到这幅画像前跪拜一番。祖父死去数小时之前，没有人进这座屋子，画像的吊纽也没有枯朽，可是画像突然掉落到地板上，发出巨大的响声。

台球室里并排放着三座意大利大理石球台，日清战争[3]时期传过来的三球打法，这个家族里谁也没有玩过，他们父子只玩四球打法。管家把红白两种球按规定摆在左右一定位置，再把球杆分别递给侯爵父子。清显用意大利产的滑石粉，一边抹着球杆尖端，一边盯着球台。

草绿色呢绒上的红白象牙球，犹如伸出腿脚的海贝，闪现着浑圆的影子，静静地站立着。清显对这些球毫不关心，仿佛

1　威廉·尤尔特·格莱斯顿(William Ewart Gladstone, 1809—1898)，英国政治家，自由党主席。曾四度组阁，进行多种自由主义改革。
2　约翰·埃弗里特·米莱斯(John Everett Millais, 1829—1896)，英国画家，学院派艺术代表。作品有《盲女》《秋叶》《释放》等。
3　日清战争，日本人对中日甲午战争的惯称。

一条陌生的街道，白昼的路面上没有什么人影，那球就像突然出现在眼前的异样的无意义的物象。

侯爵平素总是害怕看到这个漂亮的儿子这种木然不觉的眼神。哪怕今晚这个幸福的时刻，清显的眼睛也还是这样。

"最近，暹罗两位王子要来日本学习院留学，你知道吗？"

父亲想起一个话题。

"不知道。"

"可能和你同年，我给外务省说了，想请他们来家住些日子。那个国家近年来正在解放奴隶，铺设铁道，似乎不断采取进步的做法。你和他们交往时要心中有数。"

父亲说着，对着球猫下腰来。他身子过于肥胖，凭着豹子般的虚假的精悍运动着球杆。清显看着父亲的脊背，脸上立即浮现出微笑。他使自己的幸福感、未知的热带的国家以及红白象牙球，在心中轻轻磨合，仿佛互相轻轻接吻。于是，他感到那水晶般抽象的幸福感，好似受到突如其来的热带丛林辉煌绿色的映射，立即散发出五彩斑斓的光芒。

侯爵球艺很高，清显远不是他的对手。击完最初五杆，父亲匆匆离开球台，不出清显所料地说道：

"我要出去散散步，你打算怎么办？"

清显默默无语，父亲下面的话使他未曾想到。

"你跟我到大门口吧，就像小时候一样。"

清显吃了一惊，他忽闪着两只黑眼眸望着父亲。父亲至少在使儿子感到意外这方面，获得了成功。

父亲的姨太太住在门外几栋房屋之间的一栋。其中两栋住着西洋人，院墙一律都有通往庭园的栅栏门，洋人的孩子们可以自由到里面游玩，只有姨太太住的那一栋的后门上了锁，那锁已经生锈了。

从主楼入口到大门约有八百米远。清显小时候，父亲每到姨太太家来，总是领着他的手走到这里，然后在门前分别，再由用人领回去。

父亲有事外出必定乘马车。徒步出门时，要去的地方肯定是这里。虽说是孩子，但这样被父亲陪着来到这里，心里感到很难受。按理说为了母亲，他觉得自己应该把父亲拖回来才是，但他为自己的无能为力而气恼。母亲这时候当然不希望清显和父亲一起"散步"，父亲执意要拉着他的手外出。清显觉察到，父亲暗暗希望他背叛母亲。

十一月寒夜里的散步，总显得有些异样。

侯爵吩咐执事为自己穿上外套。清显走出台球室，换上学校定制的双排金色纽扣的大衣。主人外出"散步"，执事应该跟在后头十步远的地方，这时，他正手捧裹着礼品的紫色包袱，站在那儿等待着。

月色清明，风在树林梢头吼叫。管家山田像个幽灵跟在后头，父亲全然没有看他，倒是清显回头盯了一眼。夜寒风冷，他没有穿披风，只是穿寻常的印有家徽的宽角大裤，戴着白手套，捧着紫色的包裹。山田腿脚有些毛病，一路踉跄地跟在后面，月光映在眼镜上，像蒙着一层白霜。这位终日闷声不响、忠心耿耿的汉子，清显弄不清楚他心里到底蜷曲着多少生了锈的感情的发条。但是，比起平时快活而富有人情味儿的侯爵父亲，这位显得有些冷酷而麻木的儿子，反而更能体味别人内在的感情活动。

枭鸟悲鸣，松风谡谡。多少有点儿不胜酒力的清显，耳眼儿里蓦地传来那张《凭吊得利寺附近战死者》照片上风吹林木、团团绿叶悲壮的喧骚。父亲于暗夜的寒空之下，想象着夜阑人静等待他的那位红颜温馨的巧笑；儿子只是怀抱着死的联想。

醺醺欲醉的父亲，边走边用拐杖的尖端击打着小石子儿，他突然说道：

"你好像不大玩乐，我在你这个年纪，已经有好几个女人了。怎么样？下次我带你去，多叫些艺伎，放开手脚痛痛快快玩一场。约上几个要好的同学一起来也行。"

"我不愿意。"

清显不由震颤着身子说。于是，他仿佛脚底钉了钉子，再也不动了。奇怪的是，父亲一席话，使得他的幸福感宛如玻璃瓶一般掉在地上摔碎了。

"你怎么啦？"

"我要回家了，您早点儿安歇吧。"

　　清显掉转脚跟，急匆匆朝着灯火阑珊的洋馆大门远方的主楼走去，透过树丛可以窥见从那里漏泄出来的迷离的灯影。

　　当晚，清显度过了一个不眠之夜。他的脑子里丝毫没有想着父母，而是一门心思考虑如何向聪子报仇。

　　"她设下一个极不高明的圈套套住我，使我十多天来苦不堪言。她的目的只有一个，那就是不断拨弄我的情绪，想尽一切办法折磨我。我必须对她报复，但我不想像她对我那样施行阴谋诡计，陷她于痛苦之中。怎么办呢？最好的办法是，叫她知道我也像父亲一样是极为鄙视女人的。当面说话也好，写信也好，难道就不能用一种刻毒的语言，给她以沉重的打击吗？我生性懦弱，平素不能将自己的心里话直接袒露出来，自己总是吃亏。我光是对她表明不感兴趣还不够，这样会给她留下种种想入非非的余地。我要亵渎她！这很有必要。我要侮辱她，使她再也抬不起头来！这也很有必要。到那个时候，她就会后悔当初不该那样折磨我。"

　　清显想来想去，到头来还是没有寻思到一个具体的好办法。

　　卧室里的床铺周围，放置着六曲一双的寒山[1]诗歌屏风，紫檀木雕花棚架上，一只青玉鹦鹉站立在栖木上。他本来对

1　寒山，唐代诗僧，生卒年不详。传说是文殊菩萨的化身。

新近流行的罗丹[1]和塞尚[2]并不感兴趣，他的一点兴趣只能说是被动的。一双不眠的睡眼凝视着那只鹦鹉，他甚至看到鹦鹉羽翅上微细的雕纹，浮现于青烟之中，玲珑剔透，而鹦鹉本身只剩下一个幽微的轮廓，呈现着渐次消融的异象，这使他甚感惊讶。于是，他明白了，那是从窗帷缝隙射进来的月光，倾注到玉雕鹦鹉身上的缘故。他一把扯开帷帘。月上中天，光影洒满床铺。

月光闪耀着浮薄的清辉。他想起聪子身上和服缎面上冷艳的光亮。他如实看到了，那月亮就是近在眼前的聪子过分硕大的美丽的眼眸。风已经停息了。

不只是暖气的原因，清显身子火烤一般燥热，耳鸣也因此加剧了。他撩开毛毯，敞开穿着睡衣的胸脯。然而，体内仿佛有一团烈火，火舌蔓延到肌体各个角落。他觉得只好沐浴在清冷的月光之中了。他终于脱掉睡衣，裸着上身，将思虑过度的脊背对着月亮，面孔俯伏在枕头上。太阳穴依然热得怦怦直跳。

就这样，清显裸露着无比白皙而细嫩的脊背，暴露于月光之中。月影在他优柔的肌肉上描绘出一些微细的起伏，表明这不是女人的肌肤，而是一个尚未成熟的青年含蕴着极为朦胧的

1　奥古斯特·罗丹（Auguste Rodin，1840—1917），法国雕塑家，风格深受米开朗基罗影响。代表作有《青铜时代》《思想者》《巴尔扎克》等。
2　保罗·塞尚（Paul Cézanne，1839—1906），法国画家，后期印象派代表人物。作品有《果盘》《玩纸牌者》《女浴者》等。

严峻的肌肤。

尤其是月光正面深入照射进去的左侧的肋胁与腹部，胸间的心跳连带着肌肉微微的波动，使得白得炫目的肌肉更加凸显出来。那里长着小小的黑痣，这三颗极为渺小的黑痣，恰似三星星座，在月光的照耀下，消失了影像。

六

一九一〇年，暹罗国王拉玛五世传位予六世，这次来日留学的一位王子，就是新王的弟弟，拉玛五世的儿子，号称培拉翁·乔（Praong Chao），其名字是帕塔纳迪特（Pattanadid），按英语的敬称为 His Highness Prince Pattanadid[1]。

和他一起来日的王子与他同年，都是十八岁，号称蒙·乔（Mom Chao），名为库利沙达（Kridsada），是拉玛四世的孙子，两人是极为亲密的堂兄弟。帕塔纳迪特殿下用爱称称他为"库利"，而库利沙达殿下不忘对嫡系王子的敬意，称帕塔纳迪特殿下为"乔培"。

兄弟俩都是虔敬的佛教徒，日常服饰与做法均按英国风格，操一口流利的英语。新王担心年轻的王子过于欧化，才安

1　His Highness Prince Pattanadid，英语：帕塔纳迪特王子殿下。

排他们来日本留学，两个王子对此没有异议，只是有一件悲伤的事情，那就是乔培和库利妹妹的离别。

这对青年男女的恋情在宫中传为佳话，双方约定，等乔培留学回国就举办婚礼。尽管对未来没有任何担心，但帕塔纳迪特殿下出航时满怀的悲愁，从该国人士不大显露激情的性格上来说，似乎有些异样。

航海和堂弟给了他慰藉，使年轻的王子减少几分相思之苦。

清显在自家迎接王子们的时候，两人浅黑的面容给他留下十分快活的印象。王子们寒假之前可以任意到学校参观，过年后上学也不正式编班，等他们熟悉日语和日本的环境之后，从春季新学期开始上课。

洋馆二楼两间相连的套房充当王子们的寝室，因为洋馆有从芝加哥进口的完备的暖气设施。松枝全家人一起用晚餐时，清显和客人互相都很拘谨，饭后只剩下年轻人，立即畅谈开了，王子们给清显看了曼谷金碧辉煌的寺院和美丽的风景照片。

虽然同龄，库利沙达殿下尚保留着任性的小孩子脾气。清显高兴地发现，从资质上说，帕塔纳迪特同自己有着许多共同的梦想。

他们出示的一张照片，是以卧佛寺之名而著称的僧院全景，寺内收纳着巨大的释迦牟尼的卧像。照片用手工描上精美的彩色，上面的景色仿佛就在眼前。云层高耸的热带晴空为背景，枝叶婆娑的椰子树点缀其间。这座由黄、白、红三种色调组合的无与伦比的美丽佛寺，由一对金色的神将守门，镶着金边的朱红门扉、白墙和白色廊柱的上方，垂挂着一簇簇精致的金色浮雕。这一切次第组合成为包裹于纷繁的金黄和朱红浮雕中的屋顶和檐板，再于中央顶端，构成色彩绚烂的三重宝塔，佛光壮丽，直刺苍穹，令人心荡神驰。

清显面对如此美景，脸上毫不掩饰地表露出赞叹的神色，这使王子们非常高兴。帕塔纳迪特殿下一双同柔和的圆脸不太相称的尖锐而修长的眼睛望着远方说道：

"我特别喜欢这座寺院，来日本的航海途中，几次梦见这座佛寺。那金色的屋脊在暗夜的大海里漂浮，随之整座寺院也慢慢浮现出来。其间，船在前进，等到看见寺院全貌时，轮船总是位于远方。沐浴着海水浮出水面的寺院，在星光里闪烁，犹如夜间遥远的海面升起的一弯新月。我站在甲板上对它合掌膜拜，梦境是那么离奇，那么遥远，而且又是夜间，金红两色的精致浮雕，竟然历历在目，清晰可睹。

"我对库利说，寺院好像跟着我们一同到日本来了。库利拿我寻开心，他笑着说，跟着来的是离别的相思吧。当时我发怒了，可是眼下我的心情和库利稍有同感。

"为什么呢？这是因为所有神圣的东西，都是由梦幻、回想和与之相同的要素组成的，因时间和空间不同而和我们保持一定距离，这些东西都是出现于我们眼前的奇迹。而且这三者的共同点都是不能用手触及。能够用手触及的东西，一旦离开我们一步，就会变成神圣的东西，变成奇迹，变成一种似乎不存在的美好的东西。一切事物皆具有神圣的要素，但因为我们手指的触及，随之变得污浊起来。我们人类是一种奇怪的存在。仅凭手指就能把东西弄脏，因为自己内心具有一种能够转化为神圣的素质。"

"乔培说得很神秘，其实不过是谈论离别的恋人。给清显君看看照片怎么样？"

库利殿下打断他的话。帕塔纳迪特殿下面颊泛红了，但因为肌肤浅黑，并不明显。清显见他有些迟疑，也就不再勉强客人，于是说道：

"您也经常做梦吗？我还记梦日记呢。"

"要是懂日语多好，真想看看您的梦日记啊。"

乔培眨着眼睛。清显对于梦想是那般执着，就连亲密朋友也没有勇气敞开心怀，但觉得可以通过英语轻松地送到朋友心灵深处，越发激起了对乔培的亲爱之情。

但是，其后的谈话颇不顺畅，库利沙达殿下不住转动着眼珠，清显从他那带着几分调皮的眼神里推测原因，这时他忽然明白了。原来他没有执意要求看王子的照片，乔培大概正巴望他逼着自己拿出照片来呢。

"请给我看看追您而来的梦的照片吧。"

清显直截了当地说。

"要看寺院的，还是看恋人的？"

库利沙达殿下从旁插科打诨，乔培有些困窘地拿出照片，他觉得库利不该将这两者放在一起比较，谁知这时库利沙达又特地伸长脑袋，指着照片故意解释说：

"茜特拉帕公主是我妹妹。Chantrapa 是'月光'的意思。我们平时叫她金茜（月光公主）。"

清显看了照片，想不到上面是一位平凡的少女，使他有些扫兴。少女穿着白色滚边的西服，头发扎着白丝带，胸前挂着珍珠项链，表情有些做作。要说是女子学习院学生的照片，谁也不会感到奇怪。虽说美丽而略呈波浪形的披肩发，为她增添几分情趣，但微嫌逞强的眉毛，因受惊吓而圆睁的双眼，炎热的旱季干枯的花瓣般稍稍翘起的嘴唇……这一切都充溢着她对自己的美依旧木然不觉的幼稚。不用说，这也是一种美，但只不过是尚未梦想自己能够振翅飞翔的雏鸟般温馨的满足。

"聪子是个强过她千百倍的女子。"清显不由暗暗比较着，"虽然她动辄使我不得不憎恶她，但她毕竟是个过于女人的女人！还有，聪子比这位少女漂亮得多了。而且，她知道自己的美丽。她什么都知道，不幸的是，连我的幼稚。"

乔培直盯着凝视照片的清显的眼睛，生怕自己的少女被别人夺走。他伸出纤细的琥珀色的手指收回照片，清显看到他指节上晶莹的绿光，这才发现乔培佩戴着一枚华丽的戒指。

这是一枚特大号的钻戒，约有两三克拉，嵌着四角形的浓绿的翠玉[1]，以及黄金雕镂的一对门神亚斯卡半人半兽的面孔。这种极其显眼的装饰，清显竟然一直没有在意。这最能表明他对别人的漠不关心。

"这是我的诞生石，我生在五月，金茜在送别宴上送给我的。"

帕塔纳迪特殿下含着几分羞涩地加以说明。

"戴着这种奢华的戒指到学习院上学，说不定会受到斥责而被没收了去。"

听到清显恫吓的话语，王子们开始用本国语言认真商量起来，他们不知道应该将戒指藏在哪里为好。王子们忽然觉得用本国语言有些失礼，又满含歉意将他们商谈的内容用英语传达给清显。清显告诉他们可以托父亲介绍一家可靠的银行，藏在银行的金库里。于是，王子们逐渐敞开了心扉，库利沙达殿下也拿出女友的一张小照给清显看。接着，他们缠着清显，一定要看清显爱着的女子的照片。

年轻人的虚荣心蓦然之间使得清显脱口而出：

"日本没有相互观看照片的习惯，不过我将尽快介绍她同二位王子见面。"

1　翠玉，原文为英语"Emerald"，绿色透明闪光的宝石，又名祖母绿、绿柱石、绿刚玉等。

——他实在没有勇气将他从小积攒的影集中聪子的照片展示出来。

他这才发现，自己虽然长期以来享受着美少年的称誉，人人交口称赞，但是长到十八岁，一直待在这座寂寥的大宅门内，除了聪子再没有别的女友了。

聪子是朋友，同时也是仇敌，不是王子们心目中那种甜蜜的情感凝结成的糖人儿。清显对自己，对自己周围所有的人一概感到恼怒。他甚至觉察出，就连"散步"途中父亲那充满慈爱的酒后真言，也暗含着对孤独而富于梦想的儿子带有侮辱意味的浅笑。

如今，他出于自尊心而排斥的一切，反过来又伤害了他的自尊心。南国健康的王子们浅黑的肌肤，闪耀着锋刃般官能光芒的眼眸，还有那虽属少年但似乎善于爱抚他人的琥珀色修长的纤指，所有这些，都似乎对清显这样说：

"哎？您到了这个年龄，连一个恋人也没有吗？"

清显没有自我控制力，他依然保持一副冷峻的优雅，说道：

"我最近一定介绍她来见面。"

他将如何向异国来的新朋友夸奖她的美艳呢？

清显经过长久的踌躇之后，昨天终于给聪子写了一封充满疯狂的侮辱性言辞的信。他在字面上反复修改，仔细斟酌，那些十分刻薄的语言，字字句句都刻在脑子里了……

　　面对你的威吓，我不得不写这样一封信，我为此而深感遗憾。

信的开头这样写道。

　　你把一个毫无意义的谜团装扮成一个十分可怕的谜团，不加任何解题的关键词交给我，弄得我两手发麻，变得黝黑。对于你的感情上的动机，我不能不抱着怀疑。你的做法完全缺乏关切，不用说爱情，连一鳞片爪的友情也看不到。照我的理解，你这种恶魔般的行动，有着自己也无法知道的深刻的动机，对此我有一个相当准确的估量，出于礼貌，我就不说了。

　　但是现在可以说，你的一切努力和企图都化为泡影了。实际上，心境不快的我（间接是你造成的），已经跨越人生的一道门槛。我时常听从父亲的劝诱，游弋于攀花折柳之巷，走上一条男人所应该走的道路。老实说，我已经同父亲介绍的艺伎共度良宵。就是说，公然享受了社会道德所容许的一个男人的乐趣。

　　所幸，这一夜之情使我脱胎换骨。我对于女人的看法为之一变，学会了将她们当作具有淫荡的肉体的小动物，抱着轻蔑和玩弄的态度。我以为这是那个社会所赐予我的绝好的教训。以往，我不赞成父亲的女性观，眼下，不论我情愿不情愿，我都必须从内心里深刻认识到，我是父亲的儿子。

读到这里，你或许会用那一去不复返的明治时代的陈规陋习看待我的行动，为我的前进而感到高兴吧？而且，以为我对于一位风尘女子肉体上的侮辱，可以逐渐提高我对于一位良家妇女精神上的尊敬，或许从而暗暗窃喜吧？

不！绝对不会！我自这一夜开始（要说进步确实是进步），已经突破一切，跑进无人到达的旷野。在这里，无论是艺伎或贵妇，花娘或良姝，无教养的女人或青踏社[1]的成员，一概没有区别。所有的女人，一律都是爱撒谎的"具有淫荡的肉体的小动物"，其余就是化妆，就是衣着。虽说难以启齿，但还是要说清楚：今后我也只能把你当作 One of them[2] 告诉你，从孩提时代起你所认识的那个老实、清纯、随和、玩具般可爱的"清少爷"，已经永远永远死去了……

1　青踏社,18世纪以后在英国兴起的妇女参政组织。1911年,日本以平塚雷鸟为首的女流文学家社团,出版杂志《青踏》,倡导妇女解放运动。
2　One of them,英语：她们中间的一个。

——夜还不算深，清显就匆匆忙忙道了声"晚安"走出屋子，两个王子对他的行动似乎有些诧异。但清显略略大方，面带微笑，很有节度地仔细检点两位客人的寝具和其他用品，听取客人种种希望之后，才彬彬有礼地退了出去。

"为何在这种时候，我没有一个知己呢?"由洋馆通向主楼的长长的回廊上，他一边拼命奔跑，一边思索。

路上，几次浮现本多的名字，但他对友情僵化的观念，使他随即抹消了这个名字。廊下的窗户在夜风里咯咯作响，一列昏暗的灯火一直延续到远方。这样气喘吁吁地奔跑，清显害怕被人看到，于是便喘息着在回廊的角落里停住脚步。他双肘支在一排万字形的雕花窗棂上，一边装着眺望庭园里的景色，一边用心思索。现实和梦想不同，是一种多么缺乏可塑性的素材啊! 现实不是扑朔迷离、飘忽不定的感觉，现实必须将凝缩成黑色丸药一般、立即发挥效力的思考据为己有。清显感到自己疲乏无力，他走出暖气的房屋之后，在廊下的严寒里不住颤抖。

他把额头抵在咯咯作响的玻璃窗上，眺望着庭院。今夜没有月亮，红叶山和湖心岛黑乎乎连成一团，廊下昏暗的灯火所及范围内，可以约略窥见风吹湖水、微波荡漾。他似乎看到那里伸出一个鳌头，正在窥视着这边，浑身越发哆嗦起来。

清显到达主楼，正要上楼回自己的房间，在楼梯口遇见学仆饭沼，随之脸上露出莫名的不快。

"客人们已经安歇了吧?"

"唔。"

"少爷这就休息吗?"

"我还要学习。"

二十三岁的饭沼是夜间大学应届毕业班的学生,刚刚放学回家,一只手里抱着好几本书。他那青春年少的脸孔渐渐增添几分忧郁,一副铁塔般的躯体使得清显也有些发怵。

他回到自己的房间,也没有生火炉,室内寒气森森,他满心焦躁,坐立不安,头脑里思绪万端,时消时现。

"总之,必须抓紧,会不会已经太晚了?那封信已经发出,但我必须在数日之内,千方百计想办法,将收信人作为亲密恋人介绍跟王子见面,而且要想出个世上最自然的办法来。"

无暇阅读的晚报,原封不动地胡乱堆在椅子上,清显顺手打开一张,看到帝国剧场歌舞伎[1]演出的广告,心中不由一振。"对呀,带王子们到帝国剧场看戏!再说,昨天发出的信也不会到达,说不定还有希望!和聪子一块儿看戏,父母也不会答应,但可以当作偶然的一次见面。"

他冲出屋子,顺着楼梯跑到门口一侧,进入电话间之前,偷偷向门边漏泄出灯光的学仆的房间瞅了一眼。看样子,饭沼正在用功。

---

1 歌舞伎,日本古典戏剧形式之一,多由男性演员演绎古代历史故事。

清显拿起听筒，向总机报了号码。他胸口怦怦直跳，先前的退缩情绪一扫而光。

"是绫仓府上吧，聪子小姐在吗?"

前来接电话的似乎是老女仆的声音，清显对她问道。那女仆十分郑重而不悦的话语，从远方暗夜中的麻布地区传了过来。

"是松枝家的少爷吧? 实在对不起，现在已是深夜了。"

"她睡下了吗?"

"不……啊，我想小姐大概还没有休息吧。"

因为清显一直坚持，聪子终于来接电话了，她的爽朗的嗓音，使清显陶醉于幸福之中。

"什么事这么着急，清少爷?"

"是这样的，昨天我给你发了封信，因此我要拜托你一件事，接到信之后，千万不要打开，立即烧掉。请务必答应我。"

"我不懂您说的是什么意思，可我……"

聪子对什么事情都是模棱两可，清显从她那乍听起来颇为悠闲的口气里，发觉她又是这副态度，更加着急起来。尽管如此，聪子的声音于冬季的寒夜之中，宛若六月熟透的杏子，听起来温厚而又婉转。

"所以，你什么也别说，请答应我。信到后绝不开封，马上烧掉。"

"好吧。"

"你答应了?"

"是的。"

"还有一个请求，就是……"

"今晚上的事儿还真多呀，清少爷。"

"请买一张后天'帝剧'的戏票，叫老女仆陪你到剧场去。"

"哎呀……"

聪子的声音中断了。清显害怕她拒绝，马上意识到自己错了。由此可知，绫仓家目前的财政状况，甚至连一人两元五角的戏票都不容随便开支。

"对不起，给你送戏票去。我们坐在一起太惹眼，还是选稍微离开些的席位吧。我陪泰国王子一起看戏。"

"啊，谢谢您亲切的安排，蓼科也会很高兴的。我一定高高兴兴和您会面。"

聪子掩饰不住满心的喜悦。

七

上学时，清显邀请本多第二天去"帝剧"看戏，本多尽管
觉得陪伴两位王子多少有些拘束，但还是欣然接受了。当然，
清显没有告诉朋友，在那里将会"偶然"遇见聪子。

本多回到家里，晚饭时把这事对父母说了。父亲虽然并不
认为所有的节目都值得一看，但想到儿子已经十八岁了，不应
该再束缚他的自由。

本多的父亲是大审院[1]的判事，住在本乡[2]的宅第，这是一
座保有众多明治风格的西式房间的住宅，至今充满严谨的家
风。家中有好几名学仆，书库和书斋的书籍堆积如山，连走廊
上都摆满了黯淡的书脊上印有烫金文字的精装珍本。

1　大审院，明治时代最高司法机关，相当于最高法院。1875 年设立，
1947 年撤销。判事，负责诉讼的审理和判决的官吏，隶属刑部省或太宰府。
2　本乡，东京文京区（原本乡区）高级住宅区，东京大学所在地。

本多的母亲是个毫无情趣的女子，担任爱国妇女会的干部，因为松枝侯爵夫人对这个组织的活动一向不很积极，所以，她看到自家儿子和松枝侯爵家的儿子格外亲密，心中并不痛快。

但是，除了这一点之外，她的儿子本多繁邦，无论是学习成绩，在家用功的表现，还是健康状况，以及日常循规蹈矩的言谈举止，都是无可挑剔的。她在家里家外，都为自己教导有方而感到自豪。

这个家中所有的东西，包括细小的家什用具，一律堪称典范。大门口的盆松、写有一个"和"字的屏风、客厅的烟具、缀着穗子的桌布，这些自不必说；还有，厨房的米柜、厕所的手巾架、书斋的笔盘以及文镇之类，都保持着无法形容的典范的形式。

家人谈话也是如此。朋友家里往往遗留这样的风气：家中必有一两个有趣的老人，常常讲些故事给人听。比如，看到窗外有两个月亮，大声叫骂之后，一个月亮现出狐狸原形逃走了。讲的人一本正经，听的人信以为真。尽管还保有这种风气，但在本多家里，处处受到家长的严格监视，即使是老婢，也禁止讲述这类蒙昧的故事。长期留学德国攻读法律学的家长，信奉德国的理性主义。

本多繁邦常常拿松枝家和自己家相比较，发现不少有趣的现象。对方家里过着西方式的生活，家中舶来品数不胜数，但

66

家风意外陈旧，积习难改；自己家里生活虽属日本风格，但精神方面多具西洋色彩，父亲对待学仆的态度，也和松枝家完全不同。

这天晚上，本多预习完第二外语法语之后，打算先行获得一些大学课程的知识，同时也为了满足自己对任何事物都爱追根求源的性格，开始浏览丸山书店寄来的用法语、英语和德语写作的法典解说。

自打聆听月修寺门迹的说法时起，他就觉得自己对平时所倾心的欧洲自然法思想学习不够。这种思想始自苏格拉底，通过亚里士多德深刻统治着罗马法，中世纪又由基督教精密地加以系统化，又为启蒙时代带来一次所谓"自然法时代"的流行热潮。如今，虽然暂时处于衰微时期，但两千年来一直随着变化无穷的时代风潮波浪起伏，每次都袍服炫烨，焕然一新。世界上再没有比这更具有永恒生命力的思想了。或许，其中保有欧洲理性信仰最古老的传统。然而，正因为越来越强韧，本多不能不认识到，这种明朗的富有人性的阿波罗太阳神般的力量，两千年来总是受到黑暗势力的胁迫。

不，不仅是黑暗势力，本多还认识到，光明也会受到更加炫目的光明的胁迫，不断洁癖性地排斥较之自己更加光明的思想。包含黑暗的更为强烈的光明，还不是终究未被法制秩序的世界所吸纳吗？

话虽如此，本多并未受到十九世纪浪漫主义历史法学派，以及民俗法学派思想的束缚。明治时代的日本，固然需要由这种历史主义所产生的国家主义法律学，但他反而转向法的根本所具有的普遍真理，醉心于目前并不流行的自然法思想。同时，他也想探知普遍的法所包摄的范围。如果法超越古希腊以来受人性观所制约的自然法思想、进入更广泛的普遍真理（假若存在这样的真理）的话，那么法本身也许会自行崩溃。本多一心想走进这个领域，任幻想自由驰骋。

这的确是年轻人颇具危险的思考。但是，罗马法的世界，犹如光明的地面明晰地印上浮现于空中的几何学建筑的影像，他一旦对自己所学的现代实定法[1]背后所矗立的这种影像感到餍足之后，自然就会摆脱明治日本忠实的继承法的压迫，时时将眼睛转向亚洲别的广阔的古老的法秩序。

丸善书店寄来的L·德隆肖的法译本《摩奴法典》[2]，有些内容可以很好解决本多的疑问。

《摩奴法典》或许是公元前二百年至公元二百年间集大成的印度古法典之大宗，在印度毗湿奴教徒中，至今依然保持法的生命。全书十二章二千六百八十四条，宗教、习俗、道德和法，浑然而成为一大体系，自宇宙起源说起，至盗窃罪和继承法为终结。如此亚细亚之混沌世界，同基督教中世纪自然法那

1 实定法，原文为"Positive Law"，与自然法相对的人为法。
2 《摩奴法典》，公元前后制定的印度法典，用韵文作成，凡十二章。详述婆罗门（僧侣）的特权身份，为后世法典之祖。

种整然有序的宏观世界与微观世界相照应的体系，实际上表现了显著的对比。

　　然而，正如罗马法的诉权和没有权利救济等于没有权利这一现代权利概念相对立一样，《摩奴法典》也在关于威严的王和婆罗门法庭仪容规定之后，将诉讼事件限定在负债不还等其他十八项目之中。这种干枯无味的诉讼法也有着这样的描述：王要知道根据事实审理是否正确，被比喻为"犹如猎人依据血滴寻求负伤的鹿的巢穴"；又如，列举王的义务，将王为王国施以恩惠比作"恰似因陀罗[1]于雨季四月普降甘霖"。本多被法典独特而丰丽的影像迷住了，一口气读到既非奇特的规定亦非宣言的最后一章为止。

　　西洋法的定言命令，永远服从人的理性，但《摩奴法典》将理性无法测知的宇宙法则——"轮回"，作为自然而然的道理深入浅出地提示出来了。

　　"行为产生于身体、语言和意义，也产生善或恶的结果。

　　"心于现世同肉体相关联，有善、中、恶之别。

　　"人以心之结果为心，语之结果为语，身体行为之结果受之为身体。

　　"人因身体行为之错误，来世变为树草；语之错误，变为鸟兽；心之错误，生为低等阶级。

1　因陀罗，即雷神。

"对于一切生物保有语、意、身三重抑制，又能完全抑制爱欲、瞋恚的人，可获得成就亦即究极之解脱。"

"人必须正确运用自己的睿智，根据个人灵、法与非法规定自己的志趣，经常留意法的获得。"

这里，虽然也像自然法一样，将法和善业作为同义语，但不同是，其根据是凭悟性难以解释的轮回转生。从另一角度来说，不是诉诸人的理性的方法，而是一种报应的恫吓，较之罗马法的基本理念，可以说是对于人性少有信赖的法理念。

本多不想进一步钻研这个问题，也不打算深入古代思想幽暗的底层，但作为法律学学生，既要站在确立法的一方，又无法摆脱对于现在实定法的怀疑或不满。他发现，目前实定法烦琐的黑暗框架和二重结构之中，经常需要自然法神的理性，以及《摩奴法典》根本思想中比喻为"白昼澄明的蓝天""群星灿烂的夜空"那样广阔的展望。

法律学诚然是一门不可思议的学问！它连日常琐碎的行动皆一并网罗殆尽，同时自古又向星空和太阳系撒开巨大罗网，它从事的是一桩极尽贪欲的渔夫的工作。

耽于苦读，忘记时间之推移的本多，到了应该就寝的时候了。他担心睡眠不足，明天脸色难看，影响清显的盛情邀请。

一想起那位美貌、谜一般的朋友，他就预测自己的青春将会如何过于单调无奇，不能不感到浑身战栗。他还模糊记得另一位同学曾经自豪地谈到，他在祇园茶屋[1]将坐垫团作球形，同众多舞伎[2]玩室内橄榄球游戏的情景。

接着，本多还联想到今年春天发生的故事，在世人眼里虽然算不得什么，但对于本多家族却是一件惊天动地的大事。祖母的十周年法事是在日暮里[3]的菩提寺举行的，参加仪式的亲戚们，其后都聚集在作为家族大本营的本多家里。

相当于繁邦堂妹的房子姑娘，在客人中最年轻、漂亮，性格活泼。在本多家族沉郁的空气中，就连这位姑娘爽朗的笑声，也显得极不协调。

虽说办法事，但对死者的记忆已经久远，长期阔别，一旦相聚，亲戚们畅谈无尽，比起办法事，主要的话题是各家新增加的幼小的家庭成员们。

三十位客人在本多家各个房间里随处转悠，看到每座屋子都堆满书籍，再一次感到惊讶。有几个人提出想看看繁邦的书斋，他们上楼，在他的书桌边乱翻一气。其间，人们陆续离去，屋里只剩下房子和繁邦。

两人坐在墙边皮沙发上，繁邦穿着学习院的制服，房子一身紫色"振袖"[4]和服。人们离去之后，两人变得拘谨起来，房

1　祇园，京都地名。茶屋，供客人宴饮、狎戏之处。

2　舞伎，酒宴上以歌舞助兴的少女。

3　日暮里，东京地名。

4　"振袖"，袂长的袖子，亦指装有该种袖子的未婚女性长礼服和服。

子清脆而爽朗的笑声也断绝了。

繁邦想给房子看看相册之类的东西，不巧他手头没有。房子似乎立即不悦起来。刚才房子那副过于活跃的举动、不间断地大声朗笑、对长她一岁的繁邦一副取笑的口吻，还有诸多不很稳重的举措，都是繁邦所不喜欢的。房子虽然像夏天大丽花一般热情和美丽，但他暗想，自己绝不会娶这类女子为妻。

"我累了，哎，你不累吗，繁哥？"

房子说罢，她那胸脯处的和服腰带像坍塌的墙壁迅速崩倒了。房子的脸孔突然伏在繁邦的膝盖上，这时他闻到了一股浓重的香气。

繁邦有些困惑，低头看着压在膝盖和腿上的沉重而柔软的负荷，很长时间没有动一动。因为他感到，要想改变这种状况，自己实在无能为力。况且，房子一旦将头交给堂哥穿着蓝哔叽裤子的大腿，就再也不肯移动一下了。

这当儿，隔扇打开了，母亲和伯父伯母蓦然走进来。母亲变了脸色，繁邦心里直跳。房子慢慢转过眼睛，接着懒洋洋地抬起头。

"我累啦，头疼。"

"哎呀，这怎么行，吃点儿药吧？"

这位爱国妇女会热心的干部，带着忠于职守的护士的语气问道。

"不，用不着吃药。"

——这件事情成了亲戚们的话题，幸好没有传到父亲耳眼儿里，但他受到母亲严厉的斥责。房子呢？房子再也不能到本多家里去了。

但是，本多繁邦一直记住了那个自己膝盖上经历过的温热而沉重的时刻。

当时，房子的身子、和服与腰带的重量全都压过来了，但他只想起了俊美而复杂的头部的重量。女人丰盈的秀发缠绕的头颅，如香炉般架在他的膝盖上，仿佛透过繁邦的蓝哔叽裤子不住地燃烧。那种温热宛如远方火场的热量，意味着什么？房子使用瓷罐笼火的方式说明一种难以形容的过度的亲热。尽管如此，她的头部的重量却是一种苛酷的、富于谴责性的重量。

房子的眼眸呢？

她因为斜斜地俯着脸，他看到就在眼皮底下，自己的膝盖上，滴溜溜圆睁着一双易受伤害的小巧的黑眸子。那就像一对临时停飞的极其轻盈的蝴蝶。忽闪着的修长的睫毛，是不住扇动的蝶翅，那瞳孔是翅膀上奇妙的斑纹……

那双眼睛是那么缺乏诚实，如此接近又那么淡漠，那是随时展翅飞翔的不安和浮动，犹如水平计中的气泡，由倾斜变为平衡，由涣散到集中，无休止地来来往往。繁邦从未见过这样的眼睛。

这绝不是谄媚，较之刚才的谈笑风生，此时的眼神只能认为是极为孤独的眼神，将她内心里无限的游移不定的辉煌，毫无意味地、正确地映射出来了。

从那里扩散开来的令人迷惘的甘美与馨香，也绝不是胁肩谄笑的媚态。

……如此说来，广泛无边地占据着近乎无限的悠长时间的东西，那究竟是什么呢？

八

帝国剧场自十一月中旬至十二月十日演出的正本[1]剧目，不是当红的女明星演出的话剧，而是梅幸[2]、幸四郎[3]等人的歌舞伎。清显认为这种戏剧适合招待外国客人，是他自己选定的，但他并不十分了解歌舞伎。演出的《平假名盛衰记》[4]和《双狮子》[5]，都是他不熟悉的剧目。

看来，他邀请本多也是出于这个原因。原来本多预先利用

1　正本，取材于"能乐"或"狂言"的歌舞伎脚本。

2　尾上梅幸(1915—1995)，第七代歌舞伎俳优，原名寺岛荣之助，第六代尾上菊五郎的养子。

3　松本幸四郎，江户中期以来歌舞伎俳优，初代为松本小四郎(1674—1730)，今已袭名至九代传人。

4　《平假名盛衰记》，即通俗本《源平盛衰记》，描写源义经讨伐木曾义仲(即源义仲)和一谷会战的情景。

5　《双狮子》，原文为《连狮子》，歌舞伎舞蹈，描写母子两代狮子的舞姿。

学校午休时间，到图书馆一一查找了关于这些剧目的资料，做好了为暹罗王子解说的准备。

本来，对于王子们来说，观赏别国的戏剧仅仅是出于一种好奇心。那天放学后，清显立即陪伴本多回家，将本多介绍跟王子们见面。本多用英语简要地讲述了当晚节目的内容，但王子们并不显得十分感兴趣。

清显对于朋友的忠实和认真态度抱着几分歉意和怜悯。其实，今晚来这里看戏，对他们每个人来说并不是主要目的。清显有些魂不守舍，他心里很不安，万一聪子打破约定，看了那封信怎么办？

执事前来报告，马车已经收拾停当。拉车的马对着冬日傍晚的天空一阵长鸣，鼻子里喷着白雾。冬天，马身上的气味稀薄，马的铁蹄踏着冰冻的土地，发出巨大的响声。这个季节的马，体内蓄积着雄健的力量，浑身是劲儿，清显见了非常高兴。绿叶丛中疾驰而过的马，仅是一只鲜活的野兽，而顶风冒雪勇往直前的马，以冰雪为体，以北风为形，变成一团不断飞旋前进的冬的气息。

清显喜欢马车。尤其是心中不安的时候，马车的晃动可以打乱不安独特的执拗而刻板的节奏，而且又能贴近感受到赤裸的马屁股上甩动的马尾、高高耸立的鬃毛，以及咬牙时流下来的闪亮的泡沫和一丝丝唾液，再加上直接接触这种畜力的车内优雅的气氛，所有这些清显他都很喜欢。

清显和本多都穿着制服和外套，王子们都是一身高领毛皮大衣，还是显得寒颤颤的。

"我们怕冷。"帕塔纳迪特殿下脸上现出冷峻的神情，"我曾吓唬过到瑞士留学的亲戚，说那个国家冷死了。没想到日本也这么冷。"

"很快就会习惯的。"

已经同他们混得很熟的本多安慰说。路上的行人都穿了披风，街道边飘扬着年末大减价的彩旗。王子们问现在过的是什么节。

王子的眼眸这一两天已经浸染了青黛色的乡愁，这给性格开朗而略显浮躁的库利沙达王子别添一种风情。当然，他也不是任性到无视清显的好心招待的地步，不过，清显总是时时觉得他的灵魂已经出窍，飘到大洋中间去了。这反而令他高兴。一切都被现存的肉体封锁，一个丝毫无法浮动的心灵，在他看来会使人精神沉郁。

日比谷护城河畔，及早降临的冬日的夕暮中，帝国剧场白色砖瓦的三层楼建筑，晃晃悠悠越来越近了。

他们到达时，已经开始上演新编的剧目了。清显看到自己座席后面两三排偏斜的地方，老女仆蓼科和聪子坐在一起。他同她们互相对望了一下。聪子来了，她那一瞬间展露的微笑，给予清显的感觉是，她原谅了他的一切。

镰仓时代的武将们在舞台上来来往往，清显沉迷在幸福之中，这幕戏在他眼里一片模糊。摆脱不安的自尊心，从舞台上看到的只有自己闪光的身影。

"今晚，聪子比平时更加漂亮！她是精心化妆之后来的啊。她的这副打扮正合我心意。"

眼下，他不好转头去看聪子，只在心中反复思索。他不断感到背后她的美丽，这是多么令他高兴的事啊！坦然、富足、温馨，这一切都于现实的存在之中自然而然地实现了。

今晚上，清显只需要一个娇艳的聪子。这是从来没有过的。不是吗？清显从来没有把聪子当成美女。她表面上虽然没有攻击性的言辞，但她是藏针的丝绸、隐含粗布的锦缎，此外，她不顾他的情绪一味爱着他。清显只感到，她就是这样的女人。清显只是把她作为沉静的对象，绝不放在自己心里。他一直闷闷不乐，以自我为中心，紧闭心扉，防止那焦躁渐渐升起的朝阳，将锐利的批评的光芒从缝隙照射进来。

幕间休息，一切都水到渠成。他先是小声告诉本多，偶然碰到聪子也来了。本多回头瞟了一眼，很明显，他不相信这是偶然。清显看到他的眼神，反而放心了。这位不过分要求诚实的朋友，清显从他那里获得了理想的友谊，他的目光有力地证明了这一点。

人们熙熙攘攘拥向回廊，穿过玻璃彩灯集中来到窗前，这里可以看到正对面护城河和石墙一带的黑夜。清显一反寻常，兴奋地涨红了耳朵，将聪子介绍给两位王子。不用说，他是用一副冷然的口吻做介绍的。但出于礼仪，他也模仿王子们谈起自己恋人时那副天真而又热情的样子。

毫无疑问，如此把别人的感情当作自己的感情加以模仿，正是来自眼下自由自在、轻松愉快的心情。他本来的感情是阴郁的，如今距离这种感情越来越远，竟会变得如此自由起来。为什么呢？因为他一点儿也不爱聪子。

老女仆蓼科老老实实退到柱子一旁，紧紧掩蔽着绣有梅花的衣领，以此表示她绝不和外国人坦诚相见的决心。清显对她的表现很满意，因为她没有吵吵嚷嚷说些感谢招待之类的话。

王子们在美女面前立即变得活跃了。同时他们也马上觉察，清显介绍聪子时用的是一种特别的腔调。乔培做梦也没想到，这是对自己那份朴素热情的模仿，反而开始从清显身上发现了正直而自然的青春，对他越发亲切起来。

聪子虽然没有说一句外语，但在两位王子面前，不亢不卑，气度高雅。本多对此很感动。被四个青年包围着的聪子，姿态翩翩，穿着三件套窄袖和服，如鲜花般光彩照人，同时又不失威仪之感。

王子们用英语向她问这问那，清显担任翻译。每次，聪子都对清显用微笑征求他的同意。因为这微笑发挥了出色的作用，对此，清显又感到不安起来。

"她真的没有看过那封信吗？"

是没看，要是看了，绝不会采取这样的态度的。首先，她不会到这儿来。打电话时信确实还没有到，但信到之后有没有拆开来看，一时得不到确证。总之，只有直接问她才能得到"没有看"这样的回答，可他又没有这样的勇气。于是，清显对自己生起气来。

同前天晚上那响亮的应答声相比较，聪子的声音和表情有没有什么显著的变化呢？他不动声色地瞧着她，心中又泛起了嘀咕。

聪子端正而秀挺的鼻子，一如牙雕的偶人，看起来并不显得冷漠，但那随着缓缓低俯的眼神移动的侧影，忽而明净，忽而黯淡。一般人显得有些鄙俗的眼神儿，在聪子身上微显迟滞，言语将尽，便嫣然一笑，随后秋波一闪，万般柔情尽皆包裹于整个优雅的流动之中，谁看了都会高兴。

稍显单薄的嘴唇也很受看，微微鼓起，内含丰丽。每当一笑，露出的牙齿映着玻璃彩灯的余晖，这时，她总是伸出细嫩的纤指，迅速遮掩着莹润的口中散发出的清亮的光芒。

王子们过分的恭维话，经过清显翻译出来，聪子听了面红耳赤。刹那之间，清显弄不清楚，她头发里微微显露出来的形似雨滴一般爽净的耳轮，到底是因羞涩而变得潮红，还是本来就染上了胭脂呢？

但是，任何东西都无法掩盖的，是她眼眸里强韧的光亮。那里依然具有一种令清显生畏的奇妙的贯通力。那正是一颗果核。

《平假名盛衰记》开幕的铃声响了，人们各自回到座席上。

"她是我到日本后遇到的最漂亮的女子。您真是太幸福啦！"

乔培和清显并肩走在通道上，悄声说道。这时，他眼中的乡愁也因此消失了。

九

松枝家的学仆饭沼，在这里干了六年多了，他感到少年时代的志向日渐衰微，生起气来也和往日不同，只是用一种郁愤的目光冷然以对，无所作为地瞧着一切。这固然是松枝家新式的家风改变了他的性格，但真正的毒源是在十八岁的清显身上。

清显过了新年就十九岁了。一旦等他成绩优异地从学习院毕业，到二十一岁那年秋天能够升入东京帝大法科以后，饭沼的工作也该终结了。奇怪的是，侯爵对清显的成绩没有严加监督。

照现在这样下去，要想考东京帝大法科是没有把握的，那就只能升入单为学习院华族子弟毕业生提供保送入学的京都帝大或东北帝大。清显的成绩大体在不高不低的水平上浮动。他既不努力用功读书，又不积极锻炼身体。本来，他如果能获得优异的学习成绩，饭沼也感到光彩，更会受到家人亲戚的称赞。一开始为他着急的饭沼这阵子也不再着急了，因为他清楚，不管如何吊儿郎当，清显将来总能混个贵族院议员干干。

清显和学习成绩接近首位的本多很要好，本多又是他最亲密的朋友，但没有给他更多有益的影响，而是站在清显赞美者一方，交往之中一直对他阿谀奉承，这使饭沼很生气。

当然，这种感情里也夹杂着几分嫉妒。本多原本就是清显的同学，他始终站在承认眼下的清显这个立场上，可是对于饭沼来说，清显存在的本身，就是一天到晚杵在他鼻子底下的一个漂亮的失败的证据。

清显的美貌、他的优雅、他的性格中的优柔寡断、缺乏朴素、放弃努力、充满幻想的心性，以及他那诱人的身姿、美妙的青春，还有那易伤的皮肤、梦一般修长的睫毛，都是对饭沼曾经有过的企图空前美好的背叛。他感到，这位年轻主人的存在本身，就是不断使他胆战心惊的嘲笑。

这种挫折的愤恨，失败的创痛长久持续下去，会把人引入一种崇拜的感情。每逢有人对清显冷言冷语，饭沼就十分震怒，而且还会凭着一种连自己也莫名其妙的不合道理的直觉，去理解这位年轻主人无可救药的孤独。

清显之所以远离饭沼，一定是因为时常发现饭沼心里有这样的饥渴。

松枝家众多用人中，目光里深藏这种明显、无礼的饥渴的只有饭沼一个人。

"对不起，请问那位学仆是个社会主义者吗?"

有的客人看见他的目光这样问，侯爵夫人听了咯咯笑起来，因为她对饭沼的身世、日常言行、天天不落一次地"拜宫"等，知道得一清二楚。

这位青年断绝了说话的对象，每天一早必定去"拜宫"，向今世再也见不到的伟大的先祖诉说心里话。这成了日常的习惯。

以往只是一味发怒，随着年龄渐长，对于自己也闹不清的庞大的不满——覆盖整个世界的不满——发出控诉。

早晨起得比谁都早。洗脸，漱口。穿上蓝白花和服和小仓纺宽腿裤，向祖祠走去。

经主楼后面，穿过女佣宿舍前头，踏上桧树林间的道路。严霜冻得地面隆起来，木屐踏碎霜层，现出晶莹、纯净的断面。桧树上夹杂着褐色枯叶的干爽的绿叶丛中，布满了冬日轻纱般的朝阳，饭沼从自己吐出的白气里，感受到自己被净化的心灵。小鸟的鸣啭由微蓝的晨空不停歇地沉落下来。凛冽的寒气一阵阵袭击着胸间的肌肉，有时使他心情激荡不已。"为何不能陪伴少爷一同来呢?"他为此而悲叹。

这种男子汉的豪爽的感情一次也没有教给清显，一半是饭沼的疏忽，他早晨没有能力硬把清显拉来一起散步;一半是饭沼的罪过，六年之间他没有使清显养成一个"良好的习惯"。

　　沿着平缓的山丘向上登，树林到头了，广阔的枯草地中间有一条鹅卵石参道，可以看到依次排列着祖宗祠堂、石灯笼、花岗岩牌坊，以及石阶下面一对大炮弹，在朝阳的照耀下，整然有序。早晨这一带地方，完全不同于松枝家主楼和洋馆周围的奢华，充溢着简净的气氛，使人感到好像进入白木新搭成的房屋框架之中。饭沼从孩提时代就学会的美好和善良，在这座宅第里只存在于死的周边。

　　登上石阶站到祠堂前边，这时，光影缭乱的杨桐树叶里，隐隐约约闪现出小鸟红黑的前胸。小鸟发出击柝般的鸣声，打眼前飞过去。好像是鹟鸟。

　　"祖宗在上。"饭沼像往常一样，合掌膜拜，口中念念有词。"为何时代到了今天，会是这个样子？为何力量、青春、野心和素朴尽皆衰微，变成如此一个毫无作为的世界？您杀了人，又差点儿被人所杀，您历尽千难万险，创造新的日本，不愧是创世的英雄！您一切大权在握，最后安然离世。您所生活的时代，怎样才能得以复苏呢？这种软弱、无能的时代究竟要存续到几时？不，是否刚刚开始？人们只考虑金钱和女人。男人忘记了男人之道。圣洁而伟大的英雄和神的时代，随着明治天皇的驾崩一同泯灭了。那个无限发挥青年们力量的时代，一去不复返了吗？

　　"这是个到处开咖啡馆招徕顾客的时代。因为电车上男女学生有伤风化，故而专设女子车厢的时代。人们已经耗尽全力，失去了奋不顾身的热情。只能颤动着末梢神经，摆动着女人般纤细的指头。

"这是为什么？为何会有这样的社会？一切的洁净之物悉数变得污浊的社会！我所伺候的您的文孙，正是这种孱弱时代的产儿。我现在是无能为力了，莫非断然一死就可以尽到我的责任了吧？抑或由先代祖宗圣思神虑，显灵做主，让我长此以往，继续坚持下去呢？"

饭沼忘记寒冷，只顾热衷于心灵的对话，他从蓝花和服领口一眼瞥见粗黑的胸毛，悲叹自己没有被赐予一个和清纯的心灵相适应的肉体，而有着一副清丽、白净肉体的清显少爷，却缺少这种男子汉气的鲜活而素朴的心灵。

饭沼的认真祈祷达于高潮之际，浑身燥热起来，晨风凛凛，膨胀的裤子里，他感到两股之间勃然而动。于是，便从祠堂地板下面抽出扫帚，疯狂地扫起地来了。

十

过年不久，饭沼被招到清显宿舍，屋里坐着聪子家的老女仆蓼科。

聪子已经来拜过年了，今天蓼科一个人单独来拜年。她送来京都产的面筋，然后悄悄来到清显这里。饭沼朦胧地知道蓼科，这回是首次正式被约请见面，但不知道因何故而被约请。

松枝家每逢过年，仪式都很隆重，从鹿儿岛来的几十位代表，元旦那天会来到位于旧藩主故宅的松枝家拜年。镶着黑漆木格子天棚的大客厅里，摆着星冈店定做的新年菜肴。这些乡下客人饭后还能尝到珍贵的冰激凌和西洋甜瓜。所以，闻名遐迩。今年因天皇驾崩，只有三位代表来京。其中照例有一位饭沼毕业的那所中学的校长，因为学校曾经受到过先祖的关照，每当饭沼从侯爵手里接过酒杯的时候，总是听到侯爵对校长说道："饭沼干得很出色。"今年同样如此，校长答谢的致辞也像盖了印章一般同往年一模一样。但对于饭沼来说，尤其今年的仪式，也许因为人数太少，他感到空洞无物，徒具形式。

主要来为侯爵夫人拜年的女宾席，饭沼自然不会参加。而且，一个上了年岁的女宾，前来访问少爷的书斋倒也是个例外。

蓼科穿着黑色家徽的条纹礼服，颇有威仪地端坐在椅子上。清显拿出威士忌招待她，看来有点醉了，盘得整齐的白发下面，京风[1]式浓妆的前额，犹如雪中红梅，略显酡酊之色。

谈话每每涉及西园寺公爵[2]，蓼科由饭沼身上移开视线，立即回到原来的话题。

"听说西园寺先生从五岁起就开始喝酒抽烟，将门之家对子弟训诫严格，公卿一族，正如少爷所知，从小父母就放任自流。这还不说，从孩子一生下来就授予五位，可以说是为天皇培养臣子，所以父母出于对皇上的尊崇，不肯严加管束自己的儿子。因而，公卿之家对朝中诸事尽皆守口如瓶，绝不像大名家里，家族之间对于圣上风言风语，飞短流长。出于这种原因，我们家小姐对于圣上打心眼儿里崇敬，当然，对于异邦人的皇上就不会那样毕恭毕敬了。"

蓼科捎带着对招待暹罗王子一事给以讥刺，接着赶紧添了

1　京风，京都风格。
2　西园寺公望(1849—1940)，公爵，大勋位。号陶庵。维新时荣立军功，政友会总裁、首相。1919年担当日本出席巴黎和会首席代表。

一句话：

"对了，好久没看戏了，这次托福踏进戏园子，感到又能多活几年了。"

清显听任蓼科东拉西扯地说下去，他之所以特意把老女仆叫到这座屋子来，是想解决长久盘踞在心头的疑问。他劝她喝酒，也是想向她问清楚，自己给聪子的信是否没有拆阅就付之一炬了。对这事蓼科的回答出乎意料得清清楚楚。

"啊，是那个呀，小姐接到电话后马上告诉我了。第二天信一到，我没开封就烧掉了。事情就是如此，请只管放心好了。"

清显听了，仿佛从幽暗的林间小道突然跑进广阔的原野，眼前是令人心旷神怡的五彩缤纷的美景。聪子没有看信，虽然一切都复归原位，但这对他来说，又展开一片新的希望。

聪子也鲜明地踏出了一步。每年她来拜年，总是选在全体亲戚家的孩子集中到松枝家的这一天。这天，侯爵就像这些从两三岁到十多岁的小客人们的父亲，亲切地向孩子们问这问那，同他们谈笑风生。孩子们要看马，聪子跟在后头，由清显陪着一起到马厩去。

门上搭着稻草绳[1]的马厩，养着四匹马。这时，只顾将头插进料槽吃草的马，猛然抬起头来，后退几步，踢踏着板壁，

1　稻草绳，新年时悬于住居、寺社等入口上方的饰物。

气势昂扬，平滑的脊背迸发着新一年的精锐之气。孩子们一一向马丁询问马的名字，然后兴高采烈地将手里紧握的半碎的饭团子，瞄准马的黄牙扔过去。马儿们用布满血丝的眼睛急切地斜睨着他们，孩子们觉得自己被这些马当作大人一样看待，心中欢喜非常。

聪子害怕马嘴里流下来的长长的口涎，躲到远处冬青树晦暗的树荫里。清显将孩子们托付给马丁，随后走到聪子身边。

聪子的眼角残留着几分屠苏酒的醉意，因而，她那混在孩子们欢声笑语里的下面一段话，看样子也许是酒后真言。聪子放肆地瞧着向身边走来的清显，滔滔不绝地说道：

"这几天我活得很高兴，谢谢您把我当作您的未婚妻介绍给别人。王子们看到我这个老太婆，一定很惊讶吧？那时候，我感到，就是随时死掉我也心甘情愿。您有力量使我幸福，却很少使用这种力量，对吗？我从来没有度过这样幸福的新年。今年一定会交上好运的。"

清显不知如何回答她才好，只得用沙哑的声音问道：

"为什么要这样说呢？"

"人在幸福的时刻，说话就像轮船下水典礼上从彩球飞出的鸽子，一股劲儿向蓝天飞翔。清少爷，您很快就会懂得的。"

聪子在如此热情的表白之后，又插了一句令他十分讨厌的话。"您很快就会懂得的"，这种预见显得多么自负，这是一种上了年岁的人的确信……

——几天前听到这种话，今天又听蓼科一番表白，清显心里一派晴朗，充满新的一年的吉兆。他忘记了每晚阴森的梦境，倾力于光明的白昼的理想和希望。于是，他不自量力，一心想摆出一副光明磊落的态度，驱散身边的暗影和烦恼，使人人都幸福起来。乐善好施犹如操作精密机器，需要有熟练的技术。清显这时候，出乎寻常地轻率。

但是，把饭沼叫到自己房间来，不仅是出于一种善意，即想看到饭沼明朗的面孔，以便驱走身边的暗影。

几分醉意助长了清显轻率的举动。此外，他一方面看到蓼科这位老女仆一副道貌岸然、彬彬有礼的样子；一方面又觉得她像持续几千年旧时代青楼里的老鸨，那一丝丝皱纹中镶嵌着凝聚官能刺激的风情，这种风情暗暗默许了他的放纵。

"学习的事，饭沼什么都教过我了。"清显有意对蓼科说，"但饭沼没有教我的还有很多很多。其实，饭沼不懂的东西有的是。所以在这一点上，蓼科今后必须多教教饭沼才是。"

"瞧您说到哪儿去了，少爷。"蓼科殷勤地接过话头，"这位已经是大学生了，我这个没有什么学问的人，这种事儿哪敢……"

"所以，我刚才的话没有让你教他做学问的意思。"

"别拿我这个老太婆寻开心啦。"

他们两个谈话时，始终没有理睬饭沼，清显没有让他坐，饭沼一直站在那儿，眼睛望着窗外的湖水。天气阴霾，湖心岛一带寒鸭戏水，顶端浓绿的松树，葱茏茂密，岛上覆盖着枯草，俨如披着一件蓑衣。

听到清显一声吩咐，饭沼这时才挨着小椅子边缘坐下来。他怀疑，清显是否真的一直注意到他。看来，清显一定是想在蓼科面前显示一下自己的威严。清显这种新的心理动机，使饭沼很是高兴。

"我说饭沼啊，刚才蓼科提到女佣中都在风言风语谈论一件事……"

"哦，少爷，那事儿……"蓼科连忙摆手制止，可是来不及了。

"说你每天早晨去'拜宫'是有另外目的的。"

"什么另外目的？"

饭沼满脸紧张，放在膝盖的拳头也颤动起来。

"不必再说啦，少爷。"

老女仆整个身子靠在椅背上，像个歪倒的陶瓷人儿。她似乎从内心里感到困惑，睁着双眼皮开得略显过分的眼睛，目光淡薄而锐利，快乐的心情浸染着松弛的嘴唇，嘴里镶着一口不太整齐的假牙。

"拜宫的道路透过主楼后面，那里面临一排女佣宿舍的格子窗户。你走过那里，每天都能和美祢见面。前天，你从窗棂里塞进一封给美祢的情书，是不是？"

没等清显把话说完，饭沼立即站起身来。他面色苍白，看得出，是在极力压抑内心的感情，脸上细微的筋肉凸显出来。他那一直像个影子似的面孔孕育着阴沉的火花，眼看就要炸裂了。清显高兴地望着他，清显完全了解饭沼的痛苦，清显把那张丑陋的脸孔当成幸福的脸孔。

"今天……我就辞职。"

饭沼说罢，抬腿就想走开，蓼科一跃而起，一把将他拽住了。这使清显甚感惊讶。平素总是拿腔作态的蓼科，一瞬之间，动作像豹子一样灵活。

"你不能离开这里。你如果走了，我又该怎么办呢？要是因为我的多嘴多舌，人家的学仆被解雇了，那我也得辞掉四十年的工作离开绫仓家。可怜可怜我吧，静下心来好好想想，明白吗？年轻人考虑问题太简单，那可要吃亏的。但这也是年轻人的好处，真是没法子啊！"

蓼科对饭沼做了一番简明又颇得要领的说服工作，她一边拉着饭沼的衣袖，一边苦口婆心地好言相劝。

这套办法蓼科这辈子用过几十遍了，早已轻车熟路。她深知只有在这个时候，自己才是世界上最被需要的人。她可以不动声色地从内里维护这个世界的秩序，她有这个自信。她总是出现于这样的一些场合：重要的典礼正在进行，不巧身上的和服绽开了线；不该忘记的讲话稿丢失了等等。她的自信来自能洞悉奇妙的突发事件。在她眼里，这些平时很少出现的事态反而是常态。她的机敏的补救手法里，包含着自己对于不测事件所付出的代价。这位遇事不慌的女子，她认为这个世界没有绝对安全的东西，即便是万里无云的蓝天，也会突然闪过一梭燕影，倏忽划破晴空。

而且，蓼科的补救工作灵敏、坚实，无懈可击。

饭沼事后时时在思忖，瞬间的踌躇，有时可以完全改变一个人的后半生。这一瞬间，大体好比一张白纸锐利的折痕，踌躇将人永远包裹起来，原来纸的正面变成了反面，再也不能回到正面上去了。

饭沼在清显书斋门口被蓼科拦住的时候，不由犯了踌躇，这下子全完了。他那年轻的心里，犹如游鱼在浪尖上时时闪现脊背，各种疑问一起涌来：美祢会把情书笑着展示给大家看吗？还是无意中被人家发现，从而使美祢陷入痛苦了呢？

清显看到饭沼回到小椅子上，他首先取得了一次不值得骄傲的小小胜利。他不打算向饭沼传达自己的善意了。他只要随心所欲地行动起来，使自己感到幸福就行了。他如今确实像个大人，感到可以优雅而自由地有所作为了。

"我把这件事公开出来，不是为了伤害你，也不是拿你开玩笑。你知道吗？为了你，我和蓼科两个人商量好了，绝不会告诉你父亲，同时也努力想办法不让你父亲知道。

"至于今后的事，我想蓼科会帮你出主意的。对吧，蓼科？不是吗？美祢是女佣里最漂亮的美人儿。正因为如此，可能会有些问题。不过，这件事交给我好了。"

饭沼像个无路可逃的密探，目光炯炯，一句不漏地听清显说着，自己始终沉默不语。清显的每一句话，如果细究起来，会有许多令人不安的成分，故而不再刨根问底，只管印在心坎里就行了。

饭沼瞧着清显的面孔，这位平常很少侃侃而谈的比自己幼小的青年，今天倒像个主人的样子。这本来是饭沼所希望看到的成果，但没有想到要经受这种残酷无情的方式才得到实现。

饭沼被清显打败了，他感到这和被自己内部的肉欲打败完全相同，这使他甚觉奇怪。刚才一时的踌躇之后，他感到自己长久以来感受的羞愧的快乐，立即和光明正大的忠实、诚信结合在一起了。这中间，必定有圈套，有诈术。但是，无地自容的羞愧与屈辱的底层，实实在在地开启着一方金灿灿的小门。

蓼科用故作细嫩的嗓音随声附和道：

"一切就照少爷说的那样办吧。少爷虽说年轻，却是个细心周到的主儿。"

饭沼听到的是和自己完全相反的意见，但是他却毫不感到奇怪地倾听着。

"但有个条件，"清显说，"从今以后，你不能为难我，要和蓼科一起全力帮助我。我也会帮助你获得爱情。大家和睦相处吧。"

十一

清显在《梦日记》中写道：

最近很少同暹罗王子们会面，但不知为什么，现在老是做暹罗的梦，梦见自己到了暹罗……

我一动不动地坐在房子正中漂亮的椅子上。梦中的我一直感到头疼，因为头上戴着又高又尖的缀满宝石的金冠。天棚上纵横交错的梁檩上，停满了孔雀，这些孔雀不时向我的金冠上撒落白色的粪便。

窗户外头是燃烧的太阳，荒草离离的废园，沐浴着灿烂的阳光，寂静无声。论声音，只有苍蝇轻微的嗡嘤，还有那些孔雀发出的声响，它们不断变换方向，时时转动着坚硬的脚爪，用喙嘴打理着那一身翠羽。废园围在高高的石墙内，石墙开着宽大的窗户，可以看到外面几棵椰子树和一堆堆纹丝不动、银光闪耀的云层。

低下眉头，看到自己手指上戴着翠玉戒指。这本是乔培戴的戒指，不知何时移到我的手上了。一对黄金守门神亚斯卡奇怪的脸孔镶嵌在一圈宝石之中。两者精巧的工艺也十分相像。

自己手上浓绿的翠玉中，不知是白斑还是龟裂，如霜柱一般晶莹闪亮。我望着望着，看到那里浮现出一个娇小可爱的女子的面庞。

我以为是站在背后女子的脸，回头一看，没有一个人。翠玉中娇小的女人的脸，微微晃动着，刚才还是神情严肃，现在充满明朗的微笑。

苍蝇群集手背上，很痒，连忙挥了挥手。又一次窥视一下戒指，这时，女子的脸孔已经消隐了。

认不出那女子究竟是谁，我在一种莫名的痛悔和悲伤之中醒来了……

清显在自己的《梦日记》中，从来不附加自己随意的解释。可喜的梦就按可喜的梦，不吉的梦就按不吉的梦，一一如实记述下来，以便将来能唤起尽可能详细的回忆。

他不在意梦的意思，他只重视梦的本身。或许在他的意识中，潜伏着对于自己的存在感到不安的缘故。醒来的他感情游移不定，比较起来，梦要确实得多。感情到底是否是"事实"，没有办法测定，而梦至少是"事实"。而且，感情无形，梦既有形又有色。

清显在写《梦日记》时，未必想把现实中一些不如意的不满情绪封闭起来。近来，现实一直采取随心所欲的形式。

甘拜下风的饭沼成了清显的心腹，经常和蓼科联络，想办法让聪子同清显会面。按清显的性格，有了这位心腹已经心满意足，似乎不需要本多这位朋友了，便无形中和本多疏远起来。本多感到寂寞，他敏感地觉察到清显已经不需要自己了。但他将过去的时间权且当作交友的重要组成部分，把他和清显一起虚度的光阴全部用在读书上。他广泛涉猎英、德、法等语言的法律、文学和哲学书籍。他没有步内村鉴三[1]的后尘，而是有感于卡莱尔[2]的《成衣匠的改制》。

一个下雪的早晨，清显要到学校去，饭沼环顾了一下周围，走进清显的书斋。饭沼这个新的卑屈的举动，消除了他阴郁的表情与体态不断给清显带来的压力。

饭沼告诉他蓼科打来了电话，说聪子对今天早晨的雪很感兴趣，很想和清显一块儿坐车观赏雪景，要清显向学校告假，前去接她。

1　内村鉴三(1861—1930)，宗教家，评论家。创办杂志《圣书之研究》，著作有《求安录》等。

2　理查德·卡莱尔(Richard Carlile，1790—1843)，英国激进改良主义者。

这种随心所欲的请求使他出乎意料，清显有生以来从来没有人向他提出过。他已经做好上学的准备，一只手提着书包，茫然地望着饭沼。

"你在说些什么呀，聪子小姐当真是这么想的吗？"

"是的，蓼科这么说的，不会有错。"

奇怪的是，饭沼这样断言的时候，多少恢复了些威仪，看他那副神色，仿佛清显一旦抗拒，就会招致道德的谴责。

清显倏忽瞥了一眼背后庭园的雪景，聪子这种说一不二的做法，与其说伤害了自己的骄矜之气，不如说像操起一把手术刀，迅速而巧妙地切除了他那骄矜的肿块，使他感到通体清凉。这是一种几乎来不及感受的迅疾的、无视自己意志的新鲜的快感。"我只得按聪子的意志行事了。"他思忖着。他看到的雪虽然积得还不厚，却纷纷扬扬地下着，覆盖了湖心岛和红叶山。

"好吧，你给学校打个电话，就说我感冒需要请假。这事儿绝不能让我父母知道。然后再去车场雇用两名可靠的车夫和一辆双人包车。我步行走到车场去。"

"冒着雪去吗？"

饭沼发现年轻的主子立即脸红了，美丽的红潮涌了上来。那红潮在窗外纷纷而降的雪的映衬下，罩上了几分暗影，渗入暗影的红潮更加艳丽动人。

饭沼眼见着这位在自己照料下成长的少年，从未养成一副英雄的性格，但不论目的如何，他的眼眸中却蓄着一团火焰出发了。饭沼满意地瞧着他，自己也很诧异。如今清显奔去的方向，正是他曾经蔑视的方向，抑或于游惰之中，潜隐着尚未发现的大义吧。

十二

麻布的绫仓家是一座武士的宅第，长条屋门的左右是开着一排凸窗的守卫所。家中人手少，长条屋里似乎没有住人。积雪包裹着屋瓦的棱角，不过看起来，却像屋瓦的棱角忠实地将积雪按一定形状顶起来了。

门洞旁边有个黑色的人影，似乎是蓼科打着伞站在那儿。车子靠近门边时，那黑影旋即消失了。清显等着车子停到门前，这期间，他的眼里一直眺望着门框中瑟瑟而降的雪片。

不一会儿，在蓼科稍稍张开的伞的护卫下，聪子罩着紫色的披风，双袖捂在胸前，低俯着身子，钻出了旁门。那姿影在清显眼里，宛若从小小的储藏室里，往雪地上拖出一个紫色的大包裹，美艳得令人无奈，令人窒息。

聪子上车的时候，无疑是在蓼科与车夫的搀扶下，半悬着身子坐进车中去的。清显揭开车帷接应她。聪子的头上和领口以及头发上粘着一些雪花,一张光艳动人的细白的粉脸,满含微笑,伴着飞雪靠了过来。他感到仿佛是什么东西由平淡的梦境中抬起身子,急剧地向自己袭来。也许是承受着聪子的体重的车子不稳定地摇晃着,强化了这个突如其来的感觉。

这是跌落过来的紫色的堆积,那浓烈的香气对于清显来说,就像自己冰冷的面颊周围飘舞的雪花俄而散放的馨香。上车时随着身体的姿势一纵,聪子的脸庞一下子挨近清显的面颊,她立即将身子摆正,刹那间,清显清楚地看到她那紧绷的颈项,宛若一只白天鹅挺直了脖子。

"什么事……到底什么事,这么着急?"

清显耐着性子问道。

"京都的亲戚得了重病,父亲和母亲昨晚乘夜车赶去探病了。剩下我一个人,很想和您见见面,想了整整一个晚上。这不,今早下雪了,我想和清少爷两个一块儿赏雪去。我生来第一次这么任性,还请您多担待些。"

聪子和平时不同,她喘息着,用娇滴滴的声音说道。

车子在两个车夫一拉一推的吆喝声中出发了。透过车帷的小窗,只能看到微黄的丝丝缕缕的雪片,车中不停地摇动着一团晦暗。

两人的膝头盖着一块清显带来的苏格兰绿格子小毛毯,他俩如此身子挨着身子依偎在一起,除了幼年时代早已遗忘的记忆,这还是第一次。

布满灰色微光的帷幔缝隙，忽张忽合，雪花不住瞅空子钻进来，在绿色的护膝小毛毯上凝结成水珠儿。大雪扑打着车棚，那声音犹如躲在芭蕉叶荫下听到的巨响。清显好奇地瞧着，听着，被这番景象完全吸引住了。

车夫问要去哪儿。

"哪儿都行，不管什么地方，只要能去。"

清显回答，因为他知道聪子也是同样的心情。随着车把抬起，两人一同向后仰了仰，保持着局促的姿势，连手也没有握一下。

但是，护膝小毯子下面，膝头不可避免地互相接触，犹如传递着雪下一点闪亮的火花。那个挥之不去的疑团，又在清显的脑子里翻腾起来了。"聪子真的没有看过那封信吗？蓼科既然说得那么肯定，看来不会有假。那么，聪子还会嘲笑我不识女色吗？我究竟如何才能忍受住这种屈辱呢？本来我是那样巴望聪子不要看到那信，现在反而感到看到了更好。这样一来，这种雪天早晨里的疯狂的约会，就明显意味着一个女人对于一个深谙儿女私情的男子真挚的挑战。要是这样，我也有办法对付。……不过，即便如此，我的不识女色的事实，不就再也瞒不下去了吗？"

一方小小晦暗的空间的摇动，使他的思绪四处飞散开来，他即使将视线从聪子身上移开，除了明亮的小窗的黄色赛璐珞上粘满雪片之外，就再也没有值得一瞧的地方了。他终于把手伸向小毯子下面，聪子的手早已等在那里，那是守在温暖巢穴中的狡黠的手。

一片雪花飞进来，粘在清显的眉毛上，聪子看见"哎呀"叫了一声。清显不由得转过脸望望聪子，感觉到自己眼皮上一阵冰凉。聪子迅速闭上眼睛，清显直视着她的紧闭双眼的面庞，只有绯红的嘴唇略显黯淡，脸蛋儿宛若指甲弹拨的花朵，轮廓缭乱地摇动着。

清显的心剧烈跳动，他切实地感到制服高耸的领口紧紧束缚了脖颈。聪子那张双目紧闭、娴静而白皙的面孔是个最为难解的谜。

护膝小毯子下边握着的聪子的手指在稍稍加力，清显觉得这是一种信号，无疑他又再次受到了伤害，然而，他被这轻轻的力所引诱，很自然地将自己的嘴唇贴在聪子的芳唇上。

车子的颠簸眼看又将使合在一起的嘴唇分开，于是，以他的嘴唇以及他所接触的嘴唇为中心，一切姿势都在抵抗着车子的摇摆。清显感到，仿佛有一幅无形的、巨大而芬芳的扇面，正以他所接触的嘴唇为轴心，向着周围徐徐展开。

这时候，清显的确懂得了忘我，但他没有忘记自己的美貌。自己的美和聪子的美，从公平对等的角度来看，这两者的美无疑是像水银一般融合在一起了。他觉悟到，那些排拒的、焦灼的、尖刻的言行，其性质都和美毫无干系，对于所谓"孤绝的自我"的迷信，这种宿疾不存在于肉体，只寄生于精神。

当清显完全拂去心中的不安，确实感到自己处于幸福之中的时候，接吻也就变得越来越果断和热烈了。随之，聪子的樱唇也愈加柔媚。清显害怕自己的全身会融入那温润而甜蜜的口腔之中，于是，他想用手指触及一下有形的东西。他从小毯子底下抽出手，抱住女人的肩膀，支起她的下巴颏儿。这时，他的手指体验了女人下巴上纤细、柔嫩的骨头的感觉。他再次切实感觉到存在于自己之外的另一个肉体个体的姿影，这样一来，反而使得口唇的融合更加亲密了。

聪子珠泪滚滚，滴落到清显的面颊上，他清楚地感觉到这一点。清显浑身泛起一种骄矜之气。然而，他的这种骄矜丝毫不含有曾施惠于他人的满足。聪子的一切所作所为，那种年长者的批评的语调也消失殆尽了。清显用自己的指尖儿抚摸着她的耳朵、胸脯，他陶醉于一次又一次新鲜而柔软的触感之中。他学会了，这就是爱抚！他把即将飞离的雾霭般的官能一手揽住，化作有形之物了。而今，他只考虑自己的喜悦。这是他所能做到的最大的自我放弃。

接吻结束的时候，又像极不情愿地从梦中醒来，虽然昏昏欲睡，但很难抗拒透过薄薄眼睑的玛瑙般的朝阳。他心中依然充溢着悒郁的留恋之情，只有在这个时候，睡眠的美味才达于顶峰。

口唇一旦脱离，犹如正在鸣啭的小鸟突然闭上嘴，留下了不祥的静寂。两人不再相互对望，一直沉默不语。然而，这种沉默因车子剧烈的晃动而被打破，那感觉仿佛又都在忙于别的事情了。

清显低着头，看见小毯子下面露出的女子穿着白布袜子的脚尖儿，那双脚犹如绿色草丛中察知危险的小白鼠，正胆怯地窥探着四方。而且，脚尖儿上稍稍沾上了些雪花。

清显感到自己两颊灼热，他像孩子似的伸手摸摸聪子的面颊，发现和自己一样灼热，他满足了。只在那个地方有夏天。

“我把幔子打开来。”

聪子点点头。

清显伸开手臂，扯掉前面的幔子。面前沾满雪花的四角形的断面，像倾斜的银白的门扉，无声地崩塌下来。

车夫听到了动静，停下脚步。

“不要站住，快走!”清显喊道。车夫听到背后爽朗而充满青春活力的呼喊，再次挺起了腰杆。“快走，一个劲儿朝前走!”

车子随着车夫的吆喝向前滑动。

“要给人看到的。”

车内的聪子含着温润的眼神说。

“管他呢!”

清显这种果敢的语气，连自己都感到惊讶。他很清楚，他要直接面对世界。

抬头仰望天空，犹如雪浪奔涌的深渊。飞雪扑打着两个人的颜面，一旦张开口来，雪花就势飞入口中。要是就这样被白雪掩埋，那该多好！

"瞧，雪飞到这儿啦……"

聪子的声音仿佛在梦里。她似乎想告诉他，雪片儿从喉头滴落到胸乳一带了。但是，飞落的雪花纹丝不乱，那种降落的方式具有典礼的庄严。清显双颊冷却了，他感到心情也渐渐平静下来。

车子沿着住宅众多的霞町坂上一条悬崖，经过一片空地，进入可以遥望麻布第三联队营房的地方。一片银白的营地里，没有一个士兵，突然，清显在这里看到了那册日俄战争影集中得利寺附近战死者祭典的幻象。

数千名士兵麇集一处，围绕着白木的墓标和白幡飘扬的祭坛，垂首默祷。和那照片不同的是，士兵们的肩上堆满了积雪，军帽的庇檐上也同样一片雪白。瞬间里清显想到，他所看见的实际上都是死去士兵的幻影，集合在那里的数千名士兵，不仅是为了吊慰战友，同时也是为着吊慰自身而默哀……

幻象立即消泯了，透过雪光，一幕幕景色在眼前出现：高大的围墙内，巨大的松树上架起了新的防雪的绳网，鲜艳的麦黄色表面，挂着摇摇欲坠的积雪，两层楼房上紧闭的毛玻璃窗内，依稀闪现着白昼的灯火。

"放下来吧。"

聪子说。

幔子放下了，看惯了的黑暗重新涌来。然而，刚才的陶醉却没有再来。

"她对我的吻究竟是如何感受的呢?"清显又泛起了他所惯有的疑惑了，"是否以为我有点儿热情过度，太执拗，又太孩子气，有点儿不像话呢? 那时，我确实一味陶醉于喜悦之中啊。"

"该回去了。"

这时，聪子的话语恰到好处。

"她又在故意打岔了。"

清显想着想着，突然放过了提出异议的机会。当时如果说不回去，骰子就捏在清显手里，但是，那尚未拿惯的沉甸甸的象牙骰子，并不属他所有，因而一接触到指尖儿就感到冰冷异常。

十三

清显回到家，说是浑身发冷，请假早退回来的。母亲来到清显的屋子探病，硬要给他量体温，正闹得人仰马翻的时候，饭沼前来报告，说本多来电话了。

母亲要替他去接，清显费了好大劲才制止了她。不管怎样，他都要亲自去接，母亲在他的背上裹了一层羊绒毛毯。

本多是借学校教务科的电话打来的，清显的声音显得极不高兴。

"有点儿小事，对家里人说到学校去了一下就回来了。上午没去学校，瞒着家里呢。感冒？"清显一面记挂着电话室的玻璃门，一面继续不悦地闷声说着，"感冒没啥了不起的，明日去学校，到时候再给你细说。……只是缺一天的课，用不着担心打电话来。真是小题大做！"

本多挂了电话，自己的一番厚意换来了一顿抢白，心里觉得十分憋气并感到愤怒。此种愤怒，过去对于清显从未产生过。较之清显一副冷淡的不高兴的声音以及毫无礼貌的应对，更要紧的是，那种不情愿地对朋友不得不泄露一个秘密时所流露出来的遗憾，刺伤了本多的心。其实，他从未有过一次强迫清显硬要袒露自己的秘密。

本多稍稍冷静之后，加以反省。

"只一天没来校，我就急着打慰问电话去，这哪里像我所干的事啊？"

然而，这种急不可待的慰问，不能完全说是出自无微不至的友谊，他被一种不祥的念头所驱使，为了利用课余时间，到教务科借打电话，跑过了堆满积雪的校园。

打一清早，清显的课桌就一直空着。对于本多来说，这是一种恐怖，似乎可怕的事情来到眼前了。清显的桌子靠近窗户，窗外的白雪映在古老的百孔千疮的、新涂上一层清漆的桌面上，那桌子看起来仿佛一具蒙上白布的坐棺……

本多回到家里，心中闷闷不乐。这时，饭沼打来电话，说清显打算对刚才的事情表示道歉，今晚雇车子来接他到清显家去一趟，问他是否方便。饭沼那副沉闷的腔调更加使本多感到不快。他一口回绝，说是等到清显来校之后再详细面谈。

清显从饭沼嘴里听到回话，恼恨得仿佛真的生病了。而且，深更半夜，他无故把饭沼叫到屋里，一番话将饭沼吓了一跳。

"都怪聪子小姐，人家说女人就会破坏男人们的友谊，这话一点儿不错。要不是聪子一大早那般任性，本多哪里会生这么大的气啊！"

夜里，雪停了。翌日早晨，天气响晴。清显不顾家人阻止，上学去了。他比本多早到学校，打算主动向本多问好。

但是，一夜过后，紧接着又是一个光辉的早晨，清显的心里那种抑制不住的幸福感，使他完全换了一个人。本多进来时，清显笑脸相迎，他若无其事地报以恬淡的微笑，清显本想把昨天早上的事全都说出来，这会儿又改变了主意。

本多虽以微笑作答，但并没有开口说什么，他把书包放在自己的课桌上，靠着窗台眺望晴雪后的景色。接着，他瞥一眼手表，看到离上课确实还有半个多小时，便转身离开了教室。清显很自然地随他而去。

高等科教室是一座木质结构的二层楼房，旁边有一处以凉亭为中心的小型几何学图形的花坛，外侧连着悬崖，一条小路向下通向一片森林，森林中心有一个小水池，名字叫作洗血池。清显以为本多不大可能到洗血池去，因为刚刚化雪的小路，走起来十分艰难。果然，本多走到凉亭那里站住了，用手拂去座凳上的积雪，坐了下来。清显穿过白雪覆盖的花圃，向那里靠近。

"你为何盯着我？"

本多有些目眩地眯细着眼睛，看着这边问道。

"昨天都怪我不对。"

清显坦率地道着歉。

"算了吧，你是装病吗?"

"是的。"

清显挨着本多身边，同样拂去积雪坐下来。

本多深感目眩地瞧着对方，为感情的表面镀了金，这对消除彼此的隔阂很有作用。站立时透过积雪的树梢，可以望见水池，一旦在亭子里坐下来，就看不到了。校舍的屋檐、凉亭的庇檐，以及周围的树木，都一齐响起化雪时滴水的声音。覆盖在四周花圃上的凹凸不平的积雪，表面已经冻结而陷落，犹如花岗岩粗劣的断面一样，反射着致密的光亮。

本多以为，清显肯定会吐露自己心里的某种秘密，但他又不承认自己是为此而在等待。他有一半希望清显什么也不要对他说，朋友施以恩惠似的告诉他一些秘密，这对于本多是难以忍受的。于是，他不由得主动开口，故意绕着圈子说道:

"我最近一直在考虑个性这个问题。我至少认为，这个时代，这个社会，在这所学校里，自己是个与众不同的人，我也希望有这个认识。你也是这么看吗?"

"那是这样的。"

逢到这种时候，清显便用他那独特甘美的、言不由衷的语调，心不在焉地应和着。

"但是，百年之后又将如何? 我们只能身不由己地卷裹于一个时代的思潮中，加以眺望。美术史上各个时代不同的模式，毫不留情地证明了这一点。身居于一个时代的模式之中，不论是谁都只能透过这种模式观察事物。"

"那么说，现在的时代有没有模式？"

"我要说的是，明治的模式正在走向死亡。然而，生活在模式里的人们，绝不会看到这种模式，所以，我们也同样包裹于一种模式里。这就像金鱼一样，并不知道自己生活在鱼缸之中。

"你只是生活在感情的世界，别人看到你变了，你自己也以为是忠实地生活于自己的个性之中。但是，没有任何能证明你个性的东西。同时代人的证言一个也不可指望，或许你的感情世界的本身，代表着时代的模式最纯粹的形态。……不过，同样没有任何证据可以证明这一点。"

"那么有什么可以做证呢？"

"时间，只有时间。时间的过程概括了你和我，将我们未曾觉察到的时代的共性，残酷地引证出来……随之，把我们一股脑儿归纳为'大正初年的青年们都是这样一种思维方法。他们穿着这样的衣服，操着一口这样的语言'。你很讨厌剑道部那帮家伙吧？你对那些人满怀蔑视的心情吧？"

"唔。"清显渐次感到一股寒气透过裤子袭击而来，浑身感到发冷，他坐在亭子的栏杆旁边，凝视着脱尽积雪的山茶树叶，光艳无比，耀目争辉。"啊，是的，我讨厌那帮家伙，瞧不起他们。"

本多对于清显这种敷衍了事的应付态度已经不感到奇怪了。他接着说下去：

"那么，你想想看，再过十年，人们将会把你同你最鄙视的那帮家伙一样对待，你又将如何呢？那些人粗劣的头脑，感伤的灵魂，用文弱的言辞辱骂他人的褊狭的心胸，欺负低年级学生，对乃木将军疯狂的崇拜，每天打扫明治天皇手植的杨桐树周围，那副感到欣喜异常的神经……所有这些东西，都将和你的感情生活混为一谈，笼而统之加以处理。

"而且，在这个基础上，人们就会轻而易举抓住我们如今所处的时代总体的真实。现在，就像一湾被搅动的水，平静下来之后，水面上忽然清晰地泛起一道油彩。是的，我们的时代的真实，于僵死之后将被轻易地加以分离，让每个人都看得一清二楚。而且，百年之后，人们就自然会弄明白，这种真实完全是一种错误的思维，我们也将被当作那个时代持有错误思想的人统一对待。

"想想看，这种概观究竟基于何种标准呢？是那个时代天才的思维，还是伟大人物的思维？都不是！后来人为这个时代下定义的基准，就是我们和剑道部的那些人一种无意识的共同点，亦即我们所具有的最通俗的一般性信仰。所谓时代，永远被置于一种愚昧的信仰之下而加以概括。"

清显不知道本多究竟想说些什么。但听着听着，他的心中也渐渐萌生了一棵思想的幼芽。

教室的二层楼窗户里，已经闪现出几个学生的脑袋。其他教室紧闭的窗玻璃上，反射着耀眼的朝阳，同蓝天相辉映。这早晨的校园，清显想起昨天落雪的早晨，两相比较，感到自己眼下已身不由己，由那种官能的黑暗的动摇中，被拖回明丽、雪白而富有理性的校园中来了。

"你是说，这就是历史吗？"一旦讨论起来，比起本多，清显觉得自己说的话十分幼稚，因而感到懊悔，但是他也想同本多共同思考这个问题。"你的意思是说，不论我们想些什么，希望什么或感觉什么，历史都不会按照我们的意愿行动，对吗？"

"是啊，西方人动辄以为，是拿破仑的意志推动着历史，就像你的祖父们的意志，创造了明治维新一样。

"但是，果然是这样吗？历史有过一次是按照人们的意志发展的吗？每逢一看到你，我总是这样想。你既不是伟人，又不是天才。然而，这就是你的一大特色。你还完全缺乏意志这个东西。而且，一想到这样的你和历史的关系，我就会产生一种非比寻常的兴趣。"

"你在讽刺我吗？"

"不，不是讽刺，我在考虑完全无意志的历史参与这个问题。例如，我具有这样的意志……"

"你的确是有的啊。"

"这也权当是具有改变历史的意志，我将花费我的一生，付出我的全部精力和全部财产，努力按照自己的意志扭转历史的进程。同时，尝试获得可以实现这一目的的地位和权力，而且当作已经掌握在手。尽管如此，历史也不一定按照我所喜欢的样子发展下去。

"一百年，两百年，三百年后，历史也许很快就会采取同我全然没有关系，却和我的梦想、理想、意志相一致的姿态，说不定这正是一百年前，二百年前我所梦想的形式呢，就像我的眼睛，带着一种任其想象的美，微笑着冷然地俯视着我，嘲笑我的意志一般。

"人们或许会说，这就是所谓历史。"

"这不正是机遇吗？到那时，好容易时机成熟了，不是吗？不要说百年，即使三十年或五十年，这种事儿也往往会发生。此外，当历史采取这种形式的时候，也许你的意志一度死亡，然后变成潜在的看不见的细丝，援助历史取得如此的成就。假如你一次也没有在这个世界上享受生命，即便等上数万年，历史也不会采取那样的形式。"

清显仿佛处于毫无亲密感的抽象语言冷酷的森林中，感到自己的身子微微发热，他知道这种兴奋都是受到本多的影响。这对于他来讲，永远是一种并非发自内心的欢愉，可是一旦遥望着落在积雪花圃上的枯树长长的阴影，还有那充满明朗的滴水声的银白的领域，他感到哪怕本多直接看出了自己沉浸于昨日温暖而幸福的回忆，也明显地采取无视的态度。清显对本多雪一般洁白的裁断甚感高兴。校舍屋顶上铺席大的积雪滑落下来，闪现出湿漉漉的黝黑的屋瓦。

"而且，那时候，"本多继续说下去，"百年后，要是历史采取我所想象的形态，你还会将此称作什么'成就'吗?"

"那肯定是一种成就。"

"谁的成就?"

"你的意志的成就。"

"开什么玩笑! 那时候我已经死了。刚才说了，已经和我毫无关系。"

"那么，你不认为那是历史意志的成就吗?"

"历史有意志吗? 将历史拟人化总是危险的。照我的想法，同我的所谓意志毫无关系。因此，这种绝非产生于某种意志的结果，也绝不可以称作'成就'。其证据是，历史所假设的成就，在下一瞬间早已开始崩溃。

"历史一直在崩溃，又是为了准备下一个徒然的结晶。历史的形成和崩溃，似乎只具有同样的意义。

"我对这件事十分清楚。虽说清楚，但我和你不同，不能不做个有意志的人。说是意志，有时也可能是我的被强加在身上的性格的一部分。尽管谁都无法说得准确，然而，人的意志本质上可以说是'企图关联历史的意志'。但我不是说，这就是'关联历史的意志'。意志关联历史，几乎是不可能的，仅仅是'企图关联'。这同时又是一切意志所具有的宿命，虽然很明显，意志并不想承认一切宿命。

"但是，用长远的目光看，所有人的意志都会受到挫折。人类的常规就是不能随心所欲。逢到这种时候，西洋人作何考虑呢？他们认为'我的意志就是意志，失败是偶然的'。所谓偶然，就是排除一切因果规律，自由意志所能承认的唯一的不合目的性。

"所以说嘛，西洋的意志哲学，必须承认'偶然'才能成立。所谓偶然，就是意志的最后避难所，一笔赌注的胜负……没有这个，西洋人就无法说明意志反复的挫折和失败。这种偶然，这笔赌注，我以为就是西洋的神的本质。意志哲学最后的避难所，如果是偶然之神，同时也只能是偶然之神，才能鼓舞人们的意志。

"但是，假如偶然这东西全被否定了，又怎么办呢？任何胜利、任何失败之中，完全没有偶然的用武之地，又怎么办呢？要是这样，一切自由意志的避难所都没有了。偶然不存在的地方，意志就会失掉支撑自己本体的支柱。

"看看这种场面就知道了。

"这里是白昼的广场，意志独自站立。它装出似乎是靠自己一个人的力量而站立，而且自己也产生了这样的错觉。阳光如雨，没有草木，在这巨大的广场里，它所具有的只有它自己。

"此时，万里无云的天空，传来隆隆的轰鸣声。

"'偶然死了。偶然这个东西没有了。意志啊，今后你将永远失去自己的辩护者。'

"听到这个声音的同时，意志的本体开始颓废、融化了。肉在腐烂、脱落，眼看着露出了骨头，流出透明的浆液。就连那骨头也在变软和溶解了。虽然意志极力用两脚站稳大地，但这种努力不起任何作用。

"充满白光的天空，响起恐怖的声音，裂开了，必然之神从裂缝里露出脸孔，正是在这种时候……

"不管怎样，我都一味想象着，看到必然之神的面孔，就只能感到恐怖和可憎。这肯定来自我的意志性格的软弱。然而，如果一次偶然也没有，意志也将变得毫无意义，历史不过是一把隐含着因果规律的大锁上的铁锈，与历史有关的东西，只能起到唯一光辉的、永远不变的美丽粒子似的无意志的作用，人们存在的意义也就在这里。

"你哪里懂得这个，你不会相信那样的哲学。比起自己的美貌、易变的感情、个性和性格，你只朦胧地相信无性格，是不是这样？"

清显一时难以回答，但他并不觉得自己受到了侮辱。他只是无奈地微笑着。

"对我来说，这是个最大的谜。"

本多流露出近乎滑稽的真挚的叹息，这叹息在旭日里化作白色的气息飘荡着，在清显眼里，看上去仿佛汇成一种朋友对自己关心的依稀可见的形态。于是，他心中暗暗泛起强烈的幸福感。

这时，上课的钟声响了，两个青年站起身子。二楼上有人将窗台上的积雪搁成一团，抛向两人的脚边，溅起一片闪光的飞沫。

十四

清显保存着父亲书库的钥匙。

这里位于主楼北侧的一个角落，是松枝家不大为人所注意的一间屋子。父亲侯爵是一个完全不读书的人，但是这里却存放着他从祖父那里继承下来的汉籍，还有他自己出于虚荣心从丸善书店订购和收集的西洋书籍，以及众多的赠书。清显进入高等科时，他似乎要把知识的宝库亲手让给儿子，恋恋不舍地把钥匙交给清显了。只有清显可以随时在这里自由出入。这里还保有同父亲不太相称的众多的古典文学丛书和面向孩子的全套书籍。这些书籍出版的时候，出版社为了求得身穿大礼服的父亲的照片和一篇简短的推荐文章，并获准印上"松枝侯爵推荐"等烫金文字，特地赠送了这套丛书的全集。

只可惜，清显也不是这座书库的理想的主人，他不大爱读书，只喜欢沉迷于幻想。饭沼每月一次从清显这里拿去钥匙，将书库打扫一下。对于他来说，这里保存着先辈们爱读的丰富的汉籍，是这座宅第中最为神圣的屋子。他称呼书库为"御书房"，不光是嘴里叫着，而且对这里抱有一种敬畏之情。

　　清显同本多和解的那天晚上，他把即将去上夜校的饭沼叫到房间里来，默默地把钥匙交给他。每月扫除的日子都是固定的，而且都是在白天，在这个不相干的夜晚拿到钥匙，这使饭沼甚感惊讶。那钥匙宛若被揪掉翅膀的一只蜻蜓，黑黝黝地停息在他的素朴而厚实的掌心里……

　　直到很久很久以后，这一瞬间的感觉，依然不断在饭沼的记忆中浮现出来。

　　这把钥匙像被拔掉了羽翅，竟然如此赤裸裸地以一副残酷的姿态，横卧在自己的手掌里！

　　他久久忖度着其中的用意，还是百思不解。等到清显做了一番说明之后，他的心胸因愤怒而战栗。这愤怒与其说冲着清显，毋宁说是针对自己听而任之的态度来的。

　　"昨天早晨，你帮助我逃学，今天该轮到我帮你逃学了。你装着去上夜校，先走出家门，然后转到后面，从书库旁边的栅栏门进来，用这把钥匙打开书库，在里头先等着。但千万别开灯，用钥匙从里边锁上门最安全。

　　"美袮那里，蓼科会给她打招呼的。蓼科给美袮打电话，暗号是问她：'给聪子小姐的香荷包什么时候能做好啊?'美袮这丫头心灵手巧，大家经常求她做个香袋儿、香荷包什么的，聪子小姐找她缝个金襕香荷包，这样的催促电话丝毫也看不出有什么不自然。

"美祢接到这个电话，趁着你去上夜校的时间，轻轻敲开书库的房门，前来和你幽会。晚饭后这段时间，人们熙来攘往的，美祢离开三四十分钟，谁也不会觉察得出来。

"蓼科认为，你在外头同美祢幽会，反而更危险，而且难以实现。女佣要外出，必须摆出一大串理由来，这样更会引起别人的怀疑。

"这事儿就这么定了，没跟你商量，由我一手揽了下来。美祢今晚上已经接到了蓼科的电话，你务必要到书库去。否则，那就太对不起美祢了。"

饭沼听到这里，觉得是被人牵着鼻子走路，颤动的手心里的那把钥匙差点儿掉落下来了。

……书库里很冷。窗户上只挂着细白布窗帘，里院的路灯微微照射进来，就连书籍的名字也看不清楚。屋内充满了霉味，好像蹲伏于冬日陈腐的沟渠岸边。

然而，哪座书架放着哪些书，饭沼大都是熟悉的。先辈们几乎读烂了的日本版的《四书讲义》，书套大都松散，但是《韩非子》《靖献遗言》和《十八史略》都并排在那里。他在打扫时偶尔翻看的贺阳丰年[1]的《高士吟》还在。他也知道放置铅印《和汉名诗选》的地方。饭沼打扫时,《高士吟》里这样的诗句慰藉着他的心灵:

> 一室何堪扫,
> 九州岂足步,
> 寄言燕雀徒,
> 宁知鸿鹄路。

　　饭沼心里明白,清显知道他崇拜自己的"御书房",才特地安排他们到这里幽会……对了,刚才清显亲切地说明这个计划的口气,带有一种明显的冷峻的迷醉。清显希望饭沼能够亲手冒渎这块神圣的场所。细思之,清显打从美少年时代起,就靠这种力量,经常无言地威胁饭沼。这是冒渎的快乐。最好由饭沼亲自冒渎自己最宝贵的东西,这时的快乐犹如在敬神的洁白布帛上,缠上一块生肉一般。这是古代素戈呜尊[2]喜欢冒犯的那种快乐……饭沼一旦屈服,清显的这种力量便无限增大,但是,使他难于理解的是,清显的快乐全部被当成美好而清纯的快乐,而饭沼的快乐,越来越被看作是污浊的、带有犯

1　贺阳丰年(751—815),平安初期官人,学者,文章博士。精通经史,与淡海三船齐名。诗文收入《凌云集》《经国集》等著作中。

2　素戈呜尊(须佐之男命),日本神话中的凶暴之神,天照大神之弟。

罪意味的。一想到这些，他就越发把自己看得更卑贱了。

　　书库的天棚上响起老鼠跑动的声音，发出一种压抑的嗥叫。上月打扫的时候，天棚上撒了不少鼠药栗子饼，看来没有一点效果……这时，饭沼突然想起一件最不愿意想到的事情，浑身哆嗦起来。

　　每逢看到美祢的面容，一个挥之不去的污点般的幻影就在眼前掠过。眼下在这里，美祢灼热的身体，从黑暗中向自己逐渐接近，这种思绪必然会郁结在心头。抑或清显也知道这一点，但他嘴里不说。饭沼很早就心里有数，但他也绝不主动向清显挑明。在这座宅第里，并非是真正的严峻的秘密，但对于他来说，却是一个难以忍耐的秘密。他的头脑充满苦恼，就像一群肮脏的老鼠跑来跑去……美祢被侯爵玷污了，而且如今有时……他想象着老鼠们血红的眼睛，以及它们沉重的悲惨。

　　寒冷彻骨，早晨对祖宗的参拜是那样劲头十足，眼下，一股凉气从背后袭来，像膏药一样粘在肌肤之上，使他浑身战栗。美祢一定是若无其事地在瞅准机会，白白地熬时间吧。

　　等着等着，饭沼心里蓦然涌起迫切的欲望，各种可怖的思绪和严寒，悲惨和霉味，这一切都使他心情激荡不已。他感到，所有的东西，都像沟渠中的垃圾，冲撞着他的外褂，慢悠悠地流下去。"这就是我的快乐！"他想。二十四岁的男人，这样的年龄，不管什么荣誉和多么辉煌的行动，都能够承担得起……

　　有人轻轻地敲门，他急忙站起来，身子重重地撞在书架上。他用钥匙打开房门，美祢斜着身子滑了进来。饭沼反手将门锁上，抓住美祢的肩膀，硬是把她推到书库里面。

当时不知怎么回事，饭沼的脑子里，浮现出一堆污秽的残雪的影子。原来，他刚才从书库后面绕过来时，看到书库外侧的腰板处，扫除时堆在一起的残雪。而且，他打算在接近积雪和墙壁的一个角落里，向美祢求欢。

这种幻想使得饭沼变得残酷起来，一方面深化着对美祢的怜爱之情，一方面又越来越采取残酷的手段。但是，当他觉察自己暗暗怀着对清显的报复心理之后，又无端地伤感起来。不能发出声音，时间又短，美祢任他恣意摆布。从这种诚恳的屈服之中，饭沼体验到和自己同类人的亲切的体贴和理解之意，越发刺伤了自己的心灵。

然而，美祢的一番柔情，并非像饭沼所想象的那样，不管怎么说，美祢到底是个轻佻而开朗的姑娘。饭沼沉默不语的虚空的架势，他的那种慌里慌张的坚硬的手指，都只能使美祢感到一种笨拙的诚实，做梦都不会想到受什么怜爱。

被掀开的裙裾下，美祢迅即品味到黑暗中宛如冰冷的刀子一般的严寒。她的眼睛在薄暗中向上瞧着，堆积着一排排褪色的烫金的书脊和卷帙浩繁的书架，从四面八方向她的头顶上压来。应该尽快一些，在她所不知道的地方早已做了周到准备的、这个细微时间的间隙，迅速把身子躲藏起来。不管多么令人气闷，美祢都清楚地知道，自己待在这个逼仄的空间最合适，只要老老实实迅速将身体隐匿起来就满足了。她只希望有一座和她那小巧、丰满、紧紧裹着绵密而明丽的皮肤的肉体相应的小小坟墓就行了。

要说美祢很喜欢饭沼，那也并非言过其实。有人追求她，她对追求她的人的优点了如指掌。她也从来不像其他女佣那样瞧不起饭沼，或者随便轻侮他。凭着一颗女人的心，美祢直接感受到了饭沼长年以来百折不挠的男子汉气魄。

庙会一般华丽、热闹的场景，突然从眼前一掠而过。黑暗之中，一切幻象连同那乙炔灯强烈的光芒和乙炔的臭味，以及气球、风车和五颜六色的小糖人耀眼的光彩，一起消失了。

……她在黑暗里睁开了眼。

"干吗这样瞪着眼睛？"

饭沼带着不耐烦的语气问道。

一群老鼠又在天棚上跑动起来，声音细碎而急促。群鼠一阵闹腾，仿佛从广大无边的黑暗旷野的一个角落，跑向另一个角落。

十五

按照惯例，凡是松枝家的信件都要先经过执事山田统一接收，然后整整齐齐摆在泥金花纹的漆盘里，由山田分头送到收信人手里。聪子知道后特别小心，她决定派蓼科亲自送来，交给饭沼。

正在忙于准备毕业考试的时候，饭沼接待了蓼科，收下聪子写给清显的一封情书。

每当想起下雪的早晨，第二天即便是晴天丽日，我的胸间也会继续飞降着幸福的雪花。那片片飞雪映照着清少爷您的面影，我为了想您，巴不得住在一年三百六十五天，天天都在下雪的国度里。

若是平安朝时代，清少爷赠我一首歌，我也会作一首回答您，然而，令人惊讶的是，幼小时学的和歌，到了这会儿，都不足以表达此时此地的心境了。这难道仅仅是我才识贫乏的缘故吗？

不管我如何任着性儿说话，您听了都会高兴，我也会心满意足，您可千万别这么想啊。要是那样，不就等于说，不管我怎么随心所欲，清少爷都一味感到高兴，不是吗？您若把我看成那般女子，就是我最痛苦的事。

我最高兴的是，清少爷您有一副美好的心灵。您一眼看出我的任性的心底里，隐含着一种压抑不住的温情，毫无怨言地带我去赏雪，使得我心中最叫人羞惭的梦想实现了。

清少爷，想起当时的情景，我现在依然又害臊又开心，不由浑身打战。在咱们日本，雪神就是雪姑娘，我记得西洋童话里，雪神是年轻而英俊的男子。清少爷穿着一身严整的制服，威风凛凛，正是使我着迷的雪的精灵，我真想融入清少爷美丽的身影，同白雪化为一体，即使冻死，也是无比幸福的。

这封信不要忘了，阅完后请务必投入火中烧掉。

信的末尾这一行字之前，还有一段情意缠绵的文字，虽然随处都是极为优雅的词句，但表现了火一般的欲情，使得清显惊诧不已。

　　阅罢这封信，也许会使收信人欣喜若狂，但过一会儿再看看，就觉得像是她编写的一篇优雅的教材。聪子仿佛教导清显，让他明白，真正的优雅是不会害怕任何淫乱的。

　　有了早晨赏雪这桩事，一旦确定两人相爱的关系，自然每天都想见上一次面，哪怕几分钟也好。

　　不过，清显的心并不怎么激动，他像随风飘舞的旗幡，只为感情而活着。奇怪的是，这种生存方式容易养成避忌自然规律的习惯。为什么呢？因为自然规律给人一种受到自然强制的感觉，而清显平素的感情，不管做何事他都不愿意受到强制，他力争从中摆脱出来，然而一旦摆脱，这回反而束缚住了自己本能的自由。

　　清显之所以不急着会见聪子，既不是为了克制自己，更不是因为完全掌握了爱的法则。这只能说是出自他的矫揉造作的优雅，一种近似虚荣的未成熟的优雅。他嫉妒聪子优雅中所具有的淫靡的自由，又感到自愧不如。

　　宛若流水又回到熟悉的水渠，他的内心又开始眷爱痛苦了。他的极端的任性以及严酷的幻想癖，使得他在这既想见面又不能见面的事情中，深感快快不乐，反而怨恨起蓼科和饭沼过分热情的撮合来了。他们的一番操持，反而成为清显纯粹的感情的敌人。他感到这种刻骨铭心的痛苦和充满幻想的恼怒，只能从自己纯洁的感情中抽绎而出，这就大大伤害了他的自尊。苦恋本来就是一匹色彩斑斓的锦缎，然而他的家庭小作坊里，只有一色纯白的丝线。

"他们俩究竟要把我引向何方？这可是我恋爱即将正式开始的时候啊。"

然而，当他将所有感情都归入一个"恋"字之后，他又再次感到满心的郁闷。

假如是个普通的少年，想起那次接吻，会自豪地沉迷其中，可是对于一贯自恃高傲的少年来说，这越想越觉得是件伤心的事情。

那一瞬之间，确实闪耀着宝石般辉煌的快乐，只有那一刹那，毫无疑问地深深镶嵌于记忆的底层。周围一片灰白的积雪，在那不知自哪里开始、至哪里终结的飘忽的情念中央，确确实实有一颗明亮而艳红的宝石。

这种快乐的记忆和心灵的伤痛，互相矛盾而存在，弄得他不堪其苦。到头来，他只得龟缩于那种熟悉的黯然神伤的回忆之中。就是说，他把那次接吻也当成是聪子施加给自己的无端的侮辱。

他打算写一封措辞冷淡的回信，他几次撕毁信笺重写，最后自以为完成了一封感情冰冷的情书的杰作，这才放下笔来。这时，他发现自己不知不觉又照着上次写责难信的思路，采用了一种情场老手的文体。这种明显的谎言，深深刺伤了他自己，所以只得重新起笔，平生第一次直接吐露了一个男人接吻之后满心的喜悦之情，变成了一封孩子气的热烈的书简。他闭着眼睛，将信纸装进信封，稍稍伸出馨香而淡红的舌尖儿，舔了舔封口的薄胶，尝到一种微甜的水药的味道。

十六

松枝府邸固然以红叶闻名，但同时也是赏樱的胜地。直抵大门口一带八百米的林荫路，松树之间交混着众多的樱树，站在洋馆二楼的阳台上放眼眺望，连接着前院的大银杏树的几棵樱树，曾经为清显举行过"待月宴"的草坪上小丘四周的樱树，还有湖水对面红叶山上的一些樱树……所有这些都一览无余。人们常说比起站在庭院里观赏各个角落的樱花，还是聚在这里赏樱最见风情。

从春至夏，松枝家有三大典礼：三月偶人节、四月赏樱花和五月的祭祖仪式。先帝驾崩不满一年的这个春天，偶人节和赏樱花，决定只限于自家范围内举行，使得女人们大失所望。往常，从冬天开始就着手为偶人节和赏樱做准备，内庭里不断传出消息，关于赏花的趣向啦，以及请哪些艺人来演出啦什么的，这一切都拨撩着人们的心情，个个盼望着春天快快到来。

这项活动一旦废止，就像春天也跟着被废除了。

尤其是具有鹿儿岛风格的偶人节，曾经受过邀请的西洋客人，经过他们的口传向国外，这个季节来日本的西洋人，有的托人情走门路，好容易才得到一份请帖。可见这项活动是多么富有名气。

打扮成天皇和皇后两陛下的一对男女偶人，那用象牙雕的带着早春寒气的面颊，经烛火一照，映着绯红的地毯，看起来更加冷冰冰的。一身峨冠博带的男偶人和穿着高领"十二单"和服的女偶人，那如银的烛光，深深嵌入了纤细的颈项深处。一百多铺席大的客厅铺满了红地毯，木格子天棚上坠着无数颗大绣球，周围贴满了风俗偶人的贴画[1]。一位名叫"阿鹤"的老婆子，每年二月初来到东京，精心制作这种贴画，她的口头禅是"悉听尊便"。

虽然偶人节失去应有的光彩，但是代之而来的赏花，尽管不会太张扬，但可以想见一定会比当初规定的要华丽得多了。因为这次有洞院宫非正式光临的缘故。

正当好讲排场的侯爵为如何避忌世人的非议而大伤脑筋的时候，洞院宫的光临自然使他喜出望外。这位天皇的堂兄，既然敢于违反"国丧"而出行，侯爵也就可以找到借口，大操大

---

1 贴画，原文为"押絵"，用硬纸剪成各种人物、花卉，外面裹以绸布，填入棉花使其凸起，再粘贴于木板或纸板上。

办一番了。洞院宫治久王殿下，曾经于前年作为皇室特使，出席喇嘛六世的加冕典礼。他和暹罗王室富有深交，因此，侯爵决定也邀请帕塔纳迪特殿下和库利沙达殿下一道出席。

一九〇〇年，奥林匹克运动会期间，侯爵在巴黎得以结识洞院宫，曾经陪伴殿下夜游巴黎。归国之后，他和洞院宫两人经常谈论的共同话题是：

"松枝，那有香槟酒喷泉的一家真有趣啊！"

赏花定在四月六日，自打偶人节过后，松枝家全体人员一早一晚都紧张地忙碌起来了。

春假期间，清显什么事也没做，父母劝他去旅行，他也是一副懒洋洋的样子。尽管不是和聪子频繁地会面，但聪子待在东京，他也不想离开这里一步。

他以一副充分预感到的恐怖的心情，迎来了姗姗来迟、依然寒气砭肤的春天。他待在家里十分无聊，特地拜访了平时不大见面的祖母的居所。他之所以不大前去探望祖母，其原因是祖母老是把他当作小孩子看待，并且动辄就想说母亲的坏话。祖母天生一副威严的面孔，男子汉般的肩膀，看起来很健壮。祖父死后，她拒绝世上一切应酬，仿佛活着就是为了等死，一天只吃很少一点东西，没想到身板儿反而越发硬朗起来。

老家一旦有人来，不管有谁在场，祖母总是毫无顾忌地说一口鹿儿岛方言，但是面对清显的母亲或清显，则板起面孔说一口极不自然的东京方言。不过，她在说话时缺乏一种鼻浊音，所以听起来有些生硬。清显每当听祖母讲话，就感到她是有意保留这样的语调，用这个办法不露声色地谴责孙子的轻薄，因为清显能够轻而易举说出带有鼻浊音的东京话，这似乎使她很不满意。

"听说洞院宫也来赏花，是吗？"

祖母坐在被炉里，突然冲着清显问道。

"嗯，听说了。"

"我还是不去为好。你母亲也来请我，可我不想露面，待在这里更自在。"

其后，祖母估量着清显成天游手好闲，劝他练习一种柔和的剑术。祖母抱怨地说，打从拆毁以前的练武场，在那里盖了洋馆之后，松枝家就开始"衰败"了。对于祖母的见解，清显也打心眼儿里赞成，他很喜欢"衰败"这个词儿。

"要是你的叔叔们还活着，你父亲也不会这样胡闹。就说邀请洞院宫来家赏花吧，花那么多钱，除了满足他的虚荣心之外还会有什么用呢？一想起还没有享受一天富贵荣华就战死疆场的儿子们，我哪儿还有心思同你父亲等人一块儿游乐。那笔家属抚恤金，我从来不用，一直搁在佛坛上呢。一想到这是儿子们流尽珍贵的鲜血，上头作为补偿赐给的金钱，我就不愿意随便花掉。"

祖母喜欢进行这种道德的说教，然而，她的穿着、吃喝，从零用钱到身边的使唤人，一概仗着侯爵无微不至的照顾。清显怀疑，或许祖母羞于自己是乡下人出身，有意回避那种时髦的社交场合吧。

但是，清显每当见到祖母，就能暂时逃离自己以及自己周围一切虚假的环境，亲身接触一下身边这位朴素而刚健的灵魂，心中充满喜悦。这真是一种带有讽刺意味的喜悦啊。

祖母有着骨节粗大的双手、用粗线条一笔画成的面庞以及严紧的唇线，这一切同样显出素朴而刚健的气象来。然而，祖母也并非一味呆板、生硬，她突然在被炉里捅捅孙儿的膝盖，逗趣说：

"你来这里，搅得我周围的女孩子们不得安生，那怎么成？别看在我跟前你还是个淌鼻涕的毛孩子，可在她们眼里就大不一样喽！"

墙壁横木上挂着一张模糊的照片，清显瞧着一身戎装的两位叔叔。他感到那军服和自己没有任何关联之处。虽然是一张八年前才结束的那场战争的照片，但自己和这照片的距离一派苍茫。他以一副略显不安而又颇为傲慢的心理思忖着：我也许生来只会流淌感情的鲜血，而绝不会流淌肉体的鲜血吧。

太阳映照着紧闭的障子门，六铺席的房间暖洋洋的，门上的一层白纸就像一枚半透明的白色大蚕茧，他们待在茧壳里，沐浴着透射进来的阳光。祖母突然打起盹来，清显待在这间明亮的屋子里，在沉默中倾听着墙上时钟跑动的声响。迷迷糊糊低着头的祖母，发根里到处撒满了染白发的黑粉，凸露着厚实而光亮的前额，看上去，那里仿佛依旧残留着六十年前少女时代在鹿儿岛被阳光晒黑的痕迹。

他想到海潮，想到时光的推移，也想到自己不久就会老去，胸口突然一阵憋闷。至于老年的智慧，他从未有过什么欲望。怎样才能趁着年轻时候死去，而又不感到痛苦呢？那是优雅的死，就像胡乱丢弃在桌子上的绣花和服，不知不觉之间，就滑落到灰暗的地板上了。

——死的思考，第一次鼓舞了他，促使他急着想尽快同聪子见面，哪怕看她一眼也好。他给蓼科打电话，急急忙忙赶去同聪子相会。聪子确实活得好好的，既年轻，又美丽，自己也同样活得好好的。他感到一种异常的幸运，仿佛稍有迟滞就会立即失掉一样。

在蓼科的安排之下，聪子假装外出散步，来到麻布宅第附近的小神社境内会面。聪子首先感谢赏花的邀请，她一直相信这是出自清显的旨意。清显还是那样缺乏坦诚，他本来初次耳闻，可依然装作很早就知道的样子，稀里糊涂接受了聪子的谢意。

十七

松枝侯爵思忖再三，决定大大削减赏花宾客，人数控制在宴请洞院宫陪餐者的范围之内，即仅限于暹罗两位王子、家族之间时常往来的新河男爵夫妇、聪子和她的父母绫仓伯爵夫妇。新河财阀的老总，一切皆模仿英国人行事，男爵夫人此时又和平塚雷鸟关系亲密，是"新女性"的支持者。他们夫妇的光临定会使赏樱会大放异彩。

下午三时，两位殿下到达，在主楼的一座房间稍事休息之后参观庭园。接着，五点之前，由演出元禄赏花舞的艺伎以游园会形式招待客人。随后，欣赏手舞，日暮时分进入洋馆，献上一杯开胃酒。正餐之后，进入下半轮活动，由这天专门雇用的放映师放映西洋电影新片。这个方案经侯爵和执事山田一起反复论证之后才决定下来。

即使选定放映哪部片子，侯爵也为之大伤脑筋。法国"帕泰"[1]拍摄的电影，由法国国家剧院著名女演员卡布列尔·罗蓓娜担纲演出。她技艺高超，肯定是一部好片子，但担心会影响赏花的兴趣。这年三月一日开始，浅草电影院专门上映西洋影片《失乐园的撒旦》轰动一时，但把那种场合看的片子拿到这里放映，也不尽合适。此外，德国的武打片，皇妃殿下和女宾则不会感兴趣。看来，只有英国霍普沃斯公司根据狄更斯原作拍摄的五六卷的世俗人情故事片比较适合。虽说有些灰暗、沉闷，但雅俗共赏，又有英文字幕，估计会受到来宾欢迎的。

如果碰到雨天怎么办呢？光是站在大客厅里眺望樱花，显得太单调了。所以，首先从洋馆楼上观看雨中樱花，接着欣赏艺伎表演的手舞，最后转入酒宴。

准备工作一开始，先在湖边搭建一座舞台，站在草地中央的小山上可以一眼望见这里。要是那天遇到晴天，洞院宫殿下要去各处巡游赏樱，沿途要用红白二色的布幕围绕起来，那么平时现有的布匹远不够用。还有，洋馆内部各处都要装饰樱花树枝，餐桌也都要仿照春天的田园风光精心装扮一番，光是这些就需要不少人手，再加上前一天梳头师傅及弟子们的忙里忙外，事情之繁杂一言难尽。

所幸，当天是个晴天，但还不是光明灿烂，太阳时隐时现，早晨稍觉寒气砭肤。

1　"帕泰"，法语 Pathé，法国老牌电影公司，亦称帕泰兄弟电影公司。

主楼一间屋子平时空着，临时辟为艺伎们的化妆室，所有的镜台都搬了进来。兴致勃勃的清显跑到这间屋子窥探，立即被女仆头儿赶走了。为了迎接这帮女子的光临，这座十二铺席的房间打扫得干干净净，围上屏风，摆好坐垫儿，镜台上遮着友禅织锦的挂帘，掀开一角来，镜面寒光闪闪，还没有染上一星儿脂粉的香气。然而，再过半小时，这里就会立即充满莺声燕语，女人们将在这里穿红着绿，精心打扮，就像在自家里一样。清显想到这儿，预感中的妖艳的图景在面前展开，比起院子里用木材新搭起的舞台，这间屋子更是一座弥漫着香风粉雾、妩媚妍丽的厩舍。

暹罗王子们没有一点儿时间概念，清显因而传过话去，请他们吃过午饭立即就来，于是两位王子一点半到达了这里。王子们穿着学习院的制服，清显看了大吃一惊，首先陪他们到自己的书房去。

"您的那位漂亮的恋人，她会来吗？"

一进屋，库利沙达殿下扯起嗓门用英语大声问道。

温良恭谨的帕塔纳迪特责备这位堂弟说话粗鲁，遂改用日语絮絮叨叨地向清显道歉。清显告诉他们，她的确会来，不过今天当着洞院宫殿下和她的父母，希望不要涉及这方面的话题。王子们听了面面相觑，这才知道清显和聪子的关系还没有公开，似乎感到有些惊讶。

王子们度过一段难熬的思乡期，看来已经习惯日本的生活了。他们有时穿着制服前来，清显感到两人都是自己亲密无间的同学。库利沙达殿下模仿学习院院长的做派，惟妙惟肖，逗得乔培和清显直乐。

乔培当窗而立，眺望着随处飘动着红白布幕的庭园，那里充满不同寻常的风情。

"今后天气真的要暖和起来了吧。"

乔培的声调里含着期待，王子憧憬着夏季灼热的阳光。

清显被他的声音所引诱，从椅子上站起来，堂弟王子也惊奇得坐不住了。

"就是她，那个不准我们提起的美人儿。"

刹那间，乔培又用英语说道。

那确实是穿着长袖和服的聪子，她正陪同父母沿着湖畔的道路向主楼走来。她身上是华丽的粉色和服，远远望去，依稀可以看到，衣裾上绣着春天田野上笔头菜和嫩草的花纹，一头乌亮的秀发，掩映着白皙而明艳的面颊。这时，她用手朝湖心岛方向指了指。

湖心岛上没有红白布幕，但远方一派新绿的红叶山散步道上张满了布幕，隐约可见，湖水中映照着红白二色干馃子般的影像。

清显产生了错觉，他仿佛听到了聪子甜美而清脆的娇音。照理说，门窗紧闭，他是不可能听见外面的声音的。

一个日本少年，两个暹罗少年，屏住呼吸，脸靠着脸站在窗前。清显甚觉奇怪，一旦和王子们待在一起，他们热带般的感情就会波及自身，不知不觉就信以为是自己的热情，也可以赤裸裸表白一番了。

如今，他可以毫不迟疑地表明：我爱她，我疯狂地爱着她！

聪子从湖水方向转过身子，脸孔没有直接看着这边的窗户，只是高高兴兴朝着主楼走来。这时，清显想起幼年捧裾的时候，春日宫妃的侧影没有完全转向后边，自己未能尽情一睹芳颜，六年之后，这种遗憾在今天才得到治愈，宛若长久的渴望实现于一瞬之间。

这好比时间结晶体的美丽的断面，变换了角度，隔了六年又在他眼里散射着无上诱人的绚丽的光彩。他看到聪子站在春阳阴翳的光影中，一副缥缈的辗然而笑的神态，紧接着又迅即抬起洁白的纤腕，弯成弓形，捂住了自己的芳唇。她那婀娜的腰肢，仿佛鸣奏着一曲弦乐。

十八

新河男爵夫妇的确是极端淡漠和狂躁的一对儿。男爵对于妻子说的话，一概不予置理，夫人则不管别人的反应，嘴里一味滔滔不绝。

不论是在自家还是在外头都是如此。男爵看起来总是一副魂不守舍的样子。他有时批评起别人来，寸铁杀人，语言锋锐，但绝不绵延长篇，拖泥带水。然而，夫人就不同了，对于她所要说的人，费尽千言万语，也还是不能描画出一个鲜明的肖像来。

在日本，他们是英国第二部劳斯莱斯轿车的买主，并以此为荣，扬扬自得。男爵在家里用过晚餐，换上丝绸的吸烟服，心不在焉地听着漫无边际的夫人唠唠叨叨。

夫人将平塚雷鸟一派人邀至其家，每月举行一次集会，根据狭野茅上娘子[1]的名歌命名为"天火会"。没想到每次集会都碰上下雨，于是报界开玩笑称作"雨日会"。夫人对于思想这类事一窍不通，她兴奋地瞅着这帮子富于理性的觉醒的妇女，简直就像瞧着一窝母鸡，而这群母鸡又确信自己已经学会如何产下全新型鸡蛋，例如三角形鸡蛋的本领。

这对夫妇应松枝伯爵邀请出席赏樱活动，半是迷惘，半是高兴。迷惘的是，这种赏樱会在未去之前就明明知道很无聊；高兴的是，他们可以借此进行真正西洋式的无言的示威。况且，这种豪商之家，一直和萨长政府[2]保持良好的关系，从父辈起，那种对于乡间出身者暗暗的轻侮，就构成了他们新型的不屈的优雅的核心。

"松枝先生家里，又要招待皇家的人了，估计还会鼓乐相迎一番吧。他们家族总是把邀请皇室当作演戏一般对待。"

男爵说道。

"咱们总是不得不隐瞒新思想。"夫人应和道，"不过，隐瞒新思想，又装作若无其事的样子，不是显得很仗义吗？悄悄混进守旧的人群中，不也是颇有意思的事吗？松枝侯爵对洞院宫殿下毕恭毕敬，有时又莫名其妙地摆出一副朋友的架势，倒是一场好看的戏哩！我到底该穿哪套西服呢？大白天总不能叫

1　狭野茅上娘子，奈良时代著名女歌人，生卒年不详。
2　萨长政府，江户时代末期萨摩（鹿儿岛）和长州（山口）两地藩阀组成的联合政府。

我穿晚礼服去吧？倒不如索性穿那件衣裾上有花纹的和服更合时宜。那么就告知京都的北出，叫他们赶制一件衣裾上印染着'夜间篝火照樱花'的和服吧。可是我这个人，不知怎的，总觉得衣裾有花纹的不适合自己。这究竟是自己以为不合适其实很合适，还是别人看起来也不合适呢？这种事儿我总是闹不明白，你的想法到底如何呢？"

——当天，侯爵家传过话来，请新河男爵夫妇务必于皇族到达之前光临，因此他们故意按约定迟到五六分钟，但不用说还是距离皇族到达留有了充足的时间。故而，对于这种乡巴佬的做法，男爵感到非常气愤。

"莫非洞院宫的马车的马半路上得中风症了吧？"

他一来就急忙讽刺地说，但是男爵不管说什么样的风凉话，总是按英国方式，只是无表情地在口中嘀咕，谁也听不到他在说些什么。

这时，传来一声报告：皇家的马车已经进入侯爵家的大门，东道主们排列于主楼门口，准备夹道欢迎。马车掩映于小型花园的松树荫里，马蹄踢着道路上的小石子驶了进来。这时，清显看到马打着响鼻，昂起脖颈，竖立着灰白的鬃毛，宛若一股即将粉碎的狂涛卷起白色的浪花。稍稍溅上些春泥的马车，车帮上金色的菊花徽章，静静地闪动着一轮金色的旋涡。

洞院宫头戴玄色圆顶礼帽，留着漂亮的灰白的髭须。妃殿下跟在他身后，踏上预先铺在地面上不用脱鞋可以径直进入室内的白布，登上了主宾席。在这之前，他和大家轻轻施了礼，但正式的寒暄，要等到达客厅之后举行。

清显看到打眼前走过的妃殿下一双黑色的鞋尖儿，在雪白的薄纱裙裳下交替出现，犹如余波荡漾的水沫之间时隐时现的马尾藻的小黑果儿。因为姿态过于优雅，使他不敢抬头瞥一眼这位老妇人的尊容。

侯爵在大厅里向殿下介绍今日的各位宾客，其中只有聪子一人是初次见面。

"这么漂亮的女儿，竟然一直瞒着我呀。"

殿下向绫仓伯爵诉苦，站在一旁的清显，刹那间脊背似乎掠过一种轻轻的战栗，他感到，在周围人的眼里，聪子就像一个华丽的彩球，被一脚踢到天上去了。

暹罗两位王子一来到日本，就受到同暹罗有着亲密交情的洞院宫的款待，所以立即谈得很热络。洞院宫问他们学习院的同学是否亲切，乔培微笑着，彬彬有礼地回答：

"大家都像十年前的旧知，无微不至地照顾我们，所以一点儿也不觉得生分。"

除了清显，他们并没有什么像样的朋友，两个人至今很少去上学。清显对这些一清二楚，所以听到这话觉得很滑稽。

新河男爵一颗银子般锃亮的心，临出门前又特地打磨了一番，但一到众人之间，就立即黯然无光了。他一听到这样的应酬话，心也锈蚀得越来越厉害了……

接着，在侯爵的陪同之下，客人们随着洞院宫到庭院里观赏樱花。日本人的习惯，不大容易同客人打成一片，他们只是妻子跟在丈夫后头。男爵已经明显地又陷入神情恍惚的状态，他看着前后离得很远的人们，对妻子说：

"侯爵自打到外国留学以来，学会了时髦，不再妻妾同居了。他把小老婆撵到门外出租的房子里，离正门有八百米远。岂不是只有八百米的时髦吗？正好合乎那句'五十步笑百步'的谚语哩！"

"要实行新思想，就必须做得更加彻底。不管世上说些什么，我们家就按照欧洲习惯，一旦有约会，哪怕夜间临时外出，也一定做到夫妇同行。您瞧，对面山上两三棵樱花树和红白布幕，一同映在湖水里啦，多好看呀！哎，我的印花和服怎么样？在今天的客人里，称得上一等。而且，衣服的图案又新潮，又大胆，要是站在湖对岸，瞧看我那映入水中的身影，指不定有多漂亮呢。我站在这边岸上，但又不能同时站在对面岸上，这是多么不自由啊！喂，你是不是也这么想啊？"

新河男爵承受着这种一夫一妻制卓有成效的洗练的考验（也是他心甘情愿），宛若先于别人乐于做一个百年前思想的受难者。男爵生来不向人生寻求激情，不管怎样难耐的辛苦，只要不必强求激情的介入，他就可以当作一种时髦，颇为大度地对付过去。

山丘上的游园会场里，由柳桥的艺伎扮演的风流武士、女侠、奴仆、盲艺人、木匠、卖花女、卖版画者、青年、城中女郎、乡下姑娘以及俳谐师等，声势浩大地迎迓着宾客。洞院宫对站在一旁的松枝侯爵露出满意的微笑，两位暹罗王子高兴地拍打着清显的肩膀。

清显的父亲和母亲，分别集中陪伴着洞院宫殿下和妃殿下，因此，清显就只好同两位王子待在一起了。艺伎们围着清显团团转，清显为了尽量照顾好两位语言不通的王子，费尽了心机，哪里还有顾及聪子的闲空儿。

"少爷，您就陪我们玩一会儿吧，今天可来了不少单相思的女孩子啊，您怎么能放着她们不管呢？不是太绝情了吗？"

扮演俳谐师的老妓说道。年轻的艺伎，还有那女扮男装的艺伎，眼角搽着胭脂，微笑的表情似乎恍惚于醉态之中。临近夕暮，本来，清显渐渐感到周身肌肤寒冷，可是此时，他身边拥红倚翠，仿佛圈在密不透风的六曲二双的绢丝彩屏之中。

这群女子欢声笑语，快乐非常，她们的肌肤仿佛沉浸于冷热适度的温汤之中了吧？她们说话时手指的动作，白嫩的喉结似乎镶嵌着小小的金色合页，到了一定时候停下来，优雅地颔首点头。她们巧妙地避过人们的插科打诨，一瞬间眼角虽然刻印着娇嗔，但口中微笑不绝的表情；忽而又一本正经谛听客人的谈话，那副十分投入的姿态；微微抬手捋着头发时刹那间难以排遣的惆怅……清显注视着她们的各种娇姿媚态，不由将艺伎们频繁的眼波和聪子那种独特的眼波细加比较，力求找出不同点来。

这些女人秋波流慧，顾盼欢然，但她们的眼神是独立的，就像嗡嗡嘤嘤的羽虫可厌地飞旋、萦绕，而这些决然不含蕴于聪子所具有的优雅的眼波之中。

他远远望见正在同洞院宫说话的聪子，她的侧影映着迷离的夕阳，宛如遥远的水晶、遥远的琴音、遥远的山间襞褶，充溢着距离所酿造的幽玄，而且，在暮色渐浓的树林间的天空衬托下，好似黄昏里的富士山一样轮廓鲜明。

——新河男爵和绫仓伯爵三言两语地交谈着，两人身边虽然都有艺伎伺候，但都装出全然不朝艺伎瞥一眼的神态来。落英缤纷的草地上，一片污秽的花瓣粘在绫仓伯爵闪耀着夕空余晖的黑漆皮鞋尖儿上，伯爵的皮鞋尺寸虽然像女人的一样窄小，但这一情景还是被男爵看在眼里了。其实，伯爵那只握着酒杯的手犹如布娃娃一般，白嫩、细巧。

男爵对于这种衰亡的血液感到嫉妒。但同时他也感到，伯爵自然、包含微笑的迷惘神态，和自己英国式的迷惘神态间，可以形成自己同别人无法进行的会话。

"说起动物，似乎啮齿目更可爱。"

伯爵冷不丁地说。

"啮齿目嘛……"

男爵随口应着，心中没有浮起任何概念。

"兔子、豚鼠、松鼠之类。"

"您家养这些动物吗?"

"不,没有养,家里会有腥臭气的。"

"尽管可爱,并不喂养,是吗?"

"要紧的是,不能写入和歌,凡是不能进入和歌题材的,都不能放在家里,这是我家的规矩。"

"是吗?"

"虽然不喂养,但这些小生命,毛茸茸的,胆小怕人,看起来很惹人怜爱。"

"说得也是。"

"不知为什么,大凡可爱的动物,似乎都有强烈的臭味。"

"这话有道理。"

"听说新河先生在伦敦待了很长时间……"

"在伦敦,吃茶时每人都要问一遍,是先上牛奶还是先上红茶?混在一起还不是一个样子?不过,先上牛奶还是先上红茶,对于每个人来说,这个问题比国家政治还要重大……"

"这倒是很有意思。"

艺伎们没有插嘴的机会,两人虽然都是来赏花的,但看起来,头脑里根本没有想到过花。

侯爵夫人和妃殿下交谈着,妃殿下喜欢长歌[1],也会弹三味

---

1 长歌,江户时代,上方(大阪、京都)地区流行的用三味线伴奏的长篇歌曲。

线，所以柳桥艺伎中一位色艺双全的老妓，在一旁陪着说话儿。侯爵夫人谈起有一次在亲戚家的订婚宴上，用钢琴、三味线和古琴，一同演奏《松之绿》，大家很是高兴。妃殿下兴致勃勃地说，自己当时要是在场该多好啊。

侯爵一直开怀大笑，洞院宫笑的时候总是护持着精心打理过的漂亮的髭须，所以他没有那样高声大笑。扮演盲艺人的老妓附在侯爵耳边说了些什么，于是侯爵对客人吆喝道：

"好吧，现在开始跳赏花舞，请各位到舞台前边去……"

这个角色本来应由执事山田担当，突然被主人夺取自己职务的山田，眼镜后头闪着黯淡的目光。没有任何人觉察，这是他遇到不测强行忍耐时的唯一表情。

既然主人的东西一概不许他插手，那么，对于自己的一切，主人也不应该插手。去年秋天，发生过这样的事：外国房客家的几个孩子在院子里拾橡子玩，这时，山田的孩子们也来了，于是外国孩子想分一部分给他们，山田的孩子坚绝不接受。因为父亲严格训诫他们，主人家的东西不许沾手。外国孩子的双亲误解了山田的意图，还特地跑到山田家里提出抗议，但山田看到自己家的孩子个个紧绷着脸，一副严肃的表情，奇怪地恭恭敬敬紧闭嘴唇，他弄清真相之后，大大表扬了他们……

——山田一瞬间想起这件往事，于是迈开不太听话的双腿，踢动着衣裾，悲哀地猛然跃进客人中间，急急忙忙将客人带到舞台那里去。

　　这时，湖畔的舞台那里，围着红白布幕的后台传来了两只梆子交替的响声，仿佛穿过空气，卷起的新木屑漫天飞舞。

十九

清显和聪子获得两人单独在一起的机会，是在赏花舞结束，客人们随着降临的薄暮一起进入洋馆之后一段极为短暂的时间里。欣赏完演出的宾客和艺伎们，又杂然一处，醉意蒙眬，而且趁着尚未掌灯，微妙地喧嚷着，这是个欢乐之中又感到有些不安的时刻。

清显从远处递了个眼色，知道聪子会立即跟在自己身后，保持着相应的距离，随他而来。山丘小路上分别通向湖水和大门的岔路口附近，红白布幕相连之处，正巧有一棵高大的樱树，挡住了人们的视线。

清显先躲在布幕外头，两人眼看就要靠近了，这时，周游红叶山回来后由湖畔登上来的妃殿下的随侍女官们，围住了聪子。清显不能马上出面，只得独自待在树下，等着聪子逃脱的机会。

　　清显孤单一人时，这才抬头仔细仰望着这棵樱花树。

　　花朵缀满黝黑而简素的枝头，宛若粘在岩礁上密密麻麻的白色贝壳。夕风鼓荡着布幕，首先刮到下面的树枝上，颤巍巍的花朵窃窃私语般摇摆不停，紧接着，那些四处伸展着的长长枝条，连带着一簇簇花朵，也大幅度地晃动起来。

　　花色粉白，只有一串串蓓蕾染着微红。但是，向白色的花瓣里仔细一瞧，花蕊部分的五角星是茶红色的，看起来就像纽扣中心用红丝线缩成的一个个坚固的线结。

　　云层、蓝色的天空，交互变幻，一样地微薄。花朵与花朵交混萦绕，分割着天空，轮廓模糊，同夕空的天色浑然一体。看起来，那一树树黑魆魆的枝干，越发变得浓烈起来。

　　每一秒，每一分，都使得这样的夕空和樱花不断加深亲近之感。看着看着，清显心里充满不安。

　　布幕再次像是包孕着风，其实是聪子的身子滑着布幕走向这里。清显拉住聪子的手，那是在夕风里冻得冰凉的手。

　　他想同她接吻，聪子顾忌着周围，拒绝了。这时，聪子害怕自己的和服被树干沾满粉末的绿苔弄脏了，游移之间，被清显一把抱在怀里。

　　"这样，我太难过了，清少爷，快放手呀。"

　　聪子低声说，听她的语气，很怕被周围的人看见，清显暗暗报怨没有得到她的积极回应。清显他们如今待在樱花树下，一心想获得一种站立于幸福的峰顶的保证，尽管事实上飘忽的夕风加深了他内心的焦躁，但他确实想检验一下，他和聪子须臾之间是否处在至高无上的幸福之中。聪子哪怕表现出一点儿不很情愿，他的愿望就无法实现。他就像一位嫉妒心很深的丈夫，只因妻子没能和自己做相同的梦而怅恨不已。

聪子半推半就，依偎在清显的怀抱里，闭着双眼，看起来美艳无比。一副微妙的线条描画成的面庞，既端丽庄重，又缠绵多情。她樱唇微启，是唏嘘？是微笑？借着黄昏的微明，他焦急地想看个明白，然而眼下，暮色已经罩上她的鼻翼四周。清显瞧着聪子被头发遮盖一半的耳朵，耳垂上透着微红，耳轮形状精致，宛若一个梦幻之中深藏着极其小巧的佛像的神龛。这对耳轮的内部早已储满苍茫的暮色，耳朵深处似乎含蕴着一种神秘。那里头是聪子的心吗？抑或她的心，藏在她那微微翕动的芳唇内莹润、光洁的皓齿的深处呢？

清显一心巴望深入到达聪子的内部，他为此大伤脑筋。聪子为了避免自己的面孔被清显继续瞧看，遂将自己的脸迅疾凑近清显的脸吻了吻。清显搂着聪子那只臂膀感受到了她的腰际一带的温热，仿佛置身于花瓣腐烂的温室内，心想，要是能将鼻子伸进花丛狂嗅一番，哪怕窒息而死，那也是幸运的。聪子一言不发，清显仔细凝视着，自己的幻想只差一步，就要到达完美无缺的程度了。

聪子离开清显的嘴唇，她的硕大的发髻一直埋在清显的制服里，他在她的发油凄迷的香气里，望着布幕对面遥远的樱林笼罩上一片银白，仿佛这发油的香气和那黄昏中樱花的香味是同一种东西。面对这夕暮中的微明，那花团锦簇、如蓬松的羊毛般密集的远方的樱林，在那近乎银灰色的灰白雾气下面，深深藏匿着暗弱的不祥的红色，宛如死者脸上化妆的胭脂。

清显突然感觉到聪子面颊上被泪水濡湿了。他那不幸的爱探究的一颗心，即刻使他猜度这到底是幸福的眼泪还是不幸的眼泪？聪子从他胸间抬起头来，眼泪也不揩拭一下，她一反寻常，用锐利的目光看着他，毫不留情地滔滔不绝地说道：

"您还是个孩子，还是个孩子啊！清少爷，您什么也不想懂，什么也不懂！我要是毫不客气地教教您就好了。您虽然那般看重您自己，可清少爷到底还像个婴儿哩。真的，我要是用心教教您，那就好了。不过，现在太晚了……"

聪子说完，扭转身子逃向布幕那一边，撇下的年轻人心灵受到伤害，一个人呆然自失。

出了什么事了？聪子在这里一本正经罗列着这些最能伤害他的言语，犹如瞄准他的弱点射来的箭镞。这些都是她搜集来的对他最富毒性，可以说最具有杀伤力的语言的精华。清显应该感觉到这种不同寻常的尖刀一般的言辞是如何提炼出来的，他也应该想想，她是如何挖空心思找到这些纯粹充满着恶意的话语的呢？

他的胸口在急剧地跳动，双手一个劲儿战栗着。他满含热泪，既感到委屈又极其愤怒。清显木然而立，他无法挣脱出这种感情之外再考虑其他问题了。此时，如果再让他在宾客面前抛头露面，泰然自若地参加游园会，直到夜阑全部活动结束，那真是比登天还难。

二十

宴会顺利地结束了，没有发生什么明显的疏漏。不用说一向不拘小节的侯爵十分满意，就是客人们也同样感到满意。在他看来，侯爵夫人最为光辉耀眼的价值，就在这一瞬之间。这从下面的问答中可以看得出来。

"两位陛下自始至终心情都很高兴啊，你说，他们回去会不会很满意？"

"这还用说吗？今天是个快乐的日子，自从天子驾崩，还从来没有过呢。"

"这么说虽然有点儿不太合适，但确实是如此。不过时间太长了，从下午到深夜，他们一定都很疲劳吧？"

"没的事，计划订得都很周到，井井有条，一个接一个，随时都有令人高兴的东西。大家哪里还有闲工夫感到疲劳啊。"

"放电影时，有没有人打瞌睡呀？"

"没有，大伙儿都睁大眼睛热心地观看呢。"

"聪子真是个心眼儿善良的姑娘，电影虽然很感动人，可是只有她一个人流眼泪。"

看电影的时候，聪子情不自禁地哭起来，灯亮之后，侯爵才发现她满脸泪水。

清显疲惫不堪地回到自己房间，他睁着两眼，毫无睡意。他打开窗户，仿佛看到黑暗的湖面一群鳖鱼露出青黑色的头向这边张望……

他实在待不下去了，摇铃叫饭沼来。晚上，饭沼肯定在家。

饭沼走进清显的房间，他一眼看到这位"少爷"那副怒不可遏的样子。

近来，饭沼逐渐学会了从人的脸色上观察内心变化。这本来完全超出他的能力之外，但是，平时所接触的清显的表情，如今看起来就像万花筒一样，那些细小的玻璃碎片所组合的五颜六色的图像历历如绘。

其结果，饭沼的心态和兴趣也产生了变化。以前，他看到年轻主子因烦恼和忧郁而变得憔悴的脸色，曾经抱怨对方不该显露出萎靡和懦弱的灵魂，可现在呢，他只把清显那种神态当作是别具风情。

的确，清显一副忧郁的俊美的面貌，不适宜表达幸福和喜悦，悲伤和愤怒反而能表现出他高雅的气度。而且，清显愤怒而烦躁的时候，其中必然表现出一种或浓或淡、捉摸不定的矫情来。他那本来白皙的面庞愈益苍白，清炯的眼睛布满血丝，剑眉歪斜，一副失去重心、飘摇不定的灵魂，展露出希求获得援手的渴望，仿佛荡漾于荒野的歌声，飘散着一种荒芜的甘美。

清显一直沉默不语。此刻，饭沼不再等他吩咐就坐在椅子上了。他抄起清显放在桌面上的今晚宴会的菜单读着。饭沼很明白，他在松枝家待了几十年，绝不可能有机会尝到这些美味佳肴。

大正二年四月六日赏樱会晚餐菜谱

一、汤羹——清蒸甲鱼羹

二、汤羹——鸡肉水晶羹

三、鱼肉——奶油醉鳟鱼

四、兽肉——牛里脊烩洋蘑

五、禽肉——鹌鹑烩洋蘑

六、兽肉——羊里脊炒西洋芹

七、禽肉——酱鹅肝冷盘（菠萝冰酒）

八、禽肉——军鸡烩洋蘑（纸盒包装）

九、蔬菜——奶油芦笋奶油四季豆

十、点心——奶糕

十一、点心——双色冰激凌

各色糕点

——饭沼一直盯着菜谱看个没完，清显始终瞅着他，轻蔑的目光里又满含哀怨，心中很不踏实。他等着饭沼开口，对他一味麻木不觉的谦恭十分生气。如果这时饭沼能像兄长一般将手搭在清显的肩膀上问候一番，那他是多么容易开口啊！

清显没有发觉此时坐在他面前的人已经不是从前的饭沼了。过去只知道一味笨拙地压抑着激情的人，如今不会再满怀温情对待清显，用自己不习惯的双手去触摸本来毫不熟悉的细腻的感情世界。

"你知道我现在是什么心情吗？"清显终于开口了，"我受到聪子小姐好一顿侮辱，听她那副口气简直不把我当人看待，说什么我以往的行动像个蠢笨的孩子。是的，她是这么说的。最令我失望的是，她挑来拣去专门拿那些我所讨厌的话题奚落我，她的这副态度太使我失望了。那个下雪的早晨，我对她百依百顺，其实我只是成了她的一个玩具罢了……你在这些方面没有发觉什么吗？比如说从蓼科那里听到些传言什么的……"

饭沼思索了好半天，然后说道：

"哎呀，没听到什么呀。"

他的长时间的思考显得很不自然，触及着清显敏锐的神经，搅得他心烦意乱。

"撒谎！你肯定知道些什么。"

"没有，我什么也不知道。"

就在这一对一的问答中，饭沼说出了过去不打算说的事情。饭沼虽然能看透别人的心思，但自己的神经反应迟钝，他不知道自己刀斧般的言语会在清显心中造成多大的伤害。

"美祢告诉我一件事，不过她只是对我说，叫我保密，绝不可传给别人。这件事关系少爷，也许应该跟您说说才对。

"过年的团圆会上，绫仓家的小姐不是也来出席了吗，每年这一天，侯爵老爷都和亲戚家的孩子们亲切交流，无所不谈。当时，侯爵开玩笑地对小姐说：

"'有什么话要跟我说吗?'

"于是，小姐也半开玩笑地说：

"'有啊，我有件很重要的事情想问问，叔叔的教育方针是什么呢?'

"我可要郑重提醒您，这都是侯爵的枕边话（饭沼满怀难言的愤恨一吐而快）。这事是侯爵在枕头边笑着告诉美祢的，美祢又原封不动地对我说了。

"侯爵饶有兴趣地问道：

"'什么教育方针啊?'

"小姐有些难为情，她只得全部说出了一件令她难以启齿的事：

"'我听清少爷说，做父亲的为了进行实地教育，把清少爷带到花柳街去，教会他如何玩乐，所以，他成了一位玩女人的老手，感到耀武扬威。叔叔您真的对他实施过这种不道德的实

地教育吗?'

"侯爵听罢仰天大笑。

"'你这个问题好厉害呀!就像贵族院咨询答辩会上矫风会[1]的提问。假如真像清显所说,那我必须讲明我的一番道理,其实,这种教育关键是被他本人一口拒绝了。那个不肖的儿子,根本不像我,他既晚熟,又洁癖,不管我如何诱惑他,一句话就顶撞回来,气冲冲地跑掉了。这么一个人,还居然对你摆阔,自吹自擂,撒谎骗人,真是可笑。不过,尽管情投意合,也不该向贵妇人谈论逛窑子的事儿啊,我可没有对他施行过这种教育。这么说,我要尽快把他召来训斥一番,这样或许能让他抖擞起精神,学会那套眠花卧柳的本领。'

"接着,小姐费尽千言万语才制止住侯爵老爷的轻率举动,侯爵保证对这事只当作秋风过耳,绝不再向任何人提起,但他还是悄悄对美祢讲述了一遍,当时虽说是说说笑笑,心情愉快,但侯爵还是要美祢绝对不可泄露出去。

"美祢到底也是个女人,她当然不会就那么默不作声,她跟我说过之后,我就严肃警告她:'这事关系到少爷的名誉,一旦传到外头去,我就同你绝交。'美祢没想到我的态度如此严厉,她在我的威压之下,是不大可能再对别人说起的。"

---

1 矫风会,基督教妇人矫风会的简称,主张禁酒。1873 年兴起于美国俄亥俄州,1884 年成为国际组织。1893 年,矢岛楫子等人发起组织日本基督教妇人矫风会,提倡禁酒、废娼、和平。

听着听着，清显的脸色越发苍白起来，自己一直处在一片浓雾之中，到处碰壁，如今云开雾散，眼前出现一排洁白、玲珑的圆柱，原来一切模糊的事项，现在都露出了清晰的轮廓。

首先，对于清显的那封信，聪子尽管矢口否认，她还是看过了。

当然，这种事儿肯定会给她带来一些不安，但在亲戚们的贺年会上，经侯爵证明是谎言之后，她变得得意忘形，一心陶醉于"幸福的新年"之中。因此，那天在马厩前，聪子突然热情地对他畅叙情怀，其缘由就在这里。

正因为如此，聪子才彻底放下心来，大胆地邀请他一同赏雪！

今天，聪子的眼泪、毫无道理的指责，虽然有些不明不白，但是眼下明摆着的是，聪子一贯撒谎，心里始终暗暗瞧不起清显，不论做何种辩解，她总是凭着人的一种恶劣趣味接触清显，这个事实是谁也无法否认的。

"聪子一面责备我还是个孩子，一面又把我永远关在孩子的圈子里，这是无可置疑的。她是多么狡猾啊！她有时像小鸟依人，风情万种，但心中始终不忘对我的侮辱和蔑视，看起来对我很是倾心，但实际上是在玩弄我的感情。"

清显怒不可遏，他忘记了，这件事情的起因全在他那封荒唐的信笺上，一切都来当初他那一纸谎言！

清显把一切都归罪于聪子的背信弃义，是她伤害了身处青少年艰难转折期的一个男儿最重要的自尊。尽管在成人眼里这是一些无关紧要的事（父亲侯爵只当作笑话，就是最好的证明），但正是这些琐末细事，最能无孔不入地刺伤某个时期男人的矜持心理。不论聪子是否意识到这一点，其实她是用一种极端无情的手段蹂躏了他的尊严。清显羞愧难当，他简直像害了一场大病。

饭沼怜悯地瞧着清显一副苍白的面容和长久的沉默，尚未觉察自己给予他多么大的伤害。

饭沼对于这位长年持续伤害自己的美少年，虽然毫无复仇的意识，但他却在不知不觉之中给了清显一次沉重的打击。尽管如此，面对这位低头不语的少年，饭沼从来没有像现在这样，瞬间里对他泛起怜爱之情。

饭沼满怀同情和关爱，他打算把清显扶起来，抱他躺在床上，他要是哭，自己也会跟着一起流泪的。可是，清显不久抬起头，他那干枯的面容上不见一丝泪水，一副冷峻的眼光立即打消了饭沼的幻想。

"我知道了，你走吧，我要睡觉了。"

清显自己也从椅子上站起来，将饭沼推向门口。

二十一

从第二天起，不管蓼科打来多少次电话，清显就是不接。

蓼科叫来饭沼，拜托他说，小姐有要紧的事儿直接找少爷，请他务必传过话去。饭沼固守着清显的严格禁令，根本不予置理。打了几次，聪子亲自出来委托饭沼，饭沼依然坚决回绝。

电话连续响了几天，这件事儿甚至引起用人们的议论，清显一个劲儿不接，弄得蓼科最后找上门来。

饭沼在晦暗的二道门内迎接蓼科，他穿着一件丝织的宽腿裤子，端然坐在板台[1]中央，摆出一副坚绝不放她进入内宅的架势。

"少爷不在家，你见不到他。"

1　板台，原文为"式台"，门内用木板搭成的高台，在这里迎送客人。

"他不会不在家，你要是不肯放我，那就请山田来吧。"

"山田来也一样，少爷绝不会见你。"

"那好，就让我进去，非见到他不可。"

"门都锁着呢，谁也进不去。你要是硬闯，那是你的自由。不过，我想你是偷偷到这里来的，要是山田知道了，闹得家里不得安宁，万一传到侯爵老爷的耳眼儿里，你担待得起吗?"

蓼科不吱声了，黑暗中狠狠地盯着饭沼那张满是粉刺、凹凸不平的脸孔。在饭沼眼里，蓼科背向春光明媚的小花园五叶松闪光的树叶，那副用厚厚的白粉填满皱纹的老脸，看起来就像绘绸画上的人物像。她的一双厚重的双眼皮的眼睛闪现着凶险而愤怒的光芒。

"好吧，就算是少爷的命令，瞧你那副激烈的口气，看来你是早有预谋的吧。过去，我帮过你不少忙，不过这回就只能到此为止了。少爷那里，你就替我问个好吧。"

——四五天之后，聪子送来一封很厚的信。

往常，蓼科总是避开山田，直接交到饭沼手里，这回不同了，这封本该转到清显手里的信，放在一只绘着泥金花纹的漆盘里，由山田郑重其事地捧在手中送进来了。

清显特地把饭沼喊到屋里来，给他看这封尚未拆开的信，然后叫他打开窗户，当着饭沼的面，把信丢进火钵里烧了。

清显细白的手指躲避着火焰，提起那叠厚厚的信纸，让即将被压灭的火焰重新燃旺。饭沼看在眼里，觉得那只手就像小动物在桐木火桶里随处乱跑，在他眼前正在实行着一桩精巧的犯罪。自己要是帮忙，事情也许会进展得更顺利，但是他又害怕遭到拒绝，所以作罢了。本来，清显叫他来只是让他做个证人。

清显的眼睛躲不开烟熏，不由掉下一滴泪来。饭沼过去曾经巴望过对他进行严酷的训育，以便使他流下理解的眼泪。可如今在饭沼眼前，清显被火烤得灼热的面颊上美丽的泪珠，并非来自饭沼的力量。不论何时何地，饭沼在清显面前，总是感到无能为力。

——一周之后，一天，父亲侯爵回来得很早，清显陪父母在主楼的和式房间里共进晚餐，他好久没同父母一起吃饭了。

"时间过得很快，你明年就要被赐予从五位爵位，到时候就让家里人称你'五位少爷'吧。"

侯爵兴致勃勃地说，清显却暗自诅咒明年自己就是成年人了。自己才十九岁，年纪轻轻就对人生的成长感到倦怠，他怀疑这副心境是否受到聪子无形的影响的毒害呢？孩童时代掰着指头等着及早过年，心里焦急不安，巴望快些长大成人，然而这种念头却从清显身上一去不复返了。他只是态度冷淡地听着父亲的谈话。

一家三口在一起吃饭时照例规规矩矩，生着一副悲戚的八字眉的母亲，有条不紊地照顾着丈夫和儿子，满面红光的侯爵则故意表现出超乎寻常的愉快心情，一直发挥着自己决定性的作用。父母不动声色地暗暗交换了一下眼色，两人互相轻轻地一睃，还是被清显看见了，他感到很惊讶，因为没有比这对夫妇间的默契更令人狐疑了。清显首先看看母亲的脸色，母亲有点儿慌乱，说起话来也有些不自然。

"……你听着，有件事不大好开口，其实也没有什么了不起的，只是想听听你的意见。"

"什么事？"

"又有人给聪子姑娘说婆家了，这门亲事相当艰难，再拖下去，就不好回绝人家了。如今，聪子虽然还是有些犹豫不决，但不像过去那样一概不理不睬了。所以，她的父母亲也积极起来……因此，也想问问你，你和聪子从小在一起，青梅竹马，对于她的婚事，有没有什么不同的意见呢？你心里怎么想就怎么说，有不同的看法，就直接当着父亲的面提出来。"

清显照例埋头吃饭，他毫无表情地说道：

"我没有什么不同的意见，这事和我有什么关系？"

片刻的沉默之后，侯爵依然保持一副纹丝不乱的愉快心情，说道：

"其实，事情还能挽回，如果，我是说如果，这事牵扯到你的心情，不妨就说说看。"

"和我没有任何牵扯。"

"我只是这么设想，才这么说的，如果没有，那也好嘛。

我们家同他们家是多年的世交，眼下这件事，我们该做的做好，该帮的帮好，要尽力而为。看来还是要花一笔钱的……这事先这么说着，下个月是祭祖的日子，要是婚事有进展，聪子就会忙起来，今年就不要再邀请她了。"

"其实，一开始就不该请聪子来参加什么祭祖活动。"

"这倒是稀奇的事儿，没想到你同她成了死对头。"

侯爵大笑起来，随着笑声暂时结束了这个话题。

对于父母来说，清显就像一个难解的谜，儿子和父母的感情格格不入，他们每每追索清显的感情轨迹，总是迷途难返，只好断念。现在，侯爵夫妇甚至有些抱怨绫仓家，怪他们没有管教好自己的儿子。

自己长期以来所憧憬的公卿家族的优雅，难道就仅仅表现在这种意志不坚、暧昧不明的态度上吗？远看起来美妙无比，近观儿子的教育成果，只是一团迷雾，模糊不清。侯爵夫妇心灵的衣裳，尽管使人眼花缭乱，只限于南国风格的鲜艳的单色；而清显的心灵，犹如往昔女官们的丽衣，大红里透着赭黄，竹青里融进了紫红，各种颜色恍惚不定，光是猜度和揣摩儿子的心思，就弄得侯爵疲惫不堪。清显对任何事情都毫不关心，态度冷漠，沉默不语，只是看着他俊逸的面庞就觉得劳累。侯爵回忆起自己的少年时代，处处都是细流涓涓、清澈见底，从来不记得有什么暧昧不明的时候，比如表面上微波荡漾，而清澄的水底下却掩藏着不安和烦恼。

不一会儿，侯爵说：

"换个话题吧，我打算最近把饭沼辞掉。"

"为什么？"

清显的脸上这才露出明显的惊讶来，他确实感到很意外。

"他常年在我们家做事，你明年就成年了，他也大学毕业了，这时正是个好机会。再说，一个直接的原因就是，最近听说他干了件不体面的事情。"

"什么事情？"

"在家里很不守规矩，明白地说，他和女佣美祢私通。要是过去，那是要杀头的。"

听了这话，侯爵夫人出奇地平静。她在这个问题上，无论哪一方面，都是坚定站在丈夫一边的。清显认真地追问道：

"这件事是听谁说的？"

"谁说的无关紧要。"

清显头脑里立即闪过蓼科的面影。

"过去该杀头的事，现在的世道不兴了。再说，他是家乡推荐来的，基于这层关系，原来的中学校长每年都跑来拜年。为了不影响他的前途，让他离开这个家是最稳妥的办法。另外，我还想到一个两全其美的办法，把美祢也辞掉，只要他们两相情愿，可以结成夫妻。今后，我还打算给饭沼找一份工作。总之，目的是让他离开这个家，又不留下什么怨恨，这才是上策。他长年照顾你，这是事实，在这一点上，他没有犯过什么过错。"

"这么周到的处置，可也算仁至义尽了。"

侯爵夫人说。

——清显当天晚上见到饭沼，什么话也没有说。

清显脑袋一搁在枕头上，万千思绪就一起涌上了心头。他明白，自己完全孤独了。论起朋友，只剩下个本多了，然而他也不可能把事情的经过，毫无保留地全部告诉本多。

清显做了个梦，他想，这样的梦根本无法写入《梦日记》。因为这个梦实在是纷纭反复，漫无头绪。

各种人物你来我往，刚刚出现雪中三联队的营房，立即又是本多当上了军官；才看到雪地上一群孔雀上下飞舞，又发现暹罗王子一左一右，正在给聪子戴上璎珞长垂的金冠；眼见着饭沼和蓼科争吵不休，两人扭成一团掉进千丈谷底；又看到美祢乘着马车而来，侯爵夫妇恭敬出迎；转瞬间清显自己却坐在竹筏上，摇摇荡荡，漂流于一望无边的大洋之上。

梦中，清显在想：因为自己深深陷入梦境之中，梦就溢出了现实的领域，四处泛滥。

二十二

　　洞院宫第三王子治典殿下，年龄二十五岁，刚刚晋升近卫骑兵大尉，其性格英迈、豪宕，是最为父亲洞院宫所瞩望的儿子。正因为如此，在选妃一事上，也是听不进别人的意见，虽然有众多候选，但经年累月，尚无一个可意的人儿。父母正在万般无奈之际，应松枝侯爵邀请，出席赏花之宴，正巧同绫仓聪子见面。两位殿下十分满意，托人传话想索取一枚照片。绫仓家立即献上聪子的正装照相，治典王殿下注视良久，没有像以往那样百般挑剔，冷言冷语。这样一来，已经二十一岁的聪子，其年龄不再成为一个难点。

　　松枝侯爵为了报答以往养育自己儿子的恩德，一心为家道中落的绫仓一家谋求中兴。其捷径就是同皇家缔结姻亲之好，哪怕皇族的非直系也行。作为正统的公卿家族，绫仓家这种做法实出自然，没有什么奇怪。但对于绫仓家来说，需要有一个坚实的后盾，因为考虑到一笔庞大的陪嫁费用，还有逢年过节向皇家的随侍、仆从们赠送礼钱，这笔巨大的开支单靠绫仓家的财力，简直无法想象。松枝家打算将这批费用全部一手包揽下来。

聪子对于自己周围一派忙碌的现象，一直抱着冷眼旁观的态度。四月里很少有晴天，灰暗的天空下，春色日渐淡薄，夏季即将来临。这座武家府邸，门第威严，房舍朴素。聪子站在屋内的矮窗前，眺望着广阔而荒芜的庭园，她发现茶花的花瓣凋谢了，浓黑而结实的叶丛之下又冒出了新芽；石榴树发疯似的长满棘刺的细叶尖上，也同样露出了微红的嫩芽。所有的新芽全部直立着，因此，整个庭园看起来似乎都在昂首挺胸，院子比平时也高出了几分。

蓼科似乎发现聪子显然变得沉默了，时常一个人在想心事。一方面，聪子像流水一般，对于父母老老实实，言听计从，不再像以前那样闹别扭了，她总是淡然一笑，全部接受。这种百依百顺的帷幕背后，隐藏着聪子近来如阴天般的对一切漠不关心的冷淡心理。

五月的一天，聪子应邀前往洞院宫别墅出席茶会。按照惯例，这时候正是松枝家请她去参加祭祖的日子。但是，她一直企盼的请柬没有到来，洞院宫家的事务官却带来一份邀请信，随手交给管家就回去了。

这一切表面上看起来好像自然发生的事情，实际都是经过极秘密的策划，精心布置，按部就班实行的。平素言语无多的父母，伙同一帮人，暗暗在聪子所在的地方的周围，画了一圈儿复杂的咒符，想把聪子封锁在家中。

洞院宫的茶会自然也一同邀请了绫仓伯爵夫妇，假如要对方派马车前来迎接，反而显得有些过分，于是决定借用松枝家的马车。明治四十年建造的别墅位于横滨郊外，这一段马车之旅，即便不是前往赴约，也是一次难得的全家人愉快的郊游。

这天是罕见的晴天丽日，伯爵夫妇互相庆幸这个吉利的日子。南风劲吹，沿途各处鲤鱼旗呼啦啦随风飘扬。这些鲤鱼旗都是按照家中孩子的数目悬挂的，通常是一条大黑鲤鱼夹杂着红鲤鱼，一共五条，显得有些杂乱无章，全无随风飘扬的姿态。但山脚下有一家的鲤鱼旗，伯爵透过马车窗户，竖起白皙的手指数了数，一共十条。

"这家的孩子真多啊！"

伯爵微笑着说道，聪子听起来，这种庸俗的笑话同父亲的身份极不相称。

绿叶簇簇，喷薄而出，山山岭岭，从嫩黄到墨绿，千种绿色如波涛奔涌，尤其是透着深红色彩的小枫树的树荫，看起来就像是一块铺着紫金的地面。

"哎呀，灰尘……"

母亲忽然注视着聪子的面颊，正要用手帕擦拭的时候，聪子立即缩了缩身子，沾在脸上的灰尘骤然消逝了。母亲这才发觉，那是玻璃窗上的一块污垢，搪住了日光，将影子映射到聪子的脸庞上了。

聪子对于母亲的这种错觉没怎么放在心上，她只是淡然一笑而已。今天，她对母亲特别关注自己的面容甚为反感，就像翻箱倒柜找出私房货细加检点一般。

车窗紧闭，生怕风吹乱头发，马车车厢热得像火炉。车子一个劲儿摇晃，使人有些难以忍受。周围是接连不断的即将插秧的水田，映现出碧绿的山峦的影子……聪子对未来期待着什么呢？她自己也不知道。一方面，她出奇地大胆起来，任自己沉沦于无法遁逃的境地，再也不会顾忌什么危险了，一方面似乎又在期盼着什么。现在还来得及，还来得及啊。一旦危机来临，她希求降下一道赦免令，但同时又憎恶一切希望。

洞院宫的别墅位于临海的高台之上，这是一座外观上具有宫殿风格的洋馆，铺着大理石楼梯。全家人受到管家的迎接，从马车下来，看到海港里各种船只，不禁赞叹起来。

茶会在一条向阳的宽敞的走廊里进行，这里可以俯瞰大海。廊下栽种着各种繁茂的热带植物，入口处摆放着暹罗王室赠送的一对巨大的新月形的象牙。

两位殿下站在入口迎迓客人，亲切地招呼大家坐下。端上来的镶嵌着菊花徽章的茶具，盛着英国风味的茶水，茶桌上摆着薄薄的三明治、西洋点心和饼干。

妃殿下谈起上回赏花的时候非常高兴，又提到打麻将和关于长歌的事。伯爵代替默默不语的女儿说道：

"在家里还是个孩子，没有让她打过麻将。"

"哎呀呀，我们一有空儿，整天玩麻将。"

妃殿下乐呵呵地说道。

聪子未曾提到自家里只有黑白十二子古老的"双六"棋之类的事。

今日洞院宫衣着随意，穿一身西装。他陪伴伯爵走到窗边，像教导小孩子似的，披露着渊博的知识。他一一指点着港内的船只，告诉伯爵，那是英国货轮，名叫闪光甲板型轮船，那是法国货轮，名叫遮浪甲板型轮船，等等。

从场面的气氛上一眼可以看出，两位殿下对选择什么样的话题颇为踌躇。不论是谈体育，谈喝酒，哪怕只有一个共同感兴趣的话题也好。可是，绫仓伯爵只是一味笑嘻嘻地听着别人说话。在聪子眼里，她感到从父亲那里学会的优雅，从未像今天这样变得一无用处。伯爵这个人，平素时常脱开眼前的话题，傻头傻脑插进一些毫无关联的笑话，今天，他却明显地控制着自己。

不一会儿，洞院宫看看钟表，蓦然想起什么似的，说道：

"今天幸好，治典王在军队里告假就要回来了。我们这个儿子，生性粗豪，请不必介意。尽管看起来是那样，可他心眼儿很善良。"

话刚说完，门外就喧嚷起来，看情景王子已经到家了。

治典王殿下腰挂佩刀，足蹬军靴，一身戎装，随着一阵铿锵作响的声音，英姿勃勃地出现于走廊之上。他向父亲举手致敬。刹那间，聪子却感受到一种莫名的虚有其表的威风。但是，她心中很明白，这位父亲喜欢王子这副勇武的性格，年轻的王子一切都是遵照乃父的期望立身处世的。这是因为王子的兄长心性异常柔弱，健康亦欠佳，父亲对他很失望。

治典王殿下因为是初次见到美丽的聪子，神态里自然带着些腼腆的成分。他们互致问候时以及以后，殿下对聪子几乎没有敢正面看过一眼。

王子身个儿不高，体格健壮，精明干练，保持着一副尊大、坚毅、年轻而颇具威严的神态。洞院宫眯细眼睛瞧着儿子，心里十分受用。不过，世上人风传，这位仪表堂堂、俊逸潇洒的父亲，缺少深远和坚强的意志。

治典王殿下的兴趣是搜集西洋音乐唱片，关于这方面，他有着自己独到的见解。母亲对他说："放首曲子听听吧。"

"好的。"王子应了一声，走到室内留声机旁边。这时，聪子不由抬眼追踪着他的身姿。王子大步跨过走廊和房间的交界处时，擦拭得锃亮的黑色长筒靴上，连连闪耀着窗户上的白光，甚至外面的蓝天，也像一片青色的陶瓷，含蕴在那黑色的皮革表面。聪子微微闭上眼睛，等待着音乐开始。骤然间，一种等待的不安如团团黑云拥塞在她胸中，就连唱针落在唱盘上一点儿响声，在她耳里也像是巨雷轰鸣。

——她和王子之间，后来仅仅交谈了三言两语，傍晚时分，全家离开了洞院宫的别墅。其后一周光景，洞院宫家的管家来访，同伯爵做了一次长久的谈话。结果决定正式向宗秩寮[1]上一道请求皇上降御旨的帖子。聪子偷看了这个帖子，内容如下：

宫内大臣殿：
　　治典王殿下、从二位勋三等伯爵绫仓伊文长女聪子，双方自愿缔结良缘。兹将该事宜禀奏，以征询尊意，并请转呈圣上，赐降敕许。

　　　　　　　　　　　　洞院宫府执事山内三郎
　　　　　　　　　　　　大正二年五月十二日

三天之后，宫内大臣下达通知，内容如下：

　　　　　关于通知洞院宫府事务官事由

洞院宫府执事：
　　治典王殿下、从二位勋三等伯爵绫仓伊文长女聪

1　宗秩寮，宫内省的下属机关，掌管皇族及其他王公贵族的日常事务。

子，双方自愿缔结良缘之事宜。本府已予办理。一俟
圣上有旨，即行转送。

宫内大臣

大正二年五月十五日

这样一来，请求圣上降下御旨的手续已经办妥，可以随时
上奏，请求敕许。

二十三

清显已经是学习院高等科最高班的学生了，因为来年秋天即将升大学，所以有的人从一年半之前就开始用功，准备迎接升学考试。本多一点动静也没有，这倒很中清显的意。

乃木将军一手恢复起来的全体学生住校的制度，原则上必须严格遵守，但是病弱者允许走读。像本多和清显等按照家人的意愿不住校的学生，也都煞有介事持有相关医生的诊断书。各人都假造了病名，本多是心脏瓣膜病，清显是慢性支气管炎。两人经常用假造的病征开玩笑，本多模仿心脏病人胸闷不堪，清显一个劲儿干咳不止。

没有一个人相信他们有病，他俩也没有一味装病的必要。只有日俄战争中幸存的下士官们的军训课例外，这门课程虽说是走形式，但那帮子人不怀好意，总是把他们俩当成病号。教练进行训示的时候，冷言冷语讥刺道：那些连学校集体生活都不能过的病弱之徒，一朝有事，如何能为国尽力？

因为暹罗王子们住校，清显觉得很过意不去，经常带些礼物去探望他们。彼此相处得亲密无间的王子，时常发发牢骚，抱怨行动不自由。那些活泼而又冷酷的住校生，未必是王子们的好朋友。

本多对于久久将朋友置于脑后，如今又像厚脸皮的小鸟一般飞回来的清显，依然采取欢迎的态度。清显似乎也把自己过去一直忽视本多的事全都忘却了。本多看到清显进入新学期后，忽而变成另外一个人了，学会时常表现一种虚假的快活的心情，他感到十分诧异。当然，他什么也没有问，清显什么也没有说。

如今，对清显来说，即便是朋友也不可敞开心扉，这是他唯一的聪明的做法。由此，他也不必担心本多会看出自己只不过是任女人家随意摆布的傻孩子。他明白，有了这种安心感，他才可以在本多面前使自己自由自在，明朗活泼。而且，他不想给予本多幻灭的心情，以及自己打算在本多面前做个获得自由、解放的人的心情，对于清显来说，这是对无数冷漠的补偿，同时也是自己最好的友谊的明证。

清显对自己变得如此开朗也甚为不解。后来，父母亲若无其事地告诉儿子关于洞院宫和绫仓家婚事的进展情形，讲了些有趣的事。据说那位好胜的姑娘在相亲席上显得很拘谨，一句话都没说。当然，清显从父母的谈话里是无法得知聪子的悲哀心情的。

一个想象力贫乏的主儿，往往直接从现实的事象中获取自己判断的食粮，而一个想象力丰富的人，会立即筑起想象的城堡，并把自己封闭于其中，关紧所有的门窗，清显也具有这种倾向。

"眼下只等着敕许了。"

母亲的话留在他耳朵里。"敕许"这个词儿，如实地传达给他一个声音，犹如又长又宽又黑的走廊的前方有一道门，挂在那里的一把小巧而坚固的金锁，挫牙一般"吱嘎"一声，自动把门锁上了。

清显恍恍惚惚眺望着那个泰然自若听父母讲故事的自己，他感到自己是个恼怒和悲伤都压不垮的男子汉，心中甚为踏实。"我原来是个远比自己所想象的更加不易受伤的人啊！"

过去，他从父母粗忽的感情里体验到几分疏离，而今，他对于确确实实继承这种血统的自己感到十分庆幸。他本不属于被人伤害的一类，而是属于伤害他人的一类！

他想到聪子的存在离自己一天比一天遥远，不久就要到伸手不可及的地方了，胸中涌动着难以形容的快感。好似看着布施亡灵的灯影照耀着水面，乘着夜潮渐渐远去，心里祈祷着漂得越远越好，越是远离越能证实自己的实力。

如今，这个广大世界，没有一个人能为他此时的心情做证。这使得清显更容易伪装自己的心情。"我理解少爷的心事，只管交给我好了。"那些嘴里不断唠叨着的"心腹"们的目光，也从自己身边拂拭掉了。他为逃脱蓼科那个大骗子而高兴，也为摆脱饭沼这位几乎达到肌肤之亲的忠实朋友而欣喜。一切烦恼，从此消失。

父亲满含深情地辞退饭沼，清显认为这是饭沼自作自受。这个想法庇护了自己冷酷的心。而且，他对蓼科始终信守"这事我绝不会告诉老爷"这一约定，颇为感激。这一切都来自水晶般冰冷、透明而带有棱角的心灵的功德。

饭沼离开府邸的时候……他来到清显的房子里辞行，他哭了。清显觉得他的眼泪里含着种种意思。饭沼似乎一直强调自己对清显很忠实，这使清显很不愉快。

饭沼本来没说些什么，他只是一个劲儿哭，他想通过沉默对清显传达一些信息。他们七年间的交往，对于清显来说，开始于感情、记忆尚在朦胧中的十二岁时的春天，饭沼在他一懂事时就待在这个家里了。清显整个少年时代，几乎身边都有饭沼的影子，一身污秽而深蓝色衣服的黑影。对于他的那种难以忍受的不满、愤怒和否定，清显一概装作漠不关心，但是越是如此，越是沉重地压上清显的心头。不过，另一方面，饭沼黯淡、阴郁的眼神所隐藏着的一切，使得清显少年时期难以避免的不满、愤怒和否定得以免除。饭沼所求取的东西，始终在饭沼的心里燃烧，他越是寄望于清显，清显越是远远离开他。或许这是自然的规律所致吧。

当他把饭沼作为自己的心腹，使他对自己的压力丝毫不起作用的时候，抑或清显就已经从精神上向今天的离别迈进了一步。这一对主仆互相之间是不应该有这种理解的。

垂首而立的饭沼穿着深蓝色衣服，敞开的胸脯映着夕阳，微微显露出杂乱的胸毛。清显用一副沉郁的目光望着那里，他的一颗富于威压性的忠诚之心，正是得到那堆厚重得令人心烦的肌肉的保护呢。他的肉体本身充满着对清显的责难，他那布满污秽粉刺的凹凸的面颊的闪亮，犹如洒在一片泥泞上的光照，辉耀着狂妄的余晖，向清显述说着，忠于自己的美称也同他一道离开这个家。这是何等傲慢无礼！年轻的主子遭受女人的背叛，孤身一人，而学仆却获得女人的信任，趾高气扬，离开自己而去。而且，饭沼今日的辞别，从他那副表情上看，一直认为自己是完全出于对主子的忠诚之心，他对这一点坚信不疑。这种表现也使清显焦灼不安。

然而，清显一副贵族的态度，流露着冷漠的人情。

"这么说，你离开这儿不久，就同美称结成夫妻吗？"

"是的，承蒙老爷的吩咐，就请答应我们吧。"

"到时候通知我，我要给你们送贺礼。"

"那太感谢啦。"

"一旦有了着落，来信告诉我地址，说不定我会去探望你们的。"

"少爷要是来玩，我们将感到万分高兴。不过，家里肯定又小又脏，让您受委屈，实在太过意不去啦。"

"用不着那样客气。"

"好，您既然说了……"

饭沼又哭了，随即从怀里掏出一张粗糙的草纸揩着鼻涕。

清显认为，自己口中吐出的一言一语，很适合眼下这种场合。无疑，他在这种场合十分流利地说出这些丝毫不带感情的话，反而更加令人感动。生存于感情世界的清显，如今更有必要学会心理政治学，这种学问必要时也应该能适用于自身。他穿上感情的铠甲，并学会了将铠甲揩拭得锃亮。

这位十九岁的少年，没有了烦恼和忧愁，从所有的不安中解脱出来，感到自己是个冷酷的万能的人。一桩事明明白白地了结了。饭沼走后，他从敞开的窗户里，眺望着绿叶翠碧的红叶山映在湖水中的美丽的倒影。

窗边的大榉树，枝叶繁茂，一团深绿，站在这扇窗户前边，不伸长脖子就无法看到九段瀑布落进深潭的那一带场景。湖水也一样，靠近岸边的大部分水面，覆盖着淡绿的莼菜叶；萍蓬草鹅黄的花朵还不怎么惹眼；透过大厅前石板桥迂曲的桥洞，花菖蒲那一簇簇绿剑般锐利的叶片丛中，浮现着紫色和白色的花朵。

清显注意到停在窗棂边的一条吉丁虫慢慢爬到室内来了。闪耀着黄绿光芒的椭圆形的甲胄，有着两道艳丽的紫红的线条。吉丁虫缓缓摇动着触角，一点点向前移动着锯齿般的细腿，于时光无限的长河中，全身一直滑稽地保持着凝重而沉静的色彩。看着看着，清显的一颗心深深被吸引到虫体之内了。吉丁虫以这种光明绚丽的姿态一点点向清显靠近，这毫无意义的爬动似乎在向他垂训：时光在每一瞬间都无情地改换着现实的局面，他应该如何使自己每时每刻都活得光辉灿烂？他自己身上感情的铠甲怎么样呢？是否像这种甲虫的铠甲，散射着自然、美丽的光彩，并且具有抵御外界一切侵害的顽强力量呢？

此时，清显深深体味到，周围茂密的树木、蓝天、云彩、楼台殿阁，所有的一切，都在为这条吉丁虫而奉献自己。而今，吉丁虫就是世界的中心，地球的核心。

——今年祭祖的气氛似乎不比往年。

首先，过去一旦临近祭祀，饭沼就及早将场地打扫得干干净净，他一个人全把祭坛和椅子包下来了。今年不同了，这份工作落在山田肩上，山田从前没干过，再说，一直由年轻人承担的这份差事，自己接过手来，实在感到没意思。

其次，聪子没有接到邀请，在所有应邀参加祭祀的亲戚朋友中，只有她一人缺席。虽说聪子不是正式的亲戚，但其他人中找不出一位可以替代聪子的俊俏的女宾。

神仙也似乎对这个变化感到不快活，今年举行祭祖期间，天空黑云密布，雷声隆隆，女人们害怕淋雨，不能静心聆听神主宣读祭文。幸好，当身穿绯红礼服的巫女辗转为大家的酒杯斟满神酒时，天空也晴朗起来。与此同时，炽热的阳光照射下来，使得女人们低俯着掩在衣领内、涂着厚厚白粉的颀长的颈项，渗出了粒粒汗珠。此刻，藤架上垂吊着一串串花朵的阴影，为后排的与会者罩上了一片凉荫儿。

假如饭沼在场，看到年年向先祖表示敬意和追悼的气氛逐渐变得淡薄起来，一定会生气吧？尤其是明治大帝驾崩以来，先祖们被置于明治时代幽深的帷幔之中，变成了同现今世界毫无关系的邈远的神佛。与会者中有先祖的未亡人、清显的祖母以及几位年长者，这些人哀悼的眼泪早已干涸了。

漫长的祭祖仪式过程中，女人们总是高声交谈，年年如此，连侯爵都不便加以制止。侯爵本人似乎也对祭祖一事感到不堪重负，希望场面稍微活跃些，不必那样墨守成规。只有那位装扮艳丽的琉球风格的高鼻梁的巫女，始终吸引着侯爵的目光，仪式结束之后，他还一直注视着陶器酒杯里的神酒，仿佛那里蕴含着巫女光亮而黝黑的眸子。一俟仪式完了，侯爵连忙走到堂弟、海军中将身边，似乎以那巫女为题说了句猥亵的玩笑话，逗得中将哈哈大笑，惹得众人一起回头张望。

生着一副悲戚的八字眉的侯爵夫人，也许深知自己的面容最适合于这样的场面，所以全然不改换自己的表情。

至于清显，他早已敏锐地觉察到飘荡于会场上的浓重的空气。全家里的女人聚集在藤架周围的阴凉里，交头接耳，失之恭谨。这堆包括侍女在内，连姓名都不知道的女人，毫无表情，不见一丝悲哀，只是为了聚合而聚合，不久又分散开去。这些女人每人都有一张白皙而呆滞的脸孔，充满着不可思议的浓重的不如意的表情，宛如一轮白昼的月亮。那里明显是女人们的气味，聪子也隶属其中。而且，即使用缠绕着洁白纸帛的杨桐绿叶的祭神玉串儿，也难以被除这种气味。

二十四

丧失的安心，抚慰着清显。

他心中一直在思忖，在现实中感知丧失，较之害怕丧失更好。

他丧失了聪子，这很好。其间，满腔的愤怒也镇定下来。感情得到良好的节约，犹如一支为光明和热烈而点燃的蜡烛，身子化作蜡液而消融；一旦被风吹灭，峭立于黑暗之中，已经没有自身被销蚀的恐怖了。他懂了，孤独原是一种休息。

季节临近入梅。就像一个处在康复期的病号，小心翼翼试着回到正常生活一样，清显为了考验自己是否还会为之心动，特地沉浸在对聪子的回忆里。他拿出影集观看往昔的照片，有一张站在绫仓家槐树下拍的幼年时期的旧照，他和聪子两人胸前都戴着雪白的围兜儿。清显看到自己的身个儿比聪子高，感到很满足。擅长书法的伯爵，热心教他们临摹古代日本字帖，那是藤原忠通[1]创造的法性寺书体。有时候看他们习字厌了，为了提高兴趣，让他们在卷轴上轮流书写《小仓百人一首》[2]中的一首和歌，这个卷轴至今还保存着。清显写的是源重之[3]的一首："风狂浪猛岩石碎，身死魂销思永远。"聪子紧挨着写的是大中臣能宣[4]的一首："卫士城门篝火燃，夜明昼暗盼郎还。"一看就知道，清显笔墨颇为稚嫩，而聪子运笔优游、巧致，不像出自孩童之手。长大之后，清显很少接触卷轴，因为他从中发现，她比他先行一步，两者是成熟与未成熟之比，这种间距使他感到尴尬。但是，如今仔细观察一下，他感到，自己的笔迹虽然幼稚，但那朴拙而瘦硬的笔画中却跃动着男儿的勃勃英气，同聪子行云流水般的优雅笔法恰好形成对照。不仅如此。他一想到当时自己手握饱蘸着墨的毛笔，在金砂打底、配以幼松的华美的彩纸上勇敢落笔的时候，紧跟着一切情景便在眼前浮现出来。聪子那时候梳着娃娃头，留着长长的乌黑的刘海儿。她弓腰在卷轴上写字的时候，热心之余，一簇黑发从肩头滑落

1　藤原忠通(1097—1164)，平安时代末期公卿、歌人。结缘于美福门院，获鸟羽法皇信任。著有歌集《法性寺关白御集》。

2　《小仓百人一首》，镰仓时代的和歌总集，藤原定家从一百位歌人每人选一首编撰而成。

3　源重之(？—1000)，平安时代中期歌人，冷泉天皇时代带刀长，三十六歌仙之一。著有家集《重之集》。

4　大中臣能宣(921—991)，平安时代中期神祇官人、歌人，三十六歌仙之一。著有家集《能宣集》。

下来。她竟然置之不顾，小小的手指紧紧攥住笔杆儿不肯放松。清显透过头发空隙，望着她那可爱的全神贯注的侧影。聪子咬着下唇，小巧、伶俐的牙齿闪现着光亮，虽然还是幼女，但鼻官秀挺、端丽、匀称，她的那副长相使得清显总也看不够。还有那沉郁而黯淡的墨香，纸上走笔时风翻竹叶般的沙沙声响，砚台上"砚海"和"砚岗"奇怪的名称[1]，自那不起一片浪花的海岸陡然凹陷的墨海，深不见底，浓黑的积淀，墨上的金箔剥落，飘散下来，犹如光闪闪的月影浮泛于永恒的夜的海面……

"我居然能这样心性安然地回忆往事了。"

清显暗暗感到自豪。

梦中没有出现过聪子。本以为出现的是聪子的身影，不想梦中的女子突然一转身走了。梦里时常出现的地方好似白昼里广阔的街衢，那里不见一个人影。

——上学的时候，帕塔纳迪特殿下希望清显把他替王子保管的戒指带回来。

暹罗两位殿下在学校里，大家对他们的评价不算好。这也难怪，他们日语不过关，自然给学习造成了障碍，不过对于同学出于好意的玩笑，也是一概不懂，大家对他们失去耐心，只

---

1 "砚海"、"砚岗"，砚台各部分名称，一端存墨的凹沟叫砚海，又称墨海、墨池、砚沼、砚泓。研墨的平台称墨堂，阻挡墨外流的边缘称墨缘。

好敬而远之。两位王子始终不绝的微笑，在那些粗野的学生看来，只能使他们感到莫名其妙。

让两位王子住校，这是外务大臣的主意，清显听说舍监为安排这两位宾客伤透了脑筋。学校给予他们准亲王级的待遇，住特等房间，搬进来高级的床铺，想方设法使他们同住校生们亲密交往……总之，舍监为他们竭尽全力。可是一天天过去，王子他们一天到晚关在两人的小天地里，连朝礼和体操也很少参加，于是逐渐加深了和同学们的隔阂。

这样的局面是多种因素造成的，他们来日本后不满半年的预备期，要使王子们听懂日本语授课，时间是不够的。再说，王子们也不太用功，本来可以大显身手的英语课，不管是英译日还是日译英，他们都一概无能为力。

且说帕塔纳迪特殿下委托清显保管的戒指，收藏在五井银行侯爵的私人金库里了，清显必须特地从父亲那儿借来印章才能取出来。所以，清显天黑前又赶回学校，访问王子们的宿舍。

这天天气郁闷，令人想起梅雨时节干燥而炎热的天气。王子们眼巴巴盼望的阳光明媚的夏季似乎近在咫尺，但又伸手莫及。这是个仿佛描绘出王子们焦躁心情的悒郁的日子。粗劣的木造平房，掩映于树木的一片浓荫之下。

运动场上还在练习打橄榄球，腾起阵阵喊声。清显讨厌从那年轻的喉咙里发出的理想主义的呼叫，其实不过是一些粗暴友情的表达、新型的人道主义、无休止的玩笑和俏皮话，以及对于天才的罗丹和完美的塞尚没完没了的礼赞……那只是对应古典剑道练习场叫喊的新型体育场上的叫喊。他们的喉头一直充血，青春里散放着青桐叶子的气息，戴着一顶无形的唯我独尊的高帽子。

言语不通的两位王子夹在这种新旧两种潮流之中，是如何度过这些不如意的日月的呢？想到这里，心胸不很旷达的清显不禁泛起同情。近来，清显已经从忧思中解脱出来，获得了自由。这座特级房间位于灰暗的简陋的走廊尽头，古旧的房门上挂着写有两位王子姓名的木牌。清显站在门外，轻轻叩响了房门。

出来迎接的王子们几乎要跑过来抱住他。两人之中，帕塔纳迪特殿下性格爽直，充满幻想，所以清显很喜欢乔培，不过最近以来，那位轻薄、浮躁的库利沙达殿下，也变得沉静多了，两人经常闷在房间里，多半是用本国语言小声地谈论着。

房间里除了床铺、书桌和衣橱之外，没有其他像样的摆设。房舍本身充满乃木将军兵营的趣味。腰板之上是白粉墙，墙上钉着一块小木板，上头供奉着一尊金色的释迦牟尼像，使得室内大放异彩，王子们也许朝夕对着金像膜拜吧。窗户两侧挽结着经过雨渍的白纱窗帘。

王子二人都有一张被太阳晒得黧黑的面孔，黄昏中只显露出微笑的洁白的牙齿。两人让清显坐在床头，急着催促他拿出戒指来。

金质的门神亚斯卡一双半人半兽的脸孔嵌镶在浓绿的翠玉中，这枚戒指闪耀着光辉，同这间屋子是多么不协调啊！

乔培高兴得大叫起来，他接过戒指立即套在浅黑的柔细的手指上瞧着。那手指似乎生来就是为了爱抚，那样纤细、柔软，宛若打门窗的缝隙里钻进来，伸长指爪投映在木质地板的一道热带的月光。

"这回好容易又把月光公主戴到手指上啦。"

乔培满怀惆怅地吐了口气。库利沙达殿下不像以前那样开玩笑了，他打开衣橱，拿出珍藏在几件衬衫之间的自己妹妹的照片来。

"在这座学校里，即使在桌子上摆着自己妹妹的照片也遭人耻笑。所以，我只得把金茜的照片小心翼翼保存在这里。"

库利沙达殿下的声音哽咽了。

不久，乔培告诉了清显事情的真相，据他说，月光公主已经两个月没有来信了，向公使馆询问，也没有明确答复。这位妹妹甚至也没有给王子哥哥库利沙达写信报告安否。要是发生意外，例如身染重病什么的，也该打电报来说一声，既然连亲哥哥都不愿透露，这种变化对乔培来说不堪设想，只能说明暹罗宫廷急着拿公主搞政治联姻之类的事情了。

想到这里，乔培心情抑郁，明天会不会有信来呢？即使有也或许是报告不祥的事情吧？他一味胡思乱想，哪里还有心思温课。此时，为了寻求心灵的寄托，王子想到的只有一个，那就是取回公主饯别宴上赠送的戒指，将自己的思念全部收笼在那片密林般晨光熹微的碧绿的翠玉之中。

今天，乔培似乎忘记了清显的存在，他把戴着翠玉戒指的手指伸到桌面上月光公主的照片旁边，仿佛要在一瞬之间把隔着时空的两个实际的存在凝结在一起。

库利沙达殿下打开天棚上的电灯，这时，乔培手指上翠玉的闪光反射到相框的玻璃上，正巧在公主白色绣衣的左胸嵌上了一个暗绿色的四边形。

"这样，你看怎么样？"乔培的英语带着梦幻般的调子，"她不就像长着一颗绿色火焰般的心脏吗？密林中由这根树枝爬向那根树枝的如藤蔓般纤细的绿蛇，说不定也有着这种冷绿的极其纤细的龟裂的心脏吧？她也许一直期待着我能猜出她在饯别宴上对我的一番柔情蜜意吧？"

"这是不可能有的事，我说乔培。"

"别生气嘛，库利。我绝不想侮辱你的妹妹，我只是想说明恋人的一种奇异的存在罢了。

"她的照片只保留着她拍照时的身影，而我觉得这饯别的宝石忠实地映照了她此时此地的一颗心，不是吗？在我的回忆里，照片和宝石，以及她的身影和心灵是各个分别存在的，而眼下却结成一体了。

"我们面对所爱的人儿，往往把她的姿影和心灵分开来看，那是愚蠢的。现在，我虽然远离她的实体，但比起相逢时也许更能看到一个转变成结晶体的月光公主。如果离别是痛苦的，那么相逢也可能是痛苦的；如果相逢是欢乐的，那么离别为什么就不可能是欢乐的呢？哪有这样的道理？

"不是吗？松枝君，恋爱就像魔术一样穿越时间和空间，我正想探寻其中的秘密呢。即使可爱的人儿就在眼前，也不一定恋着她的实体，而且，她的美丽的倩影又是实体不可或缺的形式，这样一来，一旦隔断时间和空间，就会产生双重的迷惘，同时也会加倍地接近实体……"

王子哲学性的思辨不知还会如何深入下去，但是清显觉得不可等闲听之。王子的一番话使他泛起万端思绪。如今，他相信自己对聪子已经"加倍地接近实体"了，而且他确确实实感到，自己所恋的不是聪子的实体，然而，其中有什么证据呢？自己不是动辄就陷入"双重的迷惘"中吗？况且，自己所恋的果真不是她的实体……清显微微地半无意识地摇摇头，不由想起一次在梦中看到乔培戒指的翠玉中出现了女子奇异的俊美的容颜，那女子是谁呢？是聪子，是月光公主，还是其他？

"可是，夏天何时到来呢？"

库利沙达殿下凄然地眺望着窗外包裹于密林中的夜。密林远方一幢幢学生宿舍灯火闪烁，不知从哪里传来一阵阵嘈杂的声音，似乎学生食堂到了开晚饭的时刻了。听到林中小道上的学生在吟诗，那种阴阳怪气、马虎草率的腔调，招来别的学生一阵哄笑。王子们眉头紧锁，他们害怕这群伴随黑夜而来的妖魔鬼怪……

——清显归还戒指，不久引发了一桩令人极不痛快的事情。

数日后，蓼科打来电话，婢女转达给清显，清显没有接。

第二天又打来，清显还是不理。

这件事虽说有点儿闹心，但是清显却在心中布下一道防线，聪子那里暂且不管，愤恨只冲着非礼的蓼科一个人，一想到那个爱撒谎的老太婆又要厚颜无耻骗人，他就怒火中烧。虽说不接电话多少有些不安，但总觉得是最好的处理办法。

三天过去了，入梅以来整天不停地下雨，清显放学一回到家，山田就恭恭敬敬捧着漆盘进来，里边放着一封信。清显看到信封反面笔迹流丽地写着蓼科的名字，心中不由一震。封口用糨糊粘得很牢，用手一摸就能感觉出厚厚的双重信封中还有一个信封。清显害怕自己一个人时有可能会打开信来看，所以特地当着山田的面，将这封厚厚的信撕碎，命令山田扔掉。因为，要是丢在自己屋里的废纸篓里，他又担心会将碎片重新拼接起来。山田有些困惑不解，不住眨巴着镜片后头的眼睛，什么话也没有说。

又过了几天，其间，撕毁信的事一天天越来越沉重地压在心头。清显十分生气，如果仅仅是因为那封无关紧要的信扰乱了自己的心情倒也好说，但是还夹杂着当时没有果断将信拆开的后悔，这是令他无法忍受的。那时撕毁信件确实是出于一种坚强的意志力，然而时过境迁，反而怀疑是否因为自己太胆小了。

那封不太惹眼的装在双层白色信封内的信笺，制纸时似乎漉进了柔软坚韧的麻丝，撕起来手指感到很费劲。其实纸张里不会混进麻丝的，是缺乏坚强的毅力，所以体内连撕毁一封信的力气也没有了。这是多么可怕啊！

他已经不想再为聪子而烦心了，他不愿使自己的生活包裹在聪子不安的香雾之中。既然好不容易找回了一个明确的自我……不过，当时撕毁那封厚厚的信，他确实感到仿佛是在撕裂聪子白嫩而芳香的肌肤。

一个梅雨放晴后酷热的中午，清显放学回家，看到主楼前吵吵嚷嚷，家里的马车正要出发，用人们正在向车厢里搬运一个硕大的紫纱布包裹，看样子是送礼用的。马摇晃一下耳朵，污秽的牙齿垂下闪光的口涎，炽烈的阳光下，那涂着一层明油似的披散着青鬃的脖颈，浓密的汗毛下凸起的青筋犹如浮雕一般。

清显刚要跨进大门，正好母亲穿着带家徽的三层礼服走出来。清显说了声："我回来了。"

"哎呀，你回来了？我这就到绫仓家送贺礼去。"

"祝贺什么？"

母亲向来不愿意让用人们知道重要的事情，她把清显拉到大门内放伞架的僻静的角落，低声说道：

"今早终于下来敕许了，你也一起去道个喜吧。"

侯爵夫人未等儿子回答去还是不去，发现儿子听了自己的话，眼睛里倏忽闪过一丝凄凉的喜悦。然而，夫人脚步匆匆，无暇探寻其中的意味。

跨过门槛，她又回过头来，八字眉依然含着几分悲戚，她的一番话说明这一瞬间她从儿子的表情里什么也没有学到。

"喜事终究是喜事，虽说两个人闹了点别扭，这种时候还是应该去祝贺一下的。"

"代问个好吧，我不去了。"

清显站在门外目送着母亲的马车，马蹄踢散路上的小石子，听起来似沙沙的雨声。松枝家金色的家徽，透过花园内的五叶松，活泼地晃动着，渐渐走远了。主人走后，用人们站在清显背后，一齐放松了肩膀，像雪山一般崩塌下来。他回头看看女主人走后变得空荡荡的府邸，用人们低着头，等着他先走进家里。清显感到自己掌握了思索的种子，足以充填眼前巨大的空虚。他对用人们瞧都不瞧一眼，大踏步跨进门槛，急匆匆通过走廊，只想尽早把自己关进房子里。

其间，他心头一阵灼热，随着一阵奇异的剧烈的心跳，看到了"敕许"两个珍贵的光辉的文字。终于降下敕许了！蓼科频繁的电话和厚厚的信件，抑或是敕许下来之前最后的挣扎，以便抢先求得清显的宽恕，偿还心灵的债务。无疑，这正是她心情焦躁的表现。

在这剩下的一天，清显任其想象的翅膀自由翱翔，对外界的一切一概不放在眼里，往昔沉静而明晰的镜子已经粉碎，热风扑打着心扉，喧骚不止。过去，他的些微的热情必然伴有的忧郁的影子，如今在这激烈的热情里再也找不到一鳞片爪了。要举出与此相似的感情，那首先只能提到最为接近的"欢喜"了。然而，在人们的感情中，没有比毫无理由的激烈的欢喜更加阴森可怖了。

是什么给清显带来欢喜的呢？说起来那就是"不可能"这一观念。绝对的不可能！聪子同自己之间的情丝，犹如利刃割断琴弦，伴随着断弦的一声脆响，已经被"敕许"这把寒光闪闪的快刀拦腰断为两截了。他从孩童时代起的这段漫长的时间，于反复的优柔寡断中所悄悄梦想、暗暗企盼着的，正是这样的事态。"捧裾"时所看到的妃殿下雪白的颈项，那秀挺、峭拔、无与伦比的美艳正是这种梦想的源头，无疑预告着他的这种企盼的成果。绝对的不可能！

这正是由于清显自身忠实于那种极端扭曲的感情自然招致的事态。

但是，这种欢喜究竟是什么呢？他实在无法脱离这种欢喜的黑暗、危险而可怕的阴影。

他认为，对自己来说只有一种真实，那就是单单为着既无方向又无归结的"感情"而活着……如果说这样的生存方式终于把他引入欢喜的黑暗的旋涡，那么最后只得葬身于深渊之中了。

他又把小时候和聪子一同习字写下的《百人一首》拿出来观看，他想，十四年前聪子身上的薰香还残留在字面上吧？他把鼻子凑近卷轴闻了闻，算不上霉味的幽远的馨香之中，他的一种痛切的、在这个人世上既无力又无羁的感情的故乡苏醒了。两人玩"双六"棋，聪子赢了，她的小小牙齿咬着皇后赏赐的手工制作的点心，一边菊花瓣上的红色鲜艳了，消融了，接着，白菊冷峭的雕刻的棱角，随着舌尖儿的触及，化作甘甜的泥浆，飘散着香味儿……一栋栋幽暗的房舍、从京都带来的古代皇宫风格的秋草画屏，还有那岑寂的夜晚，以及聪子黑发底下娇小的哈欠……所有这一切所洋溢的寂寥而优雅的情趣，历历如绘地浮现在他的脑海之中。

于是，清显感到自己正向一种观念徐徐靠近，这个观念哪怕瞥上一眼，也使他胆战心惊。

二十五

……类似高音喇叭的响声在清显心中涌现。

"我爱聪子。"

他平生第一次具有这种感情，不论从哪个角度看，都是毫无可疑之处的。

"优雅即是犯禁，而且犯了至高的禁律。"他想。这个观念教给他久久被禁锢着的真实的肉感。细思之，他的飘忽不定的肉感，毫无疑问，一直在暗暗寻求这种观念的强力的支持。为了找到真正符合于自己的作用，他是费了多大的力气啊！

"现在，我正爱着聪子。"

为了验证这种感情的正确与真实，只要坚持"绝对不可能"就足够了。

他心绪不宁地从椅子上站起来，然后又坐下，一直沉溺于不安和忧郁之中的身子，眼下忽然充满了青春的朝气。原来那一切都是错觉，本以为自己被悲哀和敏锐彻底打倒了呢。

　　他打开窗户，眺望着阳光灿烂的湖水，深深吸了口气，眼前大榉树嫩叶的清香立即扑鼻而来。红叶山上面的天空，云层攒聚，富有包蕴夏云的光辉的量感。

　　清显两颊火一般灼热，眼睛炯炯有神。他已经完全变成一个崭新的人了。说起来，他毕竟十九岁了。

二十六

……他在热情的梦想里度着时光，一心等待着母亲的归来。母亲待在绫仓家里，他不便前往。然而，他到底还是等不及母亲回来便脱下制服，换上碎白花夹层和服，套上宽腿裤子，招呼用人备车。

到达青山六丁目，他特地打发自家人力车回去，自己乘坐刚刚开通的六丁目至六本木之间的市营电车，到终点站下车。

拐入鸟居坂的一个角落，那里生长着三棵大榉树，过去有六棵，使人想起"六本木"这个名称的由来。"市电"开通之后，树荫下依然悬着"人力车停车场"的招牌，竖立着木桩。头戴圆形斗笠、上下一身短打儿的车夫们，在这里兜揽生意。

清显喊过来一个车夫，先付给他一大笔车费，叫他拉往近在眼睛和鼻子底下的绫仓府邸。

绫仓家的长形屋门，松枝家的英国制马车是驶不进去的，因此，门前如果停着马车，大门左右敞开，证明母亲还在；如果没有马车，大门紧闭，那就意味着母亲已经离去。

人力车通过门前，看到门扉关闭，门外遗留着来往的四条车辙印。

清显叫车夫拉回鸟居坂一旁，自己留在车上，吩咐车夫把蓼科喊来，车篷成了他等人的隐蔽所。

蓼科好大一会儿没有出来，清显透过布幔望着外面，渐渐倾斜的夏阳，宛如浓稠的果汁，浸泡着林子里枝叶繁茂的树梢，明光闪烁。鸟居坂附近一棵巨大的橡树，嫩绿的树冠越过高高的红砖围墙，好似白色的鸟巢，缀满了众多的略带红晕的白花。他暗暗回忆着那个雪天早晨的景象，心里涌起难言的激动。然而，如今在这里假若硬要去见聪子，那不是高明的办法。因为已经怀有明晰的热情，再没有必要凭借感情盲目行动了。

蓼科跟随车夫从边门出来，她一看到揭开车幔的清显的脸孔，茫然地伫立不动了。

清显拉起蓼科的手，硬是将她拽到车上来。

"我有话要跟你说，选一个没有人的地方吧。"

"哎呀，我的少爷……您这草窠里抢出个大棍棒来，叫我怎么对付得了，松枝太太刚刚回去，我，我还要忙着准备今晚上的家宴，哪里有闲空儿啊！"

"别说那么多了，你就赶快告诉车夫地址吧。"

清显不肯松手，蓼科只得说道：

"那就请朝着霞町方向去吧，从霞町三番地绕过三联队正门，走过一段斜坡路，下了坡就到了。"

车子跑起来，蓼科神经质地掠一掠鬓角的头发，眼睛一直盯着前方。同这个浓饰白粉的老婆子身贴身坐在一起，倒还是头一回。清显一阵厌恶，他第一次发现，这个女子那么矮小，简直像个侏儒。

随着车子不住摇晃，蓼科好几次不停地嘀咕，听不清说些什么。

"已经晚啦……一切都来不及啦……"

又说：

"怎么连一句话都不肯回呢？……要是在这之前，什么都好说……"

清显沉默着，没有搭理，快到目的地时，蓼科指着附近说：

"我的一个远房亲戚在这里开设了一所私人旅馆，专门接待军人，虽说脏一些，可旁边的厢房经常空着，到那里说话尽可以放心。"

明日星期天，六本木一带将要变成热闹的军人天下了。满街满巷都是穿着土黄色军装的士兵，他们陪伴着前来探亲的家属到处游逛，但是星期六白天里还看不到这番景象。清显坐在车上，闭起眼睛，随着车子驶上迂回的道路，确实感到那个雪天的早晨也是走过这里每处地方的。车子驶下坡道，清显同时想起那天也是打这段斜坡下去的。就在这个时候，蓼科吩咐车夫停下来。

这座位于坂下的房子，既无大门也无门厅，但庭院广大，围着一圈儿板壁，眼前是两层高的主楼。蓼科站在板壁外向楼上张望。建筑粗糙，看来楼上没有人，廊檐下的玻璃窗一律紧闭着。一排六扇玻璃门，镶嵌在花木格子里的玻璃明亮透剔，但看不清屋内情景。傍晚粗玻璃般的天空歪歪斜斜地映照在玻璃门上，对面正在修葺房顶的工人，也像水中的人影一样在玻璃门上晃来晃去。黄昏的天空就像湖水表面，微微含着忧郁，显现着一派横斜而润泽的气象。

"士兵们一回来，就变得闹嚷嚷的了，不过，租住这里的只是一些将校军官。"

蓼科边说边拉开旁边挂着鬼子母[1]神像的细木格子门，打了声招呼。

一个满头白发、高个子的初老男人走出来，嗓音沙哑地应道：

"哦，是蓼科大姐，快请进。"

"那边厢房可以用一下吗？"

"可以，可以。"

三人走过廊下，进入四铺席半的厢房，刚一坐下，蓼科就

1　鬼子母，娘娘神、安产神。

火急地说道：

"我们马上就走，况且同这么漂亮的哥儿待在一起，人家
会说闲话的。"

她的这句放荡的话语不知是对老板还是对清显说的。房间
收拾得十分整洁，门口半铺席大的壁龛里挂着条幅画，一面是
绘有源氏形象的隔扇。外表上看，给人的印象同简陋的军人旅
馆大不一样。

"有什么事情啊？"

老板走后，蓼科立即问道。她看到清显默不作声，忍不住
心中的焦急，不由又重复地问：

"究竟是什么事情？又偏偏选在今天来说。"

"我特地在今天来找你，请你安排我同聪子小姐见面。"

"瞧您说些什么呀？少爷。生米都已做成烂饭了……到了
这个节骨眼上，还有什么可说的呢？从今天起，只能照上头的
意思办理。正因为事出紧迫，我才三番五次又是打电话，又是
写信，可您完全不理不睬。到了今天，还有什么话好说呢？不
要再开玩笑啦！"

"这些都是你一手造成的！"

清显盯着蓼科涂满白粉、爆出青筋的太阳穴周围，摆出一
副威严的神色。

清显揭露蓼科，聪子明明拆阅了自己的信，蓼科撒谎说根
本没看，同时又在侯爵面前多嘴多舌，弄得清显的心腹不得不

离开他。不知蓼科是真心痛悔还是虚情假意，反正是一个劲儿泪流滚滚，伏地道歉。

她掏出鼻纸擦眼泪，眼圈儿的白粉掉落下来，从那里现出一张老脸来。这样，擦得发红的颧骨上的皱纹，反而像揩拭口红后布满疙皱的绵纸一样鲜红，蓼科只管把哭肿的眼睛朝向空中，喃喃说道：

"真的都怪我不好，不管我怎么道歉也都无济于事了。要说道歉，更应该向小姐道歉，没有把小姐对少爷的一番心意原原本本对您讲清楚，这是我蓼科的不对。满以为处处都很周全，没料到适得其反。不过，少爷您想过没有？小姐看了少爷的那封信，她该是多么痛苦啊！而且，要叫她装出一副若无其事的样子在少爷跟前抛头露面，那得需要多大的勇气啊！于是，我出了个主意，趁着府上新年亲戚们团聚的机会，由小姐放开胆子直接向您家老爷问个明白。事情弄清楚了，小姐是多么高兴啊！打那之后，小姐对少爷朝思暮想，终于下定决心，趁着那个下雪的早晨，一个女孩儿家不顾羞耻，邀请少爷一起赏雪。那让她感到活在世上是幸福的，连做梦都呼喊少爷的名字。后来经侯爵老爷的斡旋，洞院宫府上前来提亲，小姐知道此事之后，一心指望着由少爷拿定主意，可少爷一味不予置理，结果放过了时机。此后，小姐满心的痛苦真是三天三夜也说不完。眼看着皇上的敕许快要下达了，当时，小姐仍将最后一线希望寄托在少爷身上，说务必要请您知道这件事，不管怎么劝止，她都不听，所以就以我的名义给少爷写了那封信。可那最后的希望也断绝了，所以从今天起，一切都死心了。正在这个时候，您又来这么说，实在可惨啊！少爷您是知道的，小姐自孩童时代起就受到这样的教育，全心全意敬重圣上，到了这个关键时刻，她不会再动摇了。一切的一切，都来不及补救了。您要是气不过，您就冲着我蓼科来吧，拳打脚踢我都心甘情愿，只求您能够消气就成……总之，我已经无能为力，一切都太晚啦。"

听到这段故事，清显的一颗心，被喜悦的利刃一下子划开了，同时，一切未知的因素全然消泯，自己的心底一派明净，无所不晓，只是觉得蓼科不过是重复说了一遍而已。

他感到自己产生了前所未有的敏锐的智慧，坚信有能力冲开当前被逼得走投无路的世界。他的一双洋溢着青春活力的眼眸闪闪放光。"先前叫她毁掉的信，既然被她读过了，那么我也来个相反的办法，利用那封被自己撕得粉碎的信，实现我的目的！"

清显一声不吭，一直盯着这个身材矮小、搽满白粉的老婆子。蓼科又掏出鼻纸摁在红红的眼角上。薄暮冥冥的室内，她那窄小的肩头，看样子只要一把抓过去，随着咯咯脆响，就会立即化作一堆碎骨。

"还不算晚。"

"不，太晚啦。"

"不算晚，要是我把聪子给我的最后那封信，送给洞院宫家看看，将会怎么样呢？那可是请求下敕许之后写的啊。"

蓼科听罢这话抬起头来，脸色眼见着变得惨白了。

接着是长久的沉默。窗户上闪耀着光亮，主楼二层的房客回来了，扭亮了屋里的电灯。从这里望去，可以一眼瞟到土黄色军裤的一角。板壁外面传来豆腐店的喇叭声，梅雨初歇的夏季，肌肤潮润，法兰绒般温柔的黄昏渐渐扩展开来。

蓼科不停地在嘀咕着什么，似乎听到她说："小姐啊，我叫您不要那样做，不要那样做，这不……"看来，她曾忠告聪子劝她不要写信。

清显一直沉默不语，这期间，他已经想好了对付的办法，胜利在望。无形的猛兽慢慢扬起了头颅。

"那么，好吧。"蓼科说道，"那就再见上一面吧。不过，那封信请少爷还回来。"

"可以，光是见面还不够。你得回避一下，让我们真正单独两个人在一起，过后就把信还给你。"

清显说道。

二十七

——三天之后。

雨接连下个不停。清显放学回来，制服外面套着雨衣，来到霞町的私人旅馆。他得到通知，聪子只能趁着这会儿伯爵夫妇不在家的时候，来这里相会。清显走进厢房，他怕制服被人看到，连雨衣也没有脱，老板来给他献茶，说道：

"您到这里来，只管放心，对我们这些舍弃俗世的人，用不着太客气，一切都请随意吧。"

老板退去了，一看，上次仰望二楼景象的那扇窗户，挂上了遮挡视线的帘子。为了防止溅雨，窗户关得严严的，室内十分闷热。清显一时觉得无聊，顺手掀开矮桌上的小盒子一看，盒盖内侧的红漆湿漉漉的，渗出了水珠。

——聪子似乎来了，源氏隔扇那边响起窸窣的衣服声，有人窃窃私语，听不清说些什么。

隔扇打开了，蓼科用三个指头拄在榻榻米上低头行礼。她蓦地翻一翻白眼珠儿，无言地将聪子送进来，又立即关好隔扇，犹如乌贼一闪身子，钻入白昼潮湿的黑暗，消失了。

聪子眼下真正地坐在清显面前了，她低垂着头，用手帕捂着脸，另一只手支撑在榻榻米上，歪斜着身子，那雪白的后颈显露出来，宛若浮泛于山巅的一片小湖。

雨点敲打着房顶，清显感到身子直接包裹在雨声里，两个人默默地相对而坐。这样的时刻终于来临了，他几乎不敢相信。聪子无法再说一句话，是清显把她逼到了这种地步。她再也不可能像个大姐姐般训诫他了，只有无言哭泣的份儿。眼下的聪子，正是他所希望的聪子的形象。

聪子穿着一身表面淡紫、内里暗红的夹层和服套装，不仅像一只豪奢的猎物，而且饱含着禁忌的、绝对不可能的、凛乎难犯的、无与伦比的美妍的姿色。聪子本来就应该是这样的啊！可是，正是聪子本人不断违背自己的形象，威逼着清显直到今天。看吧，只要聪子愿意，她就能变成那种神圣的美丽的禁忌；然而，她却一心一意地关爱他，同时又小觑了他，继续扮演一个假大姐的角色。

清显之所以打一开始就顽强排拒眠花卧柳的快乐，那是因为他早就洞悉并预感到聪子内里存在的最神圣的内核，犹如透过蚕茧守望着淡青的蚕蛹化作幼虫一般。而且，这一点必须同清显的纯洁相结合，到那个时候，他才能冲决缥缈而悲悯的世界的禁锢，使生活充溢着谁也不曾见过的完美无缺的曙光。

他感到自幼在绫仓伯爵家里培养起来的优雅的心灵，如今已经变成人世一根柔弱而凶险的丝绦，绞杀着他自身的纯洁。绞杀着他的纯洁，同时也绞杀着聪子的神圣，这长久以来用途不明的艳丽的丝绦，其真正的用途就在于此。

毋庸置疑，他确确实实沉迷于甜爱之中了。清显挪动膝盖凑近聪子，双手搭在聪子的肩膀上，她的肩膀顽强地反抗着，他的手臂对她的拒绝的感应令他陶醉。这种大规模的、祭典式的强有力的拒绝，同我们所居住的世界一样广大。这是带着君临于她那蕴含着肉欲的香肩上沉重"敕许"的反抗般的拒绝。只有这样的拒绝才能最有效地炙烤着他的双手，焚烧着他的心灵。聪子前额上蓬松的头发露着梳子清晰的齿痕，闪亮的黑发芳香四溢，那光亮一直到达发根。他朝她倏忽一瞥，似乎感到不小心误入了月夜的森林。

清显将脸贴近她那露在手帕下的泪湿的面颊，她的头左躲右闪，无言地反抗着。然而，他感到聪子的摇摆实在软弱无力，她的拒绝来自游离于她心灵的遥远的地方。

清显揭开手帕想和她接吻，曾经在那个雪天的早晨饱尝过的红唇，如今一味加以拒绝。拒绝到最后，她转过头去，像小鸟睡觉似的，将嘴唇用力抵在自己的和服衣领上，一动不动。

雨声越来越大，清显抱着女人的身子，打量着她浑身的衣着到底裹得有多严实。绣着蓟草花纹的衬领，紧紧贴着前胸，领口只留下一小片倒三角形的雪肌，犹如神殿紧闭着门扉。胸前冷然地围着宽大而厚硬的腰带结子，中央镶嵌着一枚光闪闪的黄金带扣。但是，清显感到她的衣衩和袖口漾出带有肉香的微风，轻轻吹拂着他的面孔。

他的一只手离开聪子的脊背，用力撮住她的下巴颏儿。聪子的下巴颏儿在清显的手指里犹如一颗象牙棋子紧缩在一起。她泪流潸潸，不停翕动着秀美的鼻翼。于是，清显得以将嘴唇重重地压了上去。

情急之中，聪子的心宛如打开的炉膛，增强了火势，腾起了神奇的烈焰。她的双手自由起来，按在清显的面颊上。聪子一面用手推回清显，一面又被清显反推过来，她的嘴唇始终未能离开清显的嘴唇。濡湿的樱唇荡漾着拒绝的余波，左右摆动，清显的嘴唇陶醉在绝妙的柔润之乡。由此，坚固的世界犹如投进红茶里的一粒方糖，一下子融化开了，从而进入无限甘美的令人销魂的境地。

清显不知道如何解开女人的腰带，那个坚实的鼓形结子顽固地抵抗着他的手指。当他强行硬要解开的时候，聪子的手伸向背后，一边用力抵挡着清显的手指，一边给予微妙的协助。两人的指头在腰带周围频繁地绞合着，不一会儿，腰带结拉扯开了，腰带随着低微的声响弹向前面。这时，仿佛是腰带凭借自身的力量在运动，犹如一场复杂的、难以收拾的暴动的开端，全身的衣服猝然发起叛乱。当清显急着想解开聪子胸间衣服的时候，周身的众多纽扣，有的变紧了，有的变松了。那个小小的被护持在胸前的白嫩的倒三角形，如今终于在他眼前扩展开来，露出一片芳香的雪肤。

聪子一言不发，也不说一个"不"字，分不清是无言的拒绝还是无言的诱导。她在进行着无限的诱入、无限的拒绝。似乎有一种东西使清显感觉到，同这种"神圣"、这种"不可能"战斗的力量，已经不单是自己一个人的力量了。

这究竟是什么呢？清显清清楚楚看到，聪子紧闭双眼，面庞渐渐泛起红晕，晃动着放荡的影子。清显只觉得自己揽着聪子后背的双手压力越来越大，那里面含蕴着微妙的羞涩的情味。聪子实在支撑不住了，只得仰面倒了下去。

清显撩起聪子的衣裾，友禅织造的长身罗襦的裙裾镶着卍字和龟甲云纹的绣花边儿，展翅飞旋的凤凰飘散着零乱的凤尾。清显向左右拨开衣裾，远远窥视着层层包裹的聪子的大腿。然而，清显感到依然过于遥远，还有重重云朵需要他去排解。他觉得，在那遥远而幽邃的地方隐藏着一个果核，狡狯地支撑着一个个接踵而来的繁杂，凝神静气地等待着他的到来。

聪子的大腿终于开始闪露一丝银白的曙光，清显的身子向上挨近的时候，聪子的手温情地从底下为他扶持；谁知这种惠顾却适得其反，他在即将接触而尚未接触那一丝曙光的时候，又猝然草草收场了。

——两人躺在榻榻米上，眼睛望着天棚，耳畔又听到外面潇潇的雨声。他们激动的内心一时无法平静下来，清显虽说已经很疲倦了，但他并不想就此罢手，依旧处于昂奋之中。但是，两人之间洋溢的依恋之情，犹如暮色渐浓的房间的阴影依旧笼罩着胸间。这时，他似乎听到隔扇那边传来一声干咳，正想坐起身子，聪子悄悄拉一下他的肩膀，制止住了。

不久，聪子一声不响，乘兴跨越了爱的高峰，这个时候，清显才懂得随着聪子的诱导而行事的欢悦。其后，所有的一切都可以饶恕了。

清显青春的活力立即苏醒过来，这会儿，他乘上了聪子平稳滑动的雪橇。当他随着女人的引导而前行的时候，他才初次体会到，不论怎样的难关都会畅通无阻，眼前风光旖旎。一阵燥热之余，清显已经褪去身上的衣服，他切实感到，坚实的肉体宛若一艘采藻的小船，冲破激流与水草的阻力破浪前行。聪子的容颜不再泛起任何痛苦的暗影，面颊闪现出似有若无的喜悦之情，清显看在眼里，他并不觉得怪讶，心间的一切疑云顿时消隐了。

——事后，清显再次抱住衣饰狼藉的聪子，紧贴着她的面颊，聪子立即珠泪涟涟。

他相信这是因幸福而流下的眼泪，聪子双颊涌流的泪水，最能清楚地证明他们所犯下的无法挽回的罪愆，蕴含着如何深沉的甜蜜与温情啊！但是，这种犯罪的意识，却使清显心中涌现一股勇气。

聪子拎起清显的衬衫，催促道：

"快穿上，别着凉了，喏。"

这是聪子的第一句话。当他要一把抓起衬衫时，聪子又轻轻抗拒着，将衬衫捂在自己的脸上，深深吸了口气，这才还给他。洁白的衬衫被女人的泪水微微濡湿了。

清显穿上制服，整顿完毕。这时，听到聪子拍手的声响，不由一惊。过了好一阵子，源氏隔扇被拉开来，蓼科探了探头。

"叫我吗？"

聪子点点头，眼睛示意了一下身边纷乱的腰带。蓼科关好隔扇，也不朝清显瞟上一眼，无言地跪着，从榻榻米上一点点挪进来，帮助聪子穿好衣服，系上腰带。然后捧过来放在屋角的聪子的镜台，为聪子梳头。其间，清显不知如何是好，感到仿佛死去一般。室内已经亮起了电灯，两个女人郑重其事地忙活着，在这段长长的时间里，他早已成了个多余的人物了。

一切都收拾停当了，聪子美目流盼，垂首不语。

"少爷，我们该回去了。"蓼科代言道，"答应的诺言实现了，这回就请把我们小姐忘掉好了，您答应过的那封信还回来吧。"

清显盘腿而坐，一直沉默着，不肯回答。

"已经约好了的，那封信请归还吧，怎么样?"

蓼科又重复一句。

清显依旧一声不吭地打量着聪子，她坐在对面，装束齐整，毫发不乱，好像什么事也没有发生。聪子蓦然抬起头来，同清显的目光碰到一起，刹那之间，迅即闪过一丝清炯而犀利的光辉，清显知道聪子决心已定。

"信不能还，因为还要再见面的。"

一刹那，清显鼓足勇气说。

"哎呀，少爷。"

蓼科的声音含着愠怒。

"您怎么能像个孩子一样，说话不算数呢? ……您想过没有，这样做是多么可怕，毁掉的可不光是我蓼科一个人哪!"

"算了，蓼科，要请清少爷尽早还信，那就只能再见一次面了。这是解救你和我唯一的一条路，如果你真的也想救我的话。"

聪子制止了蓼科，她的清亮的声音仿佛来自另一种世界，清显听了也感到一阵战栗。

二十八

　　清显难得要来看望本多，想同他长谈一番，本多叫母亲准备晚饭，这个晚上也暂停为了迎考的学习，不打算温课了。这个朴实的家庭，来了清显这位稀客，立即增添一种华丽的空气。

　　白天，白金般的太阳始终裹在云层里燃烧，酷暑难耐，夜晚依然暑气不消。两个青年卷起衣袖在聊天儿。

　　朋友到来之前，本多就抱着一种预感，等到两人在墙边的皮沙发上坐下，开始交谈起来之后，他就感到清显再也不是过去那个清显了。

　　本多第一次发现他的眼里闪耀着如此率直的光辉。这是一位标准的青年人的目光，然而本多心中依然怀恋以前这位朋友略带悒郁的低伏的眼神。

　　尽管如此，朋友肯把这样重大的秘密毫无保留地对他和盘托出，这使他甚感幸福。虽然本多已经等待了很久，但从来没有强迫过他这样做。

细想想，本来这种内心的秘密，即使对朋友也不可泄露，但是这桩重大秘密一旦关系到名誉和罪孽，清显这才爽快地袒露出来。作为朋友受到他无比的信赖，本多自然感到非常高兴。

抑或是心理作用吧，在本多眼里，清显已经成熟多了，那种优柔寡断的美少年的面影淡漠了。眼前正在说话的，是一个热恋的青年，完全摒弃了言谈举止之中那种闪烁其词、似是而非的表现。

清显面颊潮红，牙齿洁白、闪亮，说起话来略显几分羞赧，而声音铿锵有力。他的眉宇之间英气凛然，是个地道的沉湎于情恋中的青年的姿影。说起来，同清显最不相称的也许就是他那喜欢内省的一面了。

听罢清显的叙述，本多迫不及待地说了一通毫不相干的话。

"听了你小子的故事，不知为什么，使我想起一件奇特的往事。那是什么时候啊，你问我还记得不记得日俄战争，后来我到你家里去，你给我看一册日俄战争的影集，其中有一张《凭吊得利寺附近战死者》，那种奇异得简直就像精心导演出来的舞台上的群众场面，当时你说你最喜欢这张照片。那时我就想，你小子一向讨厌强硬派，怎么会说出这种混话呢？

"可是今天听了你的一番话，和那美丽的恋爱故事又叠化出那片黄尘滚滚的原野上的景象。我也闹不清楚，究竟是为什么。"

本多一反寻常，一方面说了一些暧昧不清、一时心血来潮的疯话，一方面又怀着赞叹的心情看待清显这桩违法犯禁的行为。他对自己也感到奇怪起来，他一向是个决心恪守法规的人啊。

这时，仆人端来两份晚餐，这是母亲精心安排的，为了使这对哥们儿在一起痛痛快快吃顿饭，各人的食盘里都放着酒壶。本多为朋友斟酒，唠着家常：

"你小子奢侈惯了，我家的饭菜合不合你的口味，母亲一直担心着呢。"

清显吃得很香，本多看了很高兴。两个年轻人好一阵子都不言语，只顾埋头吃喝，表现出旺盛的食欲。

——饭后，各人都沉浸于充分的冥想之中，本多在思忖，听到同龄的清显表露的这段爱情故事，自己既不产生嫉妒也不感到羡慕，心里只是充满幸福，这究竟是为什么呢？这种幸福感浸泡着心灵，就像雨季的湖水，不觉之间涨满了水边的庭园。

"今后你打算怎么办呢？"

本多问道。

"我还没有好好想过，我这个人，一旦开了头，中途就不会停下手来。"

　　要是以往的清显，做梦都不可能听到他会做出这番回答，他的话足以使得本多睁大了双眼。

　　"这么说，你要和聪子小姐结婚吗？"

　　"那不行，已经下来敕许了。"

　　"你想不想冒犯敕许结婚呢？比如逃往外国去结婚。"

　　"……你小子懂得什么呀。"

　　清显说着说着沉默了，眉宇间今天初次浮现出以往那种暧昧的悒郁的表情。本多本来为了看到清显原来这副神色才追问到底的，可是一旦看到了，反而在幸福感里平添一层淡淡的不安的阴影。

　　清显寄望于未来的究竟是什么呢？他的那张面孔仿佛是用微妙的线条精心绘制的一幅工艺肖像画，本多眺望着他美丽的侧影，不由浑身战栗起来。

　　清显端着一盘饭后上的草莓，离开座席，来到本多收拾得十分整洁的书桌边。他用胳膊肘儿支撑着桌面，坐在转椅上，轻轻向左右摆动着身子，胸和脸都把胳膊肘儿作为支点，摇摇晃晃转动着角度。右手用牙签穿起一个个草莓抛进嘴里，显示出全然不受严格家法约束的一副吊儿郎当的派头，素洁的胸脯上落满了糖屑儿，他不慌不忙地掸了掸。

　　"喂，要招蚂蚁的。"

　　本多一说，清显含着草莓笑了。他多少有些醉意，平时白皙而淡薄的眼圈儿泛红了。而且，转椅一下子转过了头，那只白里透红的腕子来不及移动，他身子微妙地歪斜下来。这位青年似乎自己还未回过神儿来，突然遭到一次莫名其妙的痛苦的冲击。

清显修长的眉毛下闪烁着一双充满梦幻的眼睛，然而，本多切实感觉到，那副神采绝不是在注视着未来。

和平时不同，本多很想把满心的焦躁传达给对方，看来，先前的幸福感不得不由他自己亲手击破。

"我问你，今后究竟作何打算呢？你想过事情的结果没有？"

清显抬眼注视着朋友，本多至今未曾见到过这种既明亮又黯淡的眼眸。

"有什么必要想这些呢？"

"可是，围绕你和聪子小姐的诸多事项，到了必须要有一个归结的时候了。你们二人不能像两只做爱的蜻蜓一样，光是在半空里飞翔，总得有个停歇的地方吧。"

"这个我清楚。"

清显只应付了一句，随即闭嘴了。他的两眼四顾茫然，望着屋内的各个角落，例如书架下面和字纸篓一旁的小小阴影；望着这座简朴的学生式的书斋内，随着夜的到来，仿佛带着几多眷恋之情，于不知不觉之间悄悄渗透进来一些微微的暗影。清显黑眉间的一弯曲线，宛若将这些阴影凝缩为弓弩，使之呈现出流丽婉转的造形。他的眉毛生于情感，又凝缩着情感，仿佛是一位英姿飒爽的卫士，一边守卫着阴郁而不安的眼睛，一边忠实地扈从着眼睛，目标对着同一个方向。

本多决心将一时盘旋于脑海里的一个念头说出来。

"我刚才不是说了些奇怪的话吗？听到你和聪子小姐的事，想起了日俄战争的照片。

"我在考虑，为何会这样呢？若是硬要摆出道理，也许就因为下面这些缘由。

"随着明治时代的过去，那些兵荒马乱的战争年代终结了。往昔的战争故事，已经堕落为监武课堂上幸存军官的功名录和乡间炉畔的渔樵夜话，如今的年轻人，谁还肯跑到战场去送死呢？

"然而，行为的战争结束了，代之而来的，感情的战争时代到来了。这场无形的战争，那些头脑迟钝的家伙是完全感觉不到的，甚至不相信会有这种战争。但是，这种战争确实已经开始，为着这场战争所特选的青年们，无疑已经开始了战斗。你小子就是其中之一。

"同行为战场一样，我认为，年轻人也会战死于感情的疆场，这恐怕就是以你为代表的我们时代的命运……看来，你已经决心战死在这个新型战争的战场上了，对吗？"

清显一个劲儿微笑，不作回答。窗外，吹来一阵雨前湿润而凝重的风，他们汗津津的前额，犹如倏忽扫过冰凉的刷毛。

本多认为，清显之所以没有回答，是因为不言自明根本没有回答的必要呢，还是自己的说教正好符合他的想法而又过于直截了当，一时使他难以开口呢？

二十九

三天后，有一天学校里下午停课，上午上完课之后，本多就和家中的学仆一起，到地方法院去旁听，这天从早晨起一直下雨。

本多的父亲是大审院法官，在家里也是个十分严峻的人。儿子十九岁了，上大学之前就用功学习法律，父亲看他前途有望，决心让他子承父业。从前，审判官是终身职业，今年四月，法院组织进行大规模改革，二百余名法官被命令停职或退役，大审院本多法官怀着与不幸的老同事们共命运的心情，也提出了退职申请，但没有被批准。

于是，他的心情也发生改变，父亲对儿子的态度中，增添了一层上级对未来接班人的关爱和宽慈之情。对本多来说，这是父亲未曾有过的新的感情，为了实现父亲的期望，他越来越刻苦用功了。

让尚未成年的儿子到审判席旁听，也是新的变化之一端。除了自己主审的案子不许儿子旁听之外，不论民事刑事，一律允许他和在家自修法律的学仆一起自由出入法院。

要使通过书本学习法律的繁邦接触日本判案的实际，以便学习法律实际操作上的一个侧面，说到底也只是表面的理由，父亲的意图是想通过对揭开表象、暴露人的本来面目的刑事案件的审理，让十九岁的儿子那种稚嫩的感受能力经受锻炼，由此确实学得更多的东西。

这是一种危险的教育。但是，青年们通过游惰的风俗和歌舞音曲，只吸收一些合乎年轻人柔弱的感性的东西，只要合乎自己的胃口就接受过来，因而有被同化的危险。比较起来，在这里旁听，至少一方面可以睁大严肃的法制的眼睛，有效地接受实际教育；另一方面又能亲眼看到人的那种游移不定、炽热而不洁净的黏性的情感，眼见其受到严冷法律的一番打理，犹如参观学习厨房中的烹调，从中获得技术操作的本领。

他们在赶往刑事第八科小型法庭的时候，发现法院阴暗的走廊微微闪现着光亮，原来那是洒满荒芜的庭院中绿树上的雨水，本多感到，这座熔铸着犯人心情的建筑，作为理性的代表，实在充溢着过多阴郁的气氛。

这种阴郁的情结，直到他在旁听席上落座之后依然挥之不去。性急的学仆及早把他带到这里来，将老师的儿子撂在一旁，自己只顾阅读随身携带的案例卷宗。本多颇为不悦，蓦地朝他瞅了一眼，又转头望着审判官席、检察官席、证人席和律师席等，那些空荡荡的椅子仿佛浸满雨水的潮气，宛若自己空虚心灵的生动写照。

本多只是凭借一副年轻人的目光观察一切！观察本来就是他天生的使命。

本来，繁邦性格开朗，立志使自己做个有为的青年，打从听到清显的一番告白之后，忽然产生了奇妙的变化。说是变化，其实是产生于亲友同学之间的一种不可理解的错位。长久以来，他们互相珍重对方的性格，虽然没有试图影响对方，但三日前，清显突然像一个病愈后将疾病传染给别人的患者，在朋友心中种下内省的病菌扬长而去了。而且，如今这种病菌迅速繁殖，看起来，本多比清显更具有符合自己的内省的资质。

这种症状首先表现为一种莫名其妙的不安。

"清显现在怎么样了？我是他的朋友，怎好茫然失措，一直袖手旁观呢？"

午后一时半开庭，等待的时候，他的心早已离开即将开始的审判场面，始终被这种不安的情绪所左右。

"我应该对朋友提出忠告，叫他彻底断念，不要再这样走下去了。

"过去，一直不管朋友的死活，只是守望着他的优雅，他相信这都是出于自己的友情。今天，他把一切都袒露出来，作为朋友应该行使起码的友谊的权利，努力将朋友从迫在眉睫的险境中拯救出来，这才是正当的态度。到头来即使遭到清显的抱怨，哪怕宣告绝交也绝不后悔。等过了十年二十年，清显也许会理解的。即便一生不理解也没有关系。

"清显确实在朝着悲剧径直走去。那是美丽的、犹如瞬间掠过窗前的鸟影，然而，眼看朋友为这种美丽牺牲整个人生，自己能置之不理吗？

"是的，从今后自己将倾力献出一个凡夫俗子的友情，不管遭到他怎样的嫌弃，都要给他危险的热情浇上一瓢冷水，竭尽全力阻止他突入命运的渊薮。"

——主意已定，本多的头脑猝然燥热起来，他再也无心等待旁听同自己毫无干系的审判了。他恨不得立即跑到清显那里，千方百计劝他回心转意。可是这种愿望又不能马上实现，因而又增添一层新的不安，使他心急如焚。

定睛一看，旁听席上已经坐满了人，他这才知道学仆为何及早占好了位子。有的看起来像研读法律的学生，也有许多普通的中年男女。佩戴袖章的报社记者们也纷纷忙碌起来。这些人怀着好奇心赶来，同时又装得一本正经，有的留着胡子，装腔作势地摇着扇子，伸出长着长长指甲的小指挖耳朵，掏出硫黄般的耳屎，消磨着时间。本多眼里瞅着这帮子听众，发觉这些一心只想着"我们绝不会犯罪"的人们是多么丑恶。自己千万别像他们一样，哪怕一丝一毫都要极力避免。洒满雨水的窗户透射着灰白的光线，平板似的映在旁听席每个人的面孔上，只有法警黑色帽檐上的闪光显得格外耀眼。

人们喧闹起来，原来是被告到场了。被告身穿蓝色囚衣，跟着法警走向被告席，旁听的人争着看那人长什么模样儿。本多透过人群的缝隙，隐约看到一个小小的白胖的面颊和深陷的酒窝。不久，他又发现被告似乎是个女囚，梳着高高的发髻，浑圆的肩膀团缩在一起，没有任何紧张感。

律师出庭了，只等着审判官和检察官到来了。

"就是她，少爷，没想到这个女子会杀人，都说人不可貌相，果不其然。"

学仆在本多耳边嘀咕着。

——审判正式开庭，先由审判长向被告问清姓名、住所、年龄、籍贯等。场内鸦雀无声，甚至能听到书记员沙沙沙纸上走笔的声音。

"东京市日本桥区浜町二丁目五番地，平民增田登美。"

被告起立，流利地回答，但声音很低，听不清楚。旁听的人一律向前探着身子，用手兜着耳朵，唯恐漏掉每一句关键的提问。被告有问必答，但是问到年龄时，不知道有意无意，稍微迟疑了一下，在辩护律师的催促下，才醒悟过来：

"三十一岁。"

她朗声答道。此时，她蓦地回头望了望律师，脸上飘着散乱的鬃发，一双眼睛清炯有神。

站在那里的身个儿小巧的女人，在众人眼里犹如一只半透明的蚕，即将吐出意想不到的复杂的罪恶的细丝。她那轻微摆动着的身子，使人联想到因衣腋下润湿的汗珠儿、因不安的心跳而一时晃动乳头的乳房，以及对任何事情都麻木不觉、稍显冷艳而丰实的肥臀。她的肉体由此放散出无数罪恶的细丝，最后被罪恶的茧子紧紧封裹。肉体和罪恶竟然有着如此完美的照应……这正是世上的人们所寻求的，一旦沉迷于这种热烈的梦魇，平时人们所激发起来的一切爱情和欲望，都将化作罪恶的成因与结果。不论是瘦削的女子还是丰腴的女子，她们的身姿就是罪恶的形态，包括她的乳房表面渗出的想象的汗水……眼下，她的肉体已经成为无害的想象力的媒介，旁听的人们逐一认可了她肉体的罪恶，从而沉浸于喜悦之中。

年轻的本多自然也觉察到旁听者们的这种想象，但洁身自好的他拒绝自己的想象同他们混为一体，只是专心倾听被告对审判官讯问的陈述，逐渐向案件的核心迈进。

女子的陈述过于冗长，说话颠三倒四，但事情很清楚，这桩人命案皆因一连串主动而热情的行动，最后走火入魔导致成为一出悲剧。

"被告是什么时候开始和土方松吉同居的?"

"那是……去年，这我不会忘记，是六月五日。"

"这我不会忘记"一句话，使旁听席上腾起一阵笑声。法官叫大家肃静。

增田登美本是一家餐馆的女招待，和厨师土方松吉相好。土方新近死了老婆，单身一人，增田为了照顾他，从去年起开始同居。但是土方不愿和她正式办理结婚手续，两人同居之后，他越来越热衷于嫖女人。去年岁末，竟然为同一条浜街上岸本餐馆的女侍大量花钱。这位名叫阿秀的女侍，芳龄二十，善于迷惑男人的心，弄得松吉经常整夜不得回家。今年开春，登美找到阿秀，恳求阿秀把男人还给她，阿秀嗤之以鼻，登美一怒之下，就把阿秀给杀了。

这本来是一桩市井里巷常见的三角关系的案子，看不出有什么独特之处，但随着法庭调查的深入，一些凭现象很难预测的众多细节性事实，逐渐显露出蛛丝马迹。

这女子有个八岁的私生子，过去寄养在一个乡下亲戚家里，后来接回东京来让孩子受义务教育。登美决意要和松吉一起过日子，这个有了孩子的母亲，竟然稀里糊涂被拖上了杀人之路。

被告开始陈述当天夜晚杀人的经过：

"说起来，当时要是阿秀不在就好了，也不会有这种事儿了。我到岸本餐馆去找她，她要是感冒躺着不出去也就好了。

"使用的凶器是一把片鱼刀，松吉有着手艺人的气质，自己保有几把用得很顺手的菜刀，他说：'对于我来说，这可是武士的刀子啊！'老婆孩子绝不许碰一下，自己研磨自己保管。自从同阿秀有了关系之后，怕我吃醋会出意外，不知藏到哪里去了。

"他那般提防着我，我有点恼火，有一次跟他开玩笑，吓唬他说：'不用菜刀，别的刀子有的是。'松吉长期不回家里之后，一天我打扫橱柜，意外地发现包着菜刀的小包，惊奇地看到菜刀上生了锈。由此可知，松吉迷恋阿秀到了什么程度。我手捧着菜刀浑身战栗，这时，孩子正好放学回家，于是很快平静一下心情，想送到磨刀店去研磨一下，这样松吉想必会非常高兴吧？也是我做妻子的一份心意。我把刀包好正要出门，孩子问我：'妈到哪儿去？'我说有事儿出去一下，乖孩子好好看家。孩子却说：'妈不用回来了，我要回到家乡上学去。'孩子的话使我好生奇怪，问明缘由，才知道附近的孩子都嘲笑他，说你妈被你爸给甩了。这肯定是同学从家长们嘴里听来的。孩子觉得与其跟着遭人耻笑的母亲，还不如回到乡下养父母身边更好。我一时气不过，打了孩子，扔下啼哭的孩子跑出家门……"

此时，登美说道，自己心里已经没有阿秀，脑子里只盼着早点儿去磨刀。

磨刀店忙着做预约的活儿，在登美的再三催促下，等了一个小时才好容易轮上她。走出磨刀店，她已经不打算回家，懵懵懂懂地向岸本餐馆走去。

阿秀因为随便旷工到处游玩，这天过午才回来，老板娘刚刚数落了她一顿，这事关系着松吉，阿秀哭着道歉，事情才算完结。不巧，登美赶来，说有事找她，叫她出去一下，谁知这回阿秀倒爽快地答应了。

阿秀此时已经新换了衣裳准备应客了，她脚蹬木屐，摆出一副高级艺伎的派头，懒洋洋地边走边轻浮地说道：

"我刚才跟老板娘说了，今后再也不和男人来往啦。"

登美心中不由泛起一阵喜悦，随后阿秀又大声笑着，像是要立即推翻自己的诺言："只怕我三天也熬不下去哩！"

登美极力控制自己，她把阿秀带到浜町河岸上一家寿司店，说要请她好好吃一顿，又像个大姐姐似的，费尽心机想和她谈谈。阿秀一直冷笑着沉默不语，登美带着几分醉意，半是做戏地低下头来恳求她，而阿秀却不理不睬。过了一个小时，门外黑了下来，阿秀说再待下去又要挨老板娘的臭骂了，于是站起身要回去。

其后，登美记不清两人是如何走到浜町河岸晦暗的空地上的。也许阿秀想回去，登美硬是留住了她，不知不觉走到那里了。虽说这样，登美也不是一开始就对阿秀怀有杀机才把她带去的。

两人争执了几句后，阿秀望着河面上迷离的霞光，露出雪白的牙齿笑着说：

"说千说万都没有用，正因为你这样死乞白赖，所以才遭到阿松的嫌弃!"

这句话是关键，登美陈述道。她对当时自己的心情做了如下的说明：

"……听到她这句话，我火冒三丈，可不，我该怎么说呢？就像一个黑暗中的婴孩儿，一心想得到什么，或者痛苦得受不了，可又说不出口，只是大声哭叫，乱蹬乱踹。我当时就是这样，手脚乱动，不知怎的，就把包袱解开了，握紧菜刀胡乱挥舞着，黑暗之中，阿秀的身子撞在刀口了。我只能这么说，事情的经过就是这样。"

——听了这个故事，包括本多在内的所有旁听人，都鲜明地看到一个婴儿在暗夜中手舞足蹈的幻影。

增田登美说到这里，两手捂住脸哭泣起来，囚衣内的双肩在抖动，从背后看过去，她那丰腴的肉体反而赢得人们的怜惜。旁听席上的氛围，从开始时明显的好奇逐渐发生了微妙的转化。

淅淅沥沥的雨水淋在窗户上，一片银白，使场内弥漫着一层沉痛的光亮。仿佛站在场中央的增田登美，代表着那些生存、呼吸、悲叹和呻吟着的人们的全部感情。只有她才有资格享有这种感情的权利。起先，人们只注视着这位三十岁小个子女人丰腴而汗湿的肉体。如今，人们凝神屏气，看着一个为情所苦的女子，犹如注视着一只厨师加工过的活虾。

她的全身无不暴露在人们的视线里，躲开人们耳目所犯的罪行，如今在众目睽睽之下，借助她的身子现出了原形，显示出比起善意和德行更加明晰的罪恶的特质。舞台上的女演员只给观众看到自己想暴露的部分，而增田登美比起女演员来，没有一处不置于众人的视线之中。这就等于说，既然整个世界都是观众的世界，那么一切都可以让人们直视无碍。站在她那一边的律师给她的援助太微弱了，小小的登美，没有女子常用的花梳和金钗，没有任何珠宝，没有华丽的衣衫，她只是个犯人，一个十足的女子。

"要是日本建立陪审制度，弄不好会判她无罪，因为谁也敌不过这个伶牙俐齿的女子啊！"

学仆又对繁邦小声说。

繁邦心想，人的热情一旦循着一定的规律而动，谁也阻挡不住，而现代法律则是以人的理性和良心为前提的，所以绝不可能接受这种理论。

繁邦又想，开始来旁听时认为这种审判和自己无缘，眼下又觉得并非如此，不过他发现，面前的增田登美喷薄而出的炽热的岩浆般的情思，自己到底是无法与之相容的。

雨还在下着，天空已经发亮，一部分云层裂开了，连绵不停的雨丝伴着阳光洒满大地。玻璃窗上的雨珠，蓦然闪现着光辉，如梦如幻。

本多希望自己的理性永远成为那灿烂的光亮，但他难于舍弃为热烈的黑暗所吸引的心性。然而，这热烈的黑暗只是一种魅惑，不是任何别的东西，是确确实实的魅惑。清显也是魅惑。而且，这种从根本上摇撼生命的魅惑，实际并非属于生命，而是关联着命运。

本多原来打算规劝清显，如今他想等一等，看看情况再说。

三十

眼看就要放暑假了，学习院发生一件事情。

帕塔纳迪特殿下的翠玉戒指丢失了！库利沙达殿下吵吵嚷嚷，认定这是一桩盗窃案，闹得沸沸扬扬。帕塔纳迪特殿下谴责这位堂弟太轻率，他希望内部解决，使得事情尽快收敛。不过，这位王子在心里也同样断定是盗窃。

学校方面对于库利沙达的吵闹做出理所当然的反应，回答他说，学习院绝不会发生盗窃事件。这种蹊跷的事情更加增强王子们的思乡情绪，甚至巴望赶快回国。但王子们和学校针锋相对，完全出于下面的一件事情。

舍监认真听取王子们的意见，但王子们的证言略有分歧。他们晚上到校园里散步，回到集体宿舍，吃罢晚饭再回到房间，发现戒指不见了。库利沙达殿下认为堂兄戴着戒指外出散步，吃晚饭时将戒指留在房间里，这期间遭到了盗窃，但是帕塔纳迪特殿下本人记不太清楚了，据他说散步时确实是戴在手上的，吃晚饭时是不是留在宿舍，则记不清了。

究竟是遗失还是被盗，看来这是重要的关键。于是舍监问清了王子们散步时经过的路径，查明了在那个美好的傍晚，王子们曾经跨越禁止入内的天览台的栅栏，在那片草地上躺了些时候。

舍监查明真相的时候，是一个雨下下停停的炎热的午后。舍监决心催促王子们同自己一道寻找，三人沿着天览台找遍了每个角落。

天览台位于演武场一角，是被草坪包围着的一小块高地，是明治大帝观看学生们练武的纪念场所。这里仅次于大帝亲手栽种杨桐树的祭坛，被看成是这座学校的一处神圣之地。

两位王子在舍监的陪同下，今天公然跨越栅栏，登上天览台，沿着雨湿的草地，要找遍这片一二百平方米大台地的各个角落，不是一件容易的事情。

光是注意寻找王子们躺着聊天的地方还不够，三人分别从三个角落一点点寻觅着，他们不顾脊背被越下越大的雨水打湿，扒拉开一棵棵草根仔细查看。

库利沙达殿下多少怀着抵触的情绪，然而也只得满腹牢骚地按部署进行。温厚的帕塔纳迪特殿下，正因为是自己的戒指，老老实实顺着台地一角的斜坡认真巡视。

如此绵密地在草地上一处处详细查找，对于王子们来说还是头一回。虽说可以靠着亚斯卡门神闪耀的金光，但翠玉的绿色和青草混在一起，很难辨认。

雨水随着制服的衣领渗进脊背，王子思恋着故国雨季的暖雨。淡绿的草根看上去犹如渗进的阳光，云层未断开，湿漉漉的杂草丛里盛开着小小的白花，缀满了雨滴，但依然保留着粉色花瓣上干爽的光泽。有时候，日影透过高高杂草锯齿状的叶子，看起来虽然戒指不可能隐藏其中，掀开叶背一看，原来是小甲虫在下边躲雨。

由于眼睛紧紧盯着附近的青草，草叶渐渐在王子的眼里变得巨大起来，使他们想起故国雨季茂密的森林。灿烂的积云迅速在草丛间展开，天空一半湛蓝，一半暗黑，似乎听到隆隆的雷鸣。

王子现在热心寻求的已经不再是翠玉戒指了，而是月光公主已经消失的扑朔迷离的面影。一簇簇碧绿的青草欺骗着他的眼睛，使王子心烦意乱，简直要啼哭起来了。

这时，体育部的一些人，将毛衣搭在穿着运动服的肩膀上，打着伞经过这里，他们看到这种情景站住了。

丢失戒指的消息已经传扬开去，男人戴戒指本来就是出于一种柔弱的习惯，一旦丢失就到处寻找，很少能获得大伙儿的怜悯和同情。当他们得知王子在雨中低头寻找的正是那枚戒指，想起库利沙达到处宣扬遭人盗窃，学生们出于厌恶，都对他投以冷言冷语。

不过，他们还没有看到舍监，一旦看到站在一旁的舍监，心里不由一惊。舍监威严地低声吩咐大伙儿帮着一同寻找，于是他们默默转身散开了。

三个人已经向台地的中央逐渐靠近，看来已经没有什么希望了。这时雨已远去，淡淡的阳光照射下来。午后姗姗来迟的夕阳，辉耀于雨湿的草丛中，碧影婆娑，光怪陆离。

帕塔纳迪特殿下看到一簇青草下面含着翠玉戒指，正在闪耀斑斓的绿光。但是，当王子用濡湿的手指拨开草丛一看，散射在那片土里的微弱的光亮，将草根映照得黄灿灿的，哪里会有戒指的影子？

——清显后来听到了这段枉费心力寻找戒指的事情。舍监虽说出于一片真诚，但王子们却感到受到无缘无故的屈辱，以此为由，王子们收拾行李离开宿舍，搬到帝国饭店居住。他们对清显表明，无论如何最近要回暹罗。

松枝侯爵听到儿子谈起这件事情深感痛心，如果听任王子就这么回去，一定会在他们心中留下无法弥补的创伤，想起日本终生都会感到不快。侯爵试图缓解学校和王子们的对立情绪，但王子们态度已决，此种调解目前看来不可能奏效。因此，侯爵思忖着，应该等待时机，首先劝说王子们不要回国，然后想办法使他们的心情平静下来。

说着说着，暑假快到了。

　　侯爵也和清显商量好了，一旦放暑假，就邀请王子们住进松枝家的海滨别墅，清显到那里陪伴他们。

三十一

　　清显征得父亲的同意，约请本多同他一起去。夏天最初的一日，包括王子在内的四个年轻人，一块儿坐火车离开了东京。

　　父亲每当来这座镰仓别墅时，总会在车站接受町长、警察署长等一大批人士的欢迎，由镰仓车站到长谷别墅的道路上，也总会铺满从海岸运来的白沙。这回侯爵提前告诉町政府，他们之间虽说也有王子，请一律当作一般学生看待，绝不要举行欢迎仪式什么的。所以四个人才能从车站乘上人力车，轻松愉快地抵达别墅。

　　登完一段绿叶纷披的弯路，石砌的别墅大门出现在眼前，门柱上刻着四个大字："终南别业"，系采自王摩诘的诗题[1]。

1　王维《终南别业》诗中有"行到水穷处，坐看云起时"句。

这座日式的终南别业，整整占据了一座面积约三万平方米的山谷。祖先建筑的茅草葺顶的房舍，几年前被焚毁，现任侯爵又在原址上盖起了日西结合的具有十二套居室的宅第，阳台以南的整个院落都改建为西洋式庭园。

站在朝南的阳台上，正前方可以远远望见大岛，喷出的火焰犹如远方的篝火照耀着夜空。顺着庭园走上五六分钟就到达由比海岸，侯爵夫人在那里洗海水浴，侯爵就站在阳台上用望远镜瞧着取乐。不过，庭园和大海之间夹着一带田野景色，显得很不协调，所以从庭园南边开始种上一片松树挡住那里，可是一旦长大成林，庭院的景色就同海水连成一气，到那时将要失去用望远镜观察海景的机会。

这里，夏天风光明媚，景色壮丽，无与伦比。山谷敞开呈扇形，右面的稻村崎，左面的饭岛，看上去犹如庭园东西两边山尾的余脉，天空、陆地，以及夹持在两道地岬中间的海面，极目远眺，所有景色似乎都包容在松枝别墅的范围之中。可以冒犯这片土地的，仅仅限于随意徜徉的云影，瞬间掠过的鸟影，还有远洋上小船的帆影。

因此，在这个浓云翻滚的夏季，以开阔的扇形山谷作为观众席，以广大的海平面作为舞台，使人有面对乱云飞渡的剧场的感觉。当时，设计师不肯在阳台上铺设拼木地板，侯爵坚决反对，他对设计师申斥道："船的甲板不也是木板的吗？"特地叫设计师使用质地坚硬的柚木，将阳台铺上蓝、白二色相间的拼花地板。清显日复一日，在这里观察海面上云彩的微妙变化。

那是去年夏天的事。

远洋上凝聚的积云犹如搅动的炼乳，沉滞的日光射进云层幽深的襞褶，那光线反衬出含着阴影的部分，似浮雕一般倔强地凸显出来。可是，云谷间光线阴郁而沉淀的部分，看上去似乎永远沉睡着一种特别的时间，远比这里的时间迟缓得多。相反，威猛的云层迎着阳光的部分，却迅疾地一直流逝着悲剧的时间。不论哪一种云层，绝对都是无人之境，沉睡、悲剧，在那里一概属于相同性质的嬉戏。

凝神注视，则岿然不动；转瞬之间，则移步换形。鬣毛般凛凛闪动的云丝，倏忽化为卧女纷乱的头发。看着看着，云层涣散了，丝丝缕缕，寂寂然停在空中。

是什么松解开了？宛如精神的松弛，那般光明灿烂、银白而坚固的形态，转瞬之间就沉溺到最昏愚而柔弱的感情中了。这就是解放！清显看到，撕裂的云彩不久又聚合到一起，奇诡的云影以乱军之势朝着庭园奔袭而来。这时，云翳首先掠过海滩、田地，次第由庭园南端径直笼罩过来，原本仿照修学院离宫修剪过的枫树、杨桐、茶树、扁柏、紫丁香、满天星、木槲、松树、黄杨和罗汉松等林木密布的斜坡，刚才还是阳光普照，枝叶绚丽，俄而黑云压境，连蝉声也变成了凄切的哀吟。

尤为美丽的是晚霞。从这里望去，所有云彩仿佛都有预感似的，一旦霞光来临，朵朵飞云都将被染成赤、橙、黄、绿等斑斓的颜色。这些云朵在着色之前，因为紧张地等待，显得十分惨白……

"多么漂亮的庭园啊！没想到日本的夏天会这般美好。"

乔培清炯的眸子倏忽一闪。

站立在阳台上的两位王子褐色的肌肤同这里最相合。今日，他们的心里一派晴朗。

清显和本多两个都感到阳光有些强烈，但两位王子却感到温和、适度，两人不知疲倦地晒着太阳。

"先洗洗海水澡，歇息一下，然后再到庭园里走走吧。"

清显说。

"为什么非要歇息不行呢？看，我们四个人不都是很年轻而健壮吗？"

库利沙达说。

清显想，对于王子们来说，比起月光公主、翠玉戒指、朋友、学校等一切的一切，最重要的也许就是"夏季"吧。看起来，夏天最能弥补王子们巨大的缺失，治愈他们剧烈的悲哀，抚平他们深沉的不幸。

清显一味沉浸于未曾一见的暹罗的酷暑里，只觉得自身也沉醉于周围豁然开朗的夏景之中。蝉声聒噪，充满庭园，一种冷静的理智似冷汗一般，从额头上蒸发而去。

四个人从阳台下来，聚集在广阔的草坪中央的日晷旁边。

1716 Passing Shades

这只镌刻着以上文字的古老的日晷，那蔓草花纹的青铜时针，犹如一只扬起头颅的鸟儿，正巧固定在西北和东北之间的"12"这个罗马数字上，影子已经接近三点了。

本多用指头抚摸着表盘上"S"周围，想问问王子，暹罗准确的位置应在哪个方向，又生怕徒然唤起他们的乡愁，随即作罢了。于是，他无意之中背对太阳，让自己的身影挡住日晷，三点的影子被抹消了。

"对啦，这样很好。"乔培看到后说，"要是站上一天，时间就会消逝。我回国后，也要在院子里安装日晷，碰上幸福的日子，就叫仆人用自己的身子挡在上边，制止住时光的脚步。"

"弄不好仆人会被太阳烤焦的！"

本多说着，再次让阳光回到日晷盘上，三点的影子复活了。

"不会的，我们国家的仆人整天在太阳底下都没事儿，阳光比起这里要强烈三倍呢。"

库利沙达说道。

清显忖度着，那副黧黑闪亮的褐色肌肤，体内定是储满阴凉的幽暗吧？为此，他们只是在自己本身的树荫里歇息。

——由于清显不小心向王子们泄露了到后山散步的逸趣，弄得本多连汗都来不及擦干，只得跟着大家向后山攀登。以往，对任何事都提不起精神的清显，这回竟然事事跑在头里，令他惊诧不已。

登上山顶即将到达山梁的时候，松林的木荫尽情兜满了海风，从由比海岸一带拂拂吹过，登山时的汗水很快消失了。

四个青年回复到活泼的少年时代，由清显领头，一起穿越大半边长满山白竹和凤尾草的山梁上的羊肠小径。其间，清显停住踏着去年落叶的步履，指着西北方喊道：

"瞧！只有到这里才能望见。"

青年们停下脚，透过树木间隙，眺望临近眼前广阔的溪谷，那一带是千家万户拥塞一处的门前町。他们发现那里高高耸峙着大佛的姿影。

他们从正面只能看到大佛浑圆的脊背和衣饰上模糊的襞褶，佛面仅可窥见侧影，至于胸部，只能少许瞥见顺着浑圆的肩头绵延向下的衣袖的波纹。阳光照耀着青铜圆实的双肩，对面宽阔的胸怀之间，承受着平缓的光线，一片澄明。已经西斜的太阳，清晰地凸显着一堆一堆青铜螺纹头发，垂挂于一侧的长长的耳朵，看起来好似热带树上坠下的奇妙的颀长的干果。

王子们看到大佛，立即跪倒在地上，本多和清显被他们的行动吓了一跳。两位王子一点儿也不吝惜洁白的亚麻布裤子，双膝跪在湿漉漉的陈腐的竹叶堆上，对着远方沐浴在夏阳里的大佛合掌膜拜。

清显和本多不太礼貌地交换了一下眼色。这样的信仰已经远离他们的生活，任凭如何寻觅都无法找回。尽管他们对王子们殊胜的礼拜毫无嘲讽之意，但还是觉得，这两位以往看作一般同学的王子，蓦然飞向了观念和信仰相暌离的别一世界。

三十二

四个人环绕后山转了一圈儿，跑遍院子里的各个角落，坐在海风拂拂的客厅里休息，打开从横滨运来的用井水拔过的柠檬汁畅饮。于是，疲劳立即消除，个个心情振奋，打算赶在日落之前，到海里游上一游，接着分头准备起来。清显和本多系着学习院式的红色兜裆布，穿着露着脊背和两胁缝着锯齿形针脚的棉布游泳衣，戴上草帽，等着动作缓慢的王子们。不久，王子们来了，他们穿着英国制的横纹海水游泳衣，肩头光裸着茶褐色的肌肉。

本多虽说是交往已久的老友，但夏天里清显未曾邀他到这座别墅来过。只在一个秋天，本多应约来这里拾过栗子。因此，本多和清显打从童年时代在片濑学习院游泳场共同游过一次海之后，再也未能在一起游过。况且那时候，两人还不像现在这样格外亲密。

四个人径直跑出庭园，穿过院外一带幼小的松林和毗连的田野，来到海滩之上。

下水前，清显和本多老老实实做体操，两位王子看到简直笑翻了。这笑声可以说是对他们一次轻微的报复，因为他俩只是远远眺望大佛而不肯跪拜。在王子们眼里，如此现代化的只为自己着想的这种戒律，在这个世界上显得很可笑。

然而，正是这种狂笑表现了王子们罕见的轻松愉快的心情，清显很久没有看见过两位异邦的朋友如此欢乐的样子了。水中一阵畅游之后，清显早已忘记东道主照顾客人的义务，四个人分作两组，躺在海滩上，离得远远的，王子们用本国语交谈，清显他们用日语交谈。

落日包裹在薄云里，失去了先前酷热的势头，对于清显白嫩的肌肤尤为适合。他那只穿一件兜裆布的湿漉漉的身子，痛痛快快仰面躺倒在沙滩上，紧闭着眼睛。

本多盘腿趺坐在他左侧的沙滩上，呆呆望着海水。海面十分平静，但波浪的景色使他感到很着迷。

他的视线的高度和海面的高度几乎相同，但奇怪的是，他突然觉得，眼前的大海到了尽头，陆地由此开始了。

本多一只手捧着沙子，倒腾到另一只手里，沙子漏光了，只剩下空空的掌心，他再次抓起一把沙子，但眼睛和心思全然被大海吸引住了。

海就在这里完结了。如此广阔的大海，如此充满活力的大海，就在眼前完结了！不论从时间还是空间来说，没有比伫立于境界线上更加感到神秘的了。置身于大海和陆地如此壮大的分界线上，宛若站在一个重大的历史关头，一瞬之间见证了一个时代向另一个时代的移转，此时的心境难道不是如此吗？本多和清显生活着的现代，也不外乎相当于一次潮涨潮退时的境界罢了。

……大海就在眼前完结了。

遥望远洋的波涛，就会明白，它们是经过多么漫长的努力，最后才不得不在这里宣告完结。于是，全世界所有海洋的一场声势浩大的企图，终于徒劳地结束了。

……然而，尽管如此，这是何等平稳而又亲切的挫折啊！波浪最后一圈儿微细的余波，立时失去纷乱的感情，同潮湿沙滩平滑的镜面化为一体，变成淡淡的泡沫，此时，身子重新退回了海里。

远洋里涌来的四段或五段的细碎的雪浪，各自同时扮演着不同的角色，或昂扬，或高腾，或崩溃，或融合，或退却……

那种显现出橄榄色柔软腹部的飞扬的水波，是扰乱的、怒号的，渐渐强化的怒号，变成一般的呐喊，而呐喊终将变成窃窃私语。巨大的白色的奔马，将变成小小的奔马，不久，横冲直撞的马队的马身消散了，最后，岸渚上只留下不住踢踏的雪蹄儿。

两道粗大的余波由左右张开着扇形，互相侵扰着渐次融入沙滩的镜面，其间，镜中的影像活泼地晃动起来，激荡的浪花奔涌着，映出锐利的纵长的形状，仿佛是闪光的霜柱。

退去的远方的波涛，同一道道奔涌而来的波浪相重叠，没有一道波浪背对着海岸，而是混成一体，一同咬紧牙关指向这里。可是向洋面望去，刚才岸渚上看似强劲的波浪，实际上呈现出稀薄而衰退的气象扩散开去。渐渐地，渐渐地流向远洋，海水变浓了，岸边海水稀薄的成分渐渐地被浓缩，被压挤，以致使水平线变成深绿色，无边的浓缩的青碧结成一个坚硬的晶体。虽然装点着距离和间隔，但唯有这种结晶才是海的本质。这种稀薄、慌乱的波的重复，最后凝结成的蓝色的晶体，那才叫大海呢……

想到这里，本多的眼睛和脑子都疲劳了。他转眼看看清显，从刚才起他就以为清显睡着了。

他那白皙而柔美的体躯，只裹着一条红色兜裆布，形成鲜明的对比，微微起伏的雪白的腹部和兜裆布上缘相接之处，闪耀着干沙和贝壳细末的光亮。清显偶尔抬起左腕枕在头底下，本多发现他的左肋外侧，离开樱花蓓蕾般的乳头不远、平时被上臂遮盖的地方，集中生长着三颗小黑痣。

肉体的征象是奇妙的，虽然长期交往，但第一次发现朋友于不经意之间暴露出的身上的秘密，他不愿直盯着那些黑痣。可本多闭上眼睛，眼皮内散放着强烈白光的夕空中，却鸟影一般鲜明地浮泛着三颗黑痣。不一会儿，那些羽翼临近了，显现出三只飞鸟的形状，向头顶上迫击而来。

本多又睁开眼，看到清显鼓动着秀美的鼻翼一呼一吸，微微张开的嘴唇之间，闪现着莹润而洁白的牙齿。本多的眼睛再次移向他胁肋上的黑痣，这回，他看到那些黑痣像沙粒一般深深嵌入清显白嫩的肌体。

如今，就在本多眼前，干燥的沙滩终结了，接近水线的沙地，随处分布着斑驳的白色沙堆，逐渐经水侵而变得黝黑起来。然而，那里却刻印着轻浅的波浪的浮雕，似化石一般密密麻麻镶嵌着小石子、贝壳和枯叶等物。而且，不论多么小的石子，都保留着退潮时的水痕，向着大海呈扇形张开。

不光小石子、贝壳和枯叶，海水冲上来的马尾藻、碎木片、稻秆和橘皮都一律嵌入其中了。既然如此，清显坚实而白嫩的肋部肌肉，嵌入极其微细的黑色的沙粒，也是很可能的。

这是多么令人伤感的事啊，本多思忖着，如何在不把清显弄醒的情况下，想办法帮他除掉。瞧着瞧着，那些微小的沙粒随着胸部的起伏而强健地运动着，不管怎么看，它们都不是无机物，而是清显肉体的一部分，本来那就是黑痣。

他总觉得，那黑痣背叛了清显肌体的优雅。

也许肌体感觉到被强烈地凝视，清显突然睁开眼，目光交汇，看到朋友一时惶惑起来，于是抬起颈项问道：

"能帮助我一下吗？"

"好的。"

"我来镰仓，名义上是陪王子们游玩，实际上是想给人一个我不在东京的印象，造成一种舆论，你懂吗？"

"我大致也猜到你的意图啦。"

"我会时常抛下你和王子们，悄悄回东京去。三天不见她，我就受不住啦。我不在时，你撒个谎瞒过王子们，万一东京家里来电话，你也好歹替我糊弄一下，这就看你小子的本事啦。今晚，我将乘三等末班火车去东京，明天早晨赶头班车回来，拜托啦。"

"好吧！"

本多响亮地接受下来，清显满怀幸福地伸出手和本多握手，接着进一步说道：

"有栖川宫殿下的国葬，令尊也会出席的吧？"

"嗯，看来有可能。"

"他死得正是时候，昨天听说，因为他的辞世，洞院宫家的纳彩仪式也要延期了。"

本多从这位朋友的话里，得知清显的恋爱——关系着国事，再次切切实实感到一种危险。

这时，王子们高高兴兴手拉手奔跑过来，打断了他俩的谈话。库利沙达气喘吁吁，他用稚拙的日语说道：

"刚才我和乔培说些什么，你们知道吗？我们谈了转生的事呢！"

三十三

两位日本青年听到这些话后，不由得你看看我，我看看你。轻浮而急躁的库利沙达根本无暇顾及听话人的表情。这半年来，乔培饱尝异国种种艰辛，比起库利沙达，他白净的面颊虽说还没有变红，但看得出来，他正泛着犹豫，忖度着这类话题该不该再继续下去。或许要多少留下一点儿文明的印象吧，他用一口流利的英语说道：

"这个嘛，我刚才同库利谈起小时候听乳母讲《本生经》的故事。在过去世，即使是佛陀，作为菩萨，也接连经过一次次转世，变成金色天鹅、鹌鹑、猴子和鹿王等。那么我们的过去世是什么呢？于是我们很感兴趣地胡乱猜测起来。库利说他前生是鹿，我的前生是猴子，我有点儿不高兴，就反说我自己是鹿，而库利是猴子，两人为此争论不休。你们对我们两个怎么看呢？"

　　不管站在谁一边都不太礼貌，清显和本多微笑着不做回答。清显为了转移话题，就说他们二人对《本生经》一窍不通，请王子随便讲讲其中的一个故事听听。

　　"那好，说说金色天鹅的故事吧。"乔培说，"这故事发生在佛陀还是菩萨的时候，接连有过两次转生。大家知道，所谓菩萨，就是未来开悟成佛前的修行者，佛陀过去世也是菩萨。所谓修行，就是求得无上菩提，普度众生，修诸波罗蜜。菩萨时候的佛陀，一边转生各类生物，一边积善行德。

　　"很久很久以前，生在某婆罗门家的菩萨，娶同一阶级家族之女为妻，生下三个女儿后辞世，遗属为别家所收养。

　　"死去的菩萨后来投胎金天鹅而转生，具有回忆前生的智慧。不久，菩萨天鹅长大了，满身生着美丽的金羽毛，冠绝一世。这只天鹅游于湖面，身影犹如月光闪烁；翔于林间，树枝树叶好似金笼子，玲珑剔透。有时，这只天鹅停在树枝上休息，树上就像结出不合节令的黄金果实一样。

　　"天鹅知道自己前生是人，留下的妻子和女儿被别家收留，并靠着为人做女红维持生计。于是，天鹅想：

　　"'我的一根根羽毛，打成金条可以卖钱，今后我要给留在人世的可怜的家人——妻子、女儿，每次送去一根金条。'

　　"天鹅从窗户里窥见前世的妻子和女儿们过着贫苦的日子，唤起满心爱怜之情。另一方面，妻子和女儿们看见窗棂上站着一只金光闪闪的天鹅，大吃一惊，于是问道：

"'哎呀，这不是一只美丽的金天鹅吗？你是打哪里飞来的？'

"'我是你们的丈夫和父亲，死后脱胎转生为金天鹅，我来探望你们，要使你们快活些，不再过穷苦的日子。'

"天鹅送给她们一根羽毛，飞走了。

"就这样，天鹅每次飞来，都要留下一根羽毛，母女们的生活越来越富足了。

"有一天，母亲对女儿们说：

"'禽兽之心不可测，你们的天鹅父亲指不定什么时候就不飞来了。下次再来，就把它的羽毛一根不剩地全都拔光！'

"'啊呀，好个残忍的妈妈！'

"女儿们悲叹着加以反对，一天，金天鹅又飞来了，欲壑难填的母亲将它引到身旁，用两手一下子抓住，将它全身的羽毛拔个精光！说也奇怪，拔下的金羽毛一根根都变成鹤毛般的白色了！天鹅再也不能飞了，前世的妻子把它装在一只大瓮里，放进食饵，巴望它再长出金羽毛来。谁知新生的羽毛都是白的，长满羽毛的天鹅起飞了，化作银光闪亮的小白点儿，钻入云层，再也没有飞回来了。

"……这就是乳母讲述的《本生经》上的一个故事。"

本多和清显深感惊奇，这个故事和他们听到过的童话十分相似。然后，又围绕信不信转生这个问题展开讨论。

清显和本多过去谁也没有卷入过这种争论，所以多少感到有些茫然。清显用探询的目光倏忽朝本多瞥了一眼，平素我行我素的清显，一旦投入抽象的议论，必然显得有些张皇失措，这样一来，反而等于向本多心中轻轻刺了一针，立即激起他的谈兴。

"假定真有转生这回事，"本多急不可待地说下去，"就像刚才讲的天鹅的故事，有着洞察前生的智慧，这当然很好，否则一度中断的精神、一度失去的思想，到了下一个人生不留任何痕迹；同时，另一种崭新的精神，一种毫无关系的思想从此开始……这样一来，时间上一系列等待转生的每一个体，和分散于同一时代空间的每一个人，都只能具有同一种意义……这样一来，所谓转生不就变得已无意义了吗？假如把转生看作一种思想，不就是将毫无关联的几种思想统括起来的一种思想吗？因为我等对于前世不具有任何记忆，那么所谓转生就是企图证明没有任何确证的东西，这是一种徒劳的努力。要想证明，就必须平等观察过去世和现在世，富有比较、对照的思想见地。因为人的思想于过去、现在、未来三世之中，必然偏向于某一世，逃脱不出位于历史正中的'自己的思想'之家。佛教所主张的'中道'，与此大致相似，但所谓中道是否就是人们所能持有的有机的思想，这还是个可疑的问题。

"退一步说，假如认为人所怀有的一切思想都属于各种迷妄，那就必须具有第三种见地，以便识别一种生命由过去世向现在世转生时在前后两种世界之中的迷妄。唯有这第三种见地，才能证明转生，但对于转生的当事人来说，只是一个永远的谜。这第三种见地恐怕就是开悟的见地，所以转生的思想只限于超脱转生的人所能掌握，然而转生的思想即使被控制，此时，转生本身也就随之不复存在了，不是吗？

"我们活着，却具有丰富的死，葬仪、墓地、供在那里枯萎的花束、对死者的记忆，还有当前的亲友的死，接着对于自己的死的预测。

"假若如此，那么，死者们也许具有多样的丰富的生。从死者的国度眺望我们的城镇、学校、工厂的烟囱，遥望一个接一个的死和一个接一个的生。

"所谓转生，和我们站在生的一边看死正相反，不就是站在死的一边看生的一种表现吗？不就是变个角度加以观察的吗？"

"那么说，思想和精神为何在死后还能传达给人们呢？"乔培静静地反驳道。

本多本来就是个头脑机敏的青年，他用一种轻蔑的口气断定说：

"这和转生问题不一样。"

"有何不同呢？"乔培平静地问，"你总得承认，同一种思想隔一段时间，可以被不同的个体所继承。要是这样的话，相同的个体隔一段时间也可以被不同的思想所继承，这又有什么奇怪呢？"

"猫和人是相同的个体吗？还有刚才故事中的人和天鹅、鹌鹑、鹿。"

"从转生的观点看，这些都称为相同的个体。肉体即使不连续，只要妄念是连续的，就可以看作同一个体。不叫同一个体，或许叫'一条生命的河流'也行。

"我丢了那枚心爱的翠玉戒指。戒指不是生命之物，不能转生。不过，所谓丧失，也具有一定的意义啊。这件事对我来说，仿佛是出现的一种根据，说不定什么时候，戒指又会像绿色的星星在夜空里闪烁。"

说到这里，王子悲从中来，似乎一下子脱开了谈话的主题。

"也许，那枚戒指是某种生命之物悄悄转生而成，那也说不定啊，乔培。"库利沙达天真地接过话头，"或许它迈动自己的双腿逃到某个地方去了。"

"说起来，那枚戒指如今也许转生为月光公主那般漂亮的女子了。"乔培突然沉浸在自己恋爱的回忆中了。

"别人的来信，都说她身体很好，可是月光公主本人怎么不写信来呢？是人们在安慰我吧。"

本多没有在意听他说些什么，一直思考刚才乔培所提出的奇妙的辩驳。的确有一种思维，不把人作为个体，而是当作一条生命的河流看待。不认为是静止的存在，而作为流动的存在。正像当时王子所言，一种思想为各个"生命的河流"所继承，同一种"生命的河流"为各个思想所继承，这两者是一样的道理。因为生命和思想同化为一体了。而且，这种生命和思想本为同一体的哲学一旦推广开去，那么，统括无数生命之河的生命大潮的连环，人们称之为"轮回"的东西，也就有了成为一种思想的可能……

本多沉浸于这种思考的时候，清显在搜集暮色渐浓中的沙子，和库利沙达一起全神贯注建筑一座沙寺，但是暹罗风格的尖塔和鸱尾，用沙子很难堆垒起来。库利沙达巧妙地在沙里掺了几滴水，撮成一座纤细的尖塔，然后小心翼翼地从湿沙堆集的屋顶上反捏出鸱尾，看起来好似女人袖筒中伸出的纤细的手指。没想到，这根刺向凌虚的痉挛而反转的黑沙指头，干涸后变脆，断裂而倾圮了。

本多和乔培也停止了争论，转过眼看着他们玩沙子。这两个半大孩子一直乐滋滋地忙个不停。这座沙子伽蓝该点灯了。好容易精雕细镂的寺门前面和纵长的窗户，已经均匀地弥漫着暮色，连轮廓都变得一团昏黑，细碎的水花似濒死者喑弱的白眼，这个世界难以消亡的余光被搜集起来，以这种聚合而成的白色为背景，寺院渐渐化为朦胧的暗影。

恍惚之间，四人的头顶上星空闪耀，灿烂的银河跨越中天，本多知道的星星名称很少，尽管如此，但对于夹持银河两边的牛郎、织女，以及为双方作伐而展开巨大羽翼的天鹅座的北十字星，立即就能辨认出来。

此时，涛声轰鸣，听起来远比白天里浩大，昼间看起来离得相当远的海和沙滩，如今一同融入混沌之中了。空中明星荧荧，威压般地密匝匝挤在一起……四个青年人被这种景象所包裹，好像被封闭于一种无形的巨琴般的乐器之中。

这的确是一把巨大的鸣琴！他们是误入琴槽中的四粒沙子，那里是无边的黑暗的世界，但槽外却光明灿烂，从龙头到凤尾绷紧着十三根弦，倘若伸过一只纤纤素手，稍加撩拨，那宛如星辰悠悠回转般的音乐，就会震动琴弦，摇撼着琴槽里的四粒沙子。

海的夜，微风鼓荡。青年们呼吸着潮水的香气，以及被冲上岸的海藻的腥味儿，一种颤巍巍的情绪，不时侵扰着他们裸露于凉飕中的身体，经潮风润泽的肌肤，反而由此喷出火一般的热气。

"该回去啦。"

清显突然说道。

这当然意味着催促朋友们回去吃晚饭，可是本多心里有数，清显一直记挂的是末班火车的时刻。

三十四

清显不过三天就悄悄去东京一次，回来后，就把那边发生的事情详详细细告诉本多一个人。他说，洞院宫家的纳彩仪式延期了，但这并不意味着聪子的婚事遇到什么麻烦。聪子经常应邀到洞院宫家去，父宫殿下待她很亲切。

清显不满足于这种状况，他开始考虑，下次将聪子招来终南别业过上一夜。这是个危险的计划，他要本多为他想想办法。不过，一旦细想起来，就感到其中障碍重重。

一个酷热难眠的夜晚，清显迷迷糊糊中做了个从未做过的梦，梦中的浅滩上海水温热，远洋里冲过来的漂流物和陆地上的垃圾混杂在一起，堆积在海岸上，刺伤了游人赤裸的双脚。

……不知为何，清显穿着平素难得一见的白布和服以及白布裤子，挎着猎枪，站在野外的道路上。高低起伏的原野不太广阔，远方可以望见房舍毗连的人家。自行车在路上奔驰，那里充满异样的沉闷的光亮。夕阳最后残照般微弱的光线，不知是来自天空，还是来自地面，显得有些游移不定。原野上起伏的杂草从内里弥散着绿光，远处的自行车车身，也似乎发出模糊的银灰色的亮光。倏忽瞥一眼自己的脚下，素白的木屐带子，足背上的青筋，奇妙地浮现出来，细密可见。

这时，光线黯淡了，天空一角出现鸟群，大声鸣叫着向头顶袭来。于是，清显向空中叩响了猎枪的扳机。这不仅是无情的一击。他浑身充满无名的怒火和悲伤，他不是对着鸟儿，而只是瞄准太空巨大的蓝眼睛打了一枪。

接着，被击中的鸟儿一起坠落下来，天地之间顿时卷起嗥叫和血的风暴。这是因为，无数的鸟儿一边高声喊叫，一边滴沥着鲜血，云集成为一根粗大的木柱，不断朝一个场所掉落，看起来就像瀑布奔流不息，这种坠落伴随着响声和鲜血，接连不断，所以就像一场龙卷风暴。

这场风暴眼看着凝固了，变成一棵巨树，顶天立地。这是无数鸟的尸体固化而成的巨树，树干呈现异样的红褐色，没有枝叶。然而，巨树一旦静止、定形，鸣叫也断绝了，周围又涨满和先前相同的沉痛的光芒，野外的道路上，悠悠驶来一辆无人骑乘的崭新的银灰色自行车。

清显感到自豪，是他一手拂拭了隐天蔽日的凝重的晦暗。

此刻，原野道路的远方，走来一群同自己一样素白装束的人，他们一声不响地走着，距离这边一二百米远光景，就停住了脚步。仔细一看，人人手里都拿着闪光的杨桐叶玉串。

为了给清显洁身，他们当着清显的面挥动玉串，发出一阵清脆的响声。

在他们之中，清显清晰地看到学仆饭沼的面孔，不由大吃一惊。饭沼张开嘴，对清显这么说：

"您是灾祸之神，肯定是的。"

清显听他一说，打量着自己，不知何时，他的脖子套上了红紫斑驳的勾玉项链，玉石又滑又凉的感触扩散到胸肌上来。而且，自己的前胸犹如厚厚的椭圆形岩石一般。

他朝白衣人指呼的方向回望，那棵由鸟的尸体凝结的巨树，长出了茂密而鲜嫩的绿叶，上下笼罩着一团明丽的绿意。

……于是，清显醒过来了。

鉴于是个不寻常的梦，清显打开久久没有光顾的《梦日记》，尽可能详密地记述下来。他醒来之后，体内依然奔涌着激烈的行动和勇气的热潮，仿佛刚刚从一场战斗中凯旋。

为了在深夜将聪子接到镰仓，拂晓前再送回东京，乘马车不行，火车也不行，人力车更不行，不管怎样，都必须乘汽车。

不过，既不能用清显的自家车，更不能用聪子身边的汽车。而且，必须找一位素不相识、对往事一无所知的司机开车。

虽说在广阔的终南别业内，但也不能让聪子同王子们照面，虽然还不清楚两位王子是否听说过聪子的婚事，但如果他们认出了聪子，必然会给将来种下祸根。

为了闯过这道难关，无论如何，都得由本多扮演一个不熟悉的角色。为了朋友，他答应聪子的来回都由他亲自接送。

一位同学的名字浮上他的脑际，此人是富商五井家的长子，朋友中只有他自由使用自己的一辆汽车。为此，本多专门跑了趟东京，造访位于麴町的五井家，请他答应将那辆福特连同司机借用一个晚上。

这位常在刚刚及格的分数线上徘徊的懒散青年，看到班上学习成绩首屈一指的秀才求他办事，简直惊呆了。接着，他便不失时机地摆起架子，说什么只要讲明理由还是可以出借的。

虽说这并不合乎本多平时的性格，不过今天面对这个笨蛋，他还是满心高兴，怯生生地做了一次假告白。因为撒谎，说起话来有点儿吞吞吐吐，但对方以为这是本多心情焦躁和害羞的缘故，他那满脸信以为真的表情十分有趣。理智是很难使人信服的，但只要有虚伪的热情就行，这种热情可以轻易取得他人的信任。本多用一种苦涩的喜悦眺望着他，这个五井也是清显眼中的本多的形象吧。

"真叫人刮目相看哩，没想到你小子还有这个本事。不过，你还瞒着我呢，能不能说说，那小妞叫什么名字？"

"房子。"

本多顺口把久未见面的堂妹的名字供了出来。

"那么说，松枝借给你一宿的住房，我借给你一个晚上的汽车。那咱说好了，下回考试你可得多多帮忙啊！"

五井略略低头施礼，他的眼神充满友谊的光辉。他和本多的智慧，在种种方面取得了对等的地位。他的平板单调的人生观受到了肯定。

"人本来都是一样的。"五井的音调里充满放心的心情，这正是本多所希望的。同时，他也通过清显，获得一个颇为浪漫的名声，这是十九岁的青年人人都会有的愿望。总之，这笔交易对于清显、本多和五井三个人来说，谁也不吃亏。

五井的车是一九一二年制造的最新型的福特，由于发明了自动点火装置，司机再也不像以前那样，特意下车用手摇动，不胜其苦。这辆车属于普通二档变速的 T 型，黑漆的外表用细红线勾勒着车门边缘，裹在布幔里的后座席依然保留马车车厢的模样儿，和司机谈话时，必须用嘴抵住通话管，将声音传到司机耳畔张开的喇叭筒里。车棚上面有备用车轮和载货架，可供长途旅行使用。

司机姓森，原是五井家的马车夫，他跟大老爷的专任司机学习驾驶汽车的技术，到警察署拿执照时，请师傅堂堂地站在警署门前等着，考试时遇到难题，就跑到门口来问，回去继续做答卷。

本多深夜到五井家借来汽车，为了不使人知道聪子的身份，特地将车停在先前那家军人旅馆旁边，等着蓼科和人力车偷偷把聪子送过来。清显希望蓼科不要来，其实她根本不能来，聪子不在家时，蓼科的存在至关重要，她必须处处留意，装出聪子一直躺在屋里的假象。蓼科实在放心不下，她絮絮叨叨地关照了一番，才把聪子托付给本多。

"在司机面前，我一直叫你房子。"

本多凑到聪子耳朵边说。

福特车的轰鸣震动着暗夜岑寂的住宅区，他们出发了。

本多看到聪子对一切都毫不在意，态度十分果敢，深感惊讶。她身上穿着白色的西装，显得更加无所顾忌。

……本多同这位"朋友的女人"一起深夜乘车兜风，尝到一种奇妙的滋味。他只是作为友情的化身，半夜里坐进飘溢着香水味儿的车厢，一路不住地摇晃，和女人紧挨着身子坐在一块儿。

身边坐着"他人之妇"，而且，一个无情的事实：聪子是女人！本多感到，清显如此信赖自己，这正是来自他们之间一种奇妙的缘分，就是说清显对他一贯严冷的戏弄态度，又空前鲜明地复活了。信赖和戏弄，就像薄皮手套和手背的关系，紧紧黏合在一起。只因清显生得一表人才，本多才处处包容着他。

为了躲避他的侮弄，只有相信自己的高洁。但本多毕竟不是一个盲目守旧的青年，他是凭借理智保持信念。他绝不像饭沼那样，总是把自己看得很低贱，要是那样的话，到头来……
只能做清显的奴仆。

聪子坐在疾驰的汽车里，凉风吹乱了她的头发，然而，她
依然不失矜持，两人之间绝口不提清显的名字，"房子"这个
称呼，成了他们故作亲昵的小小标志。

……

回程的路上，完全是另一幅情景。

"哦，忘记对清少爷说啦。"

汽车出发后不久，聪子说。不能再回头了，必须一路直
奔东京，要不然就无法赶在天亮很早的夏夜黎明之前回到家
中了。

"我来转告他吧。"

本多说。

"唔……"

聪子迟疑了片刻，终于下定决心，说道：

"好吧，就请跟他这么说，蓼科前些时候遇见松枝家的山
田，知道清少爷撒谎。清少爷假装保存的那封信，其实早就被
他当着山田的面撕毁扔掉了……不过，蓼科那里也不必挂心，
她只求万事平安，睁一眼闭一眼……就是这件事情，请转告
清少爷。"

本多又照原样复述一遍，他一口应承下来，对事情神秘的

真相一概不多打听。

本多这种正人君子般的态度或许打动了聪子，她一反寻常，变得能言善辩起来。

"本多先生为着朋友可真是尽心尽力啊！清少爷有本多先生您这位朋友，真可谓是世界上最幸福的人哪。我们女人家哪有一个知心的朋友。"

聪子的眼神儿虽然依旧保有几分放纵的火焰，但她装束整齐，头发一丝不乱。

看到本多默默不语，聪子不久低下头，悄声地问道：

"本多先生，想必您把我当成一个放荡的女子吧？"

"您不能这么说。"

本多不由激烈地打断了她，聪子的话一语破的，本多虽说不含轻蔑的意味，但心里时常也有这种想法。

本多忠实地履行着彻夜迎送的职责，不论是抵达镰仓后将聪子一手交给清显，还是从清显手里接过聪子把她护送回京，整个过程他都心如止水，毫无所动。这可是他足以骄人的地方啊！

本来就不该胡思乱想，本多凭借自己的行为，不正是参与到严肃的危险之中了吗？

然而，当本多看见清显拉着聪子的手，踏着树荫穿过月色溶溶的庭园，朝着大海奔跑的时候，他确实感到自己的一番帮忙实在是犯下了罪愆，而且，他看到了这桩罪愆是如何拖曳着无比美丽的背影飞走的。

"可不是嘛，我是不该这么说，我自己一点儿也不认为自己放荡。

"不知为什么，清少爷和我明明犯下了可怕的罪过，但丝毫不觉得是罪过，只感到身体受到了净化。刚才看到海岸的松林，就觉得这松林今生今世再也看不到了，耳边听着呼啸的松风，就想到这松涛的音响，今生今世再也听不到了！一瞬间，一刹那，清澄度日，无怨无悔！"

聪子诉说着，每次她都觉得是和清显最后的幽会，尤其是今天晚上，他俩包裹于宁静的自然之中，达到了多么可怕、多么令人销魂的峰顶啊！她焦急不安，如何才能打破禁忌、一股脑儿全都说给本多，让他知道得一清二楚呢？这可是一件难上加难的事啊，就像把死、宝石的光辉以及晚霞的美丽传达给别人一样。

清显和松子躲开朗月的清辉，徘徊于海滨各地。深夜的海滩没有一个人影，周围一派光明耀眼，高高翘起的渔船，将舳舻的黑影投在沙滩上，倒是个可靠的处所。船上沐浴着月光，船板似白骨闪亮，把手伸过去，月光似乎穿手而过。

乘着清凉的海风，两人立即躲在渔船阴影里抱合在一起。聪子很少穿西装，她讨厌那刺眼的白色，她也忘记了自己雪白的肌肤。聪子巴望早些甩掉素白，隐身于黑暗之中。

明知没有一个外人，但海上千千纷乱的月影就是百万只眼睛。聪子望着悬在空中的云彩，望着云端闪烁不定的星光。聪子感觉到，清显用小小坚实的乳头，触摸着自己的乳头，互相搅合，最后他把自己的乳头，用力顶在她的丰腴的乳房上。这较之口唇的接吻更具爱意，宛若小动物相互嬉戏，使人陶醉于飘飘欲仙的甘美之中。肉体的边缘、肉体的末端所产生的意想不到的亲密交合的快感，使得双目紧闭的聪子，联想到飘忽于云端的闪烁的星辰。

从那里可以径直走向深海般的喜悦，一心想融入黑暗的聪子，当她意识到这黑暗只是渔船的影子，不由一阵惶恐起来。这不是坚固的建筑物和山峦的阴影，只不过是很快进入大海的虚幻的阴影。船在陆地不是现实，这种看似固定的阴影亦似虚幻。聪子如今怀着恐惧，那只相当老朽的大渔船，眼看就要无声地滑下沙滩，逃进大海里了。为了追逐这只船影，永远待在那片阴影之中，自己必须变成大海。于是，聪子于浓重的充溢的感觉中，变成了大海。

围绕着他们二人的所有的一切，那明月高悬的天空，那闪闪发光的海洋，还有那掠过沙滩的潮风，以及远方松林的絮语……这一切将不约而同地一起灭亡。隔着时光的薄片，巨大的"禁止"迫临眼前。那松林的絮语不就是那种声音吗？聪子他们感到自己被绝不容许的东西所包围、看守和保护。正如滴落在水盘里的一滴油，全都由水所护持着一样。然而，这水黝黑、宽广、沉默，一滴香油浮泛于一片孤绝之境。

这是怎样的一次拥抱啊，"禁止"的拥抱！他们弄不明白，这禁止对于他们来说，是夜的本身，还是即将到来的黎明的曙光？只是感到正在向他们逼近，尚未开始侵扰他们。

……他们俩抬起身子，从黑暗中伸出脖颈，凝视着渐渐沉落的月亮。在聪子看来，那轮圆月正是炳然被钉在太空的他们罪愆的徽章。

到处不见一个人影。两人为了取出藏在船底下的衣服，一同站起身来。月光照耀着他们白皙的腹部，下方仿佛依然保留着渔船阴影的残余，两人互相对望一下那黑森森的部位，时间虽然短暂，却是全神贯注的一瞥。

各人穿好了衣裳，清显坐在船舷上，晃动着两条腿说：

"我们要是被公开承认的一对儿，那就根本不会这般胆大妄为。"

"好狠心啊，清少爷的心就这么无情吗？"

聪子露出一副娇嗔的风情。他们轻松地逗着趣儿，同时又仿佛嚼着沙粒，心中含着难言的苦涩。因为，绝望就守在他们身旁。聪子依旧蹲踞在渔船的暗影里，清显从船舷上垂下的双足，在月光里泛着灰白，聪子捧起清显的脚，将嘴唇贴在趾尖儿上。

……

"本不该对您讲述这些事，不过，除了本多先生，还有谁愿意听呢？我明白，我自己所干的一切很可怕。但请不要管我，因为我知道，事情总会有个归结的……在未到那个时候之前，能多挨一天就多挨一天，没有别的路可走。"

"您真的拿定主意啦？"

本多不由叮问了一句，声音里含着哀切的调子。

"嗯，拿定主意啦。"

"我想，松枝君也一样。"

"所以，就更不应该给您添麻烦啦。"

本多产生一种奇怪的冲动，很想了解一下这位女子的底细。这是微妙的复仇，她如果打算把本多当成"知心朋友"，那么本多他也应该有权利了解聪子，这种了解既不是同情，也不是共鸣。

然而，这位堕入爱河的窈窕淑女，她虽说就坐在自己身旁，但心儿早已飞向远方，要了解她，应该采取什么样的手法呢？……本多历来具有的逻辑诠索的老毛病，又在心中抬头了。

车子不住摇晃着，聪子的膝盖几次紧靠过来，但她机敏地庇护着身子，使得两人的膝头绝不相撞。她那灵活的动作宛若松鼠旋转小小滑轮，看起来眼花缭乱。她的表现使得本多怏怏不乐，他想，聪子绝不会在清显面前玩起这种小动作来的。

"刚才您说已经拿定了主意，"本多也不朝她瞧一眼，"那么，这和刚才说的'总会有个归结'的心情，怎么联系起来呢？一旦有了归结之后再拿主意，不就晚了吗？再说，有了主意也就自然有了归结，不是吗？我知道，我的这个问题提得很尖锐。"

"您问得很好。"

聪子平静地应道。本多不由凝视着她的侧影，美丽、端庄的面庞不见一丝慌乱。这时，聪子双目紧闭，车棚上昏暗的灯光柔和地照射着那修长的睫毛，印下深深的阴影。黎明前茂密的树木，像一团团缠绕的黑云打车窗外掠过。

森司机规规矩矩背向这边，一心扑在驾驶上。驾驶席和客席之间有一道厚厚的玻璃拉窗，只要不把嘴对准通话管，两人的谈话就不必担心会被司机听到。

"您是说可以主动使这件事情了结，对吧？您作为清少爷的朋友，这么说我很理解。我活着的时候不能了结这件事，我死后……"

聪子这样说，指望本多会连忙加以阻拦的，可是他一个劲儿沉默不语，等着聪子继续说下去。

"……那一天总会到来的，而且不会太久。到那时候，我可以向您保证，我不会有什么留恋。我已经尝到了活着的幸福，也就不会永远贪婪下去。任何美梦都会有结束的时候，没有什么永恒的东西。如果把这看作自己的特权，那不就是个愚蠢的人吗？我不同于那些'新女性'……不过，要是有永恒的话，那就是现在……本多先生总有一天会明白的。"

本多似乎知道了清显过去为何那样害怕聪子的缘由。

"刚才您说不能再给我添麻烦了，这话是什么意思呢?"

"因为您一贯走的是光明正大之路，不能老是让您牵扯到其中去，这本来都怪清少爷不好。"

"我不希望您把我当成个正人君子。不错，我的家庭是门风最为纯正的家庭，可是今天晚上我就是个同谋犯。"

"您不能这么说。"聪子语气强烈，嗔怪地打断他的话，"罪犯只是清少爷和我两个。"

听起来，聪子是在极力为本多辩护，但是却冷漠而又矜持地将别人排除在外，只把罪过看成是只有她和清显两人居住的小小水晶的离宫，这座水晶的离宫实在太小，可以捧在手心儿里，不管谁进去都容不下来。靠着他们自己的缩身术，方可暂时住在里边，而且，他们待在里面的姿态，从外面看过去，细微、明晰、历历可见。

聪子猛地低下头去，本多正要去扶她，不想伸出的手触到了她的头发。

"对不起，尽管再三注意，鞋子里还是留下了沙子，因为不归蓼科收拾，鞋子脱在家里，要是被别的女佣发现有沙子，传扬开去可就不得了啦。"

女人拾掇自己的鞋子，本多不知如何是好，只得把头转向窗外，尽量不向她那边瞧。

车子已经进入东京市区，天空呈现紫红色，拂晓的云彩横曳于街道建筑物的上空。本多本来巴望着尽早抵达东京，但这时又觉得人生难得一遇的夜晚过去了，实在有点儿割舍不得。也许是耳朵的缘故吧，背后传来簌簌的微音，那是聪子正在从鞋里向地上抖落沙子，听起来仿佛是这个世界上最华艳的沙钟的声响。

三十五

暹罗的王子们似乎对终南别业的生活各方面都很满意。

一天傍晚，四个人在草地上摆了四把椅子，趁晚饭之前，坐在晚风里纳凉。两位王子用本国语言谈话，清显只顾埋头沉思，本多将书本摊在膝盖上。

"来根曲曲吧。"

库利沙达用日语说。他走过来给大家散发"威斯敏斯特"[1]牌金嘴香烟。王子们在学习院很快学会了这个隐语，将香烟称为"曲曲"。学校里本来是禁止吸烟的，只有高等科的学生勉强可以，学校对这部分人也是睁一眼闭一眼。校园内有一座地下锅炉房，就是烟鬼子的巢穴，称作"曲曲窟"。如今，即

便在这种晴天丽日之下，毫无顾忌地吞云吐雾，也还能品尝到"曲曲窟"里那种秘密的甘甜的滋味。英国香烟混合着锅炉房内煤烟的气味，于薄暗中警惕地转动着白眼珠，一口连着一口狂抽猛吸，火头始终鲜红……这些因素都凑在一起，才能更增加一番特别的情味。

清显背向着大家，眼睛追逐着飘散于夕空的烟雾，海面上云彩的形状松散了，模糊了，染上了一层玫瑰黄。他感到那里面也有聪子的身影。聪子的影像和体香，融入所有的一切，无论自然产生多么微妙的变动，都并非和聪子无缘。忽然刹风了，夏日傍晚闷热的大气一旦触及着肌肤，此刻就会感到是裸体的聪子在那里迷茫地直接触摸着清显的肌肤。稍稍黯淡下去的合欢树绿毛重叠的清荫，也飘荡着聪子片段的倩影。

本多有个习惯，身边要一直放着一本书，否则心里就觉得不踏实。一个学仆暗暗借给他一本禁书——北辉次郎[1]写的《国体论及纯正社会主义》，年仅二十三岁的作者，使他觉得此人堪称日本的奥托·魏宁格[2]，作者那率真而有趣的直白，唤起本多稳健的理性的警惕。他并不憎恶过激的政治思想，他自己本

---

[1] 北一辉（1883—1937），又名辉次郎，日本国家主义者，佐渡人。在所著《日本改造法案大纲》中鼓吹国家改造，因与二·二六事件有牵连而被处死。

[2] 奥托·魏宁格（Otto Weininger，1880—1903），奥地利犹太裔哲学家，二十三岁自杀。著有《性与性格》一书。

不会发怒，而这本书使他看到了别人的发怒，就像看到一种传染性很强的疾病。要使他津津有味地阅读别人的发怒，良心上不是一件愉快的事。

还有，同王子们讨论转生，为了充实自己在这方面的一些知识，那天早晨趁着送聪子回东京，他路过家中，从父亲的书架上抽出斋藤唯信写的《佛教学概论》，开头关于"业感缘起论"的论述十分有趣，这使他想起去年初冬埋头研究《摩奴法典》的情景，当时怕影响复习考试，没有继续阅读下去。

他把几本书摊在藤椅的扶手上，只是漫不经心地翻卷着，最后，他连膝盖上的那本也不想读了，抬起头来，眯缝着近视的双眼，眺望着西边庭园周围的山崖。

天顶上依然明亮，但山崖已经罩上阴影，黑沉沉地矗立着。但是，西边天上的白光，穿透山脚下那片繁密的树林空隙映射过来，那明净如云母纸般的天空，使人想起色彩斑斓的热闹的夏季犹如一幅画卷即将展现殆尽，只剩下最后的余白了。

……青年们愉快而有几分病态地抽着香烟。暮色昏暗的草地的一角，盘旋成柱子形状的蚊蚋；游泳之后黄金般的倦怠；浑身晒得黑红的皮肤……

本多虽然一言未发，但他觉得今天确实是他们充满青春活力的幸福的一日。

对于王子们来说，也应该是如此。

王子们看到清显忙于恋爱，只当没有在意，另外，清显、本多对于王子们在海滨同渔家姑娘一起嬉戏调情，也装作视而不见，最后，清显送给姑娘们的父亲一点赏金也就算完事了。王子们每天早晨站在山上朝拜大佛，在神佛的保护下，夏天悠悠然优美地老去。

房前的高台上，仆人手捧一只光亮的银盘，里面摆着一封信（这个仆人不是本馆的，他平时很少使用这种银盘，感到很珍惜，一有空闲就不惜费很多时间打磨银盘），他向这边草地走来，最先注意到的是库利沙达。

他飞跑过去接过信，一看是王太后陛下写给乔培的信，颇显滑稽而恭敬地捧着，送给坐在椅子上的乔培。

这番情景，清显和本多自然也看到了，但是他们按捺住一副好奇心，静等着王子将满心的喜悦和怀乡的深情向他们传达。他们听到王子拆开厚厚的白色信笺的声音，浮现于暮色里的银白羽毛般的信笺光耀夺目。突然，乔培一声大叫，随即倒在地上，清显和本多连忙跑了过去。乔培昏厥过去了。

库利沙达看到两位日本朋友抱起来那位堂兄，茫然地站在那儿，待他拾起掉在草地上的信笺读着时，便恸哭失声，一下子趴到草地上。库利沙达为何哭叫，他滔滔不绝诉说的暹罗语到底是什么意思，实在叫人摸不着头脑。本多发现那信是用暹罗语写的，不知写的什么内容，他只看到信笺上端印着烫金的王家徽章，以三头白象为中心，两边分别有佛塔、怪兽、玫瑰、宝剑和王笏等，并配以复杂的图案。

人们七手八脚将乔培安置在床上，搬运他的时候，乔培已经茫然地醒过来，库利沙达依然哭泣着跟在后头。

清显和本多虽然不知道事情的原委，但信中无疑是传来了一件噩耗。乔培枕在枕头上，褐色的双颊渐渐融入苍茫的夕暮，一双珍珠般的眼珠，朦胧地望着天棚，一声不吭。

不久，库利沙达终于平静下来，他首先用英语说道：

"月光公主死了。就是那个乔培的恋人，我的妹妹月光公主啊……其实，如果先把这事告诉我，由我瞅机会转告给乔培，或许他不会受这么大的打击吧。不过，看来王太后陛下是怕我过于悲伤，才直接告诉乔培的。陛下这一点想错了。说不定陛下出于深谋远虑，故意将这件毫无虚假的消息直接告诉乔培，增强他面对悲伤事件的勇气呢。"

这番经过深思熟虑的话语，不太像是平素库利沙达说的。清显和本多被王子们热带骤雨般剧烈的悲叹感动了。他们想象着，一场伴随电闪雷鸣的骤雨过后，艳丽而悲怆的丛林将会立即欣欣向荣起来。

当天的晚餐送到王子们房间，但两位王子连筷子都没有动一下。随着时间的推移，库利沙达想到作为客人还应该恪守义务和礼仪，于是他把清显和本多请来，将那封长信的内容用英语讲给他们听。

原来，月光公主自打今年春天起就染病了，她的病使她无法亲自动笔，同时她又叮嘱别人，千万不要把自己生病的事告诉哥哥和堂兄。

月光公主娇嫩的素手渐渐麻痹，不能动弹了，犹如窗内射进的一条清冷的月光。

英国主治医生全力治疗，然而还是未能奏效，麻痹遍及全身，最后连话也说不清楚了。尽管如此，月光公主也许为了在乔培的心目中保持他们分别时自己健美的形象，依然用不很灵活的话语，反复叮咛千万不可告诉他自己生病，人们听了都流下眼泪。

王太后陛下时时亲临病床旁边探视，每次来看到公主总要哭上一场。陛下听到公主的死讯之后，立即制止住众人，说道："我直接告诉帕塔纳迪特。"

信的开头写道：

　　告诉你一件悲哀的消息，你要以坚强的意志将这封信读下去。

　　你的可爱的宝贝茜特拉帕公主去世了！当她躺在病床上的时候，是多么思念你啊！后面我会详细告诉你。这里，我作为母亲，首先要说的是，我衷心期望你能将一切都认定是佛祖的圣意，保持一个王子的尊贵，勇敢地接受这个不幸的事实。你身处异邦，听到这个噩耗会是怎样一番心情，作为母亲我全能察知，遗憾的是，我不在你身边，不能给你以安慰。作为哥哥，还请你怀着无比的关爱之情，婉转地把妹妹的死讯转告库利沙达。我之所以如此突然亲笔给你写这封信，是因为相信你不会在悲痛面前低头的刚毅精神。公主她一心想着你，直到生命最后的一息。就请你将此当成最好的慰藉吧。生前不能见她一面，想必你深感遗憾，但你必须理解她的一番心意，她是想永远在你心中保留一副健美的面影啊……

信翻译完了，乔培一直听着，他终于从床上坐起身来，对清显说：

"我如此悲痛欲绝，辜负了母亲的训诫，感到很后悔，不过，也请你为我想想吧。

"我刚才要解开的谜，不是月光公主死去的谜，我想要知道的是，她从生病到去世这段时期，不，是月光公主不在这个世界上的二十天里，虽然我时时感到袭来的不安，但我为何不知道一点真实的情况，居然还能平安无事地住在这个世界之上。

"我清晰地看到闪闪发光的海水和沙滩，但我的眼睛为何没有洞察这个世界的根底所进行的微妙的质变呢？世界就像一坛葡萄酒在悄悄变质，而我的眼睛只是透过玻璃看到紫红的液体，我为何没有检验一下那酒味儿暗中微妙的变化呢？哪怕每天一次也好啊。我没有时时观察和谛听诸如早晨的清风、树林的颤动，还有鸟儿的飞翔和啼鸣，我只是把这些当成整个伟大生命的喜悦接受下来，而没有注意到世界一切美好的积淀，天天都在不住发生着彻底的质变！假如某一个早晨，我的舌头尝出了这个世界的味道发生微妙的变异……啊，假如有这么一天，我一定立即就会嗅出这个世界已经变成'没有月光公主'的世界了！"

乔培说到这里，又哽咽着流下泪来，再也说不下去了。

清显和本多将乔培交给库利沙达，回自己房间了，但两人谁也不能安眠。

"王子们说不定想早一天回国，看来不管谁说什么，他们再也无心继续留学了。"

两人一旦单独在一起，本多说道。

"我也这么想。"

清显沉痛地回答。很明显，他也受到王子们悲痛心情的感染，沉浸在一种莫名的不祥的思绪之中。

"王子们要是离开，就只剩我们两个人，会觉得挺不习惯的。说不定爹妈都会来这里一起度夏，不论怎样，我们幸福的夏天结束了。"

清显自言自语。

本多十分清楚，恋爱中的男人心里很难容纳爱情以外的东西，就连对别人的悲痛也会丧失同情，不过，他不得不承认，清显一颗玻璃般既冷且硬的心，本来是最纯粹、最热情的理想的容器。

　　一星期之后，王子们乘英国轮船踏上回国之途，清显和本多到横滨送行。因为正值暑假，没有别的同学赶来告别，只有对暹罗有着很深缘分的洞院宫，委派家里的执事来了，清显同这位执事不冷不热地交谈了几句。

　　庞大的客货轮船离开栈桥，彩带立即断裂，随风飘走了。两位王子出现于船尾，站在英国国旗旁边，一直挥动着白色的手帕。

　　轮船驶向远洋，送客的人都走光了，清显依旧站在夕阳辉耀的栈桥一侧，直到本多前来催促回去。清显送走的不是暹罗王子，如今他感到自己最佳的青春时代，已经逐渐消失在远方的大洋里了。

三十六

秋天来了，学校一旦开学，清显和聪子的幽会越来越受到限制，黄昏避开人的耳目一同散步的时候，也得有蓼科前后跟着照应。

就连点燃煤气街灯的人也引起他们的警惕，那些人穿着煤气公司的高领制服，举着长长的点火杆，沿着鸟居坂一角剩下的几盏煤气灯，朝戴着灯罩的火口上点火。他们常常在每晚这种匆忙的仪式结束之后，四周不见一个人影的时候，来到这条曲折的后街上散步。虫声已经繁密起来，家家灯火渐渐消隐。没有大门的人家男人归来的足音也已断绝，传来响亮的上门闩的声音。

"再过一两个月就要结束了，洞院宫家不会一直拖延纳彩期限的。"聪子神态安然地说，仿佛这些都和自己无关，"每天每天，我都在想，明天或许该结束了，再也无法回到过去了。

但奇怪的是，尽管干下了无法挽回的事情，却依然睡得很香。"

"即使纳彩仪式过后，也还能……"

"说什么呀，清少爷。罪孽一旦深重起来，善良的心也会被压碎的。我们还是趁早合计一下，看还能再见上几次面。"

"你是横下一条心打算忘掉一切，是吗?"

"是的，但我不知究竟用什么方式。我们所走的道路，不是道路，而是一座栈桥，随时都会结束，大海随时都会开始，这是没法避免的。"

细想想，这是两人最初谈论起终结的事。

关于终结，两人像小孩子一般毫无责任心，他们一筹莫展，毫无准备，也没有任何解决的办法和对策，仿佛这样才能保证自己的纯粹。然而尽管这样，一旦说出口来，终结的观念就会立即在他俩心中锈蚀到一起，不可分离。

清显已经弄不清楚，究竟是开始前没有想到终结，还是正因为想到终结才开始的呢? 如果万钧雷霆将两人立即烧焦倒也罢了，长此以往没有任何劫难与惩罚，又该如何是好呢? 清显感到不安起来。"到了那时候，自己还能像现在这样，狂热地爱着聪子吗?"

这种不安，对于清显来说也是第一次体会到。这不安使他握紧了聪子的手。聪子为了回应他，伸过手来钩住他的手指，但他嫌麻烦，不愿将分散的手指互相绞合在一起，而是立即用力握住她的手掌。清显几乎将聪子的纤手捏碎了，聪子绝不喊疼，而清显也绝不肯放松凶暴的力量。借着远方楼上的灯光，清显看到聪子的眼里噙满泪水，心中涌起一种黯然的满足。

他已体验到自己早先所学得的优雅，隐含着血污的实质。最容易的解决办法是两人一块儿殉情，但这更令人感到痛苦，就连这种幽会逝去的一分一秒，清显都觉得是冒犯禁忌，这种冒犯越走越远，犹如倾听金铃的鸣响，可闻不可即。他感到越是犯罪，越是距离罪愆遥远……到最后，一切都以大规模的欺瞒而告终。想到这里，他猝然战栗起来。

"我们这样一起走着，也不见您有什么幸福之感，而我现在每一刹那都在品尝幸福……您是否已经感到厌倦？"

聪子像往常一样，带着清亮的嗓音，平静地埋怨道。

"因为太喜欢你了，所以早已跨越幸福的门槛。"

清显郑重其事地说。他深知，即便说出这样的遁词，自己也丝毫不必担心留下孩子般的天真。

前方就要到达六本木商业街了，冷食店已经关上百叶窗，店头飘扬着印有"冰"字的彩旗，于虫声四塞的街头，显得有些凄凉无助。再朝前走，宽阔的灯影洒满黑暗的道路，联队御用的名叫"田边"的乐器店，似乎有紧急的活计，正在打夜班呢。

两人躲开灯光走着，玻璃窗内炫目的黄铜的闪光映入眼帘，那里悬挂着一排崭新的军号，在极端明亮的灯火下，辉耀着盛夏演习场上的光亮。也许是在检验音色吧，那里蓦地传来军号的鸣声，沉郁得要炸裂了，清显从这种声音里预感到一种不祥。

"该回去了，再往前走人眼更杂了。"

不知何时紧跟在后面的蓼科，小声嘀咕道。

三十七

洞院宫家里对聪子的生活不加任何干涉，再说，治典王殿下忙于军务，周围的人也没有给殿下创造会见聪子的机会，殿下也无意主动提出会见的愿望。但这绝非因为宫家待人冷淡，而是这般家庭男女婚嫁的一种惯例，双方既然已经结为姻亲，频繁的会见反而有害无益，这是周围人的共同看法。

另一方面，即将成为王妃的亲家，如果在门第上多少有些欠缺的话，为了成为一名合格的王妃，还需在各方面重新积累教养。不过，从绫仓伯爵家的教育传统上看，这方面并没有什么困难，他们具有充分的条件，可以随时将自家女儿推举到王妃的位置。优雅的家风熏陶了聪子，作为王妃，她学艺娴熟，可以随时作一首和歌，写一篇好字，插一盏艳花，即使在十二岁那年中选入宫，在这一点上也丝毫用不着担心。

只是，伯爵夫妇觉得，以往对聪子的教育中还有三点不足，需要尽快为女儿补上这一课：妃殿下喜欢长歌和麻将，治典王殿下自己爱好搜集西洋音乐唱片。松枝侯爵听伯爵这么一说，立即请来一名一流的长歌师傅充任教习，还派人送来电话式留声机以及所有能够买到手的西洋音乐唱片。至于麻将一事，为了物色教师颇费一番周折。本来，侯爵自己专意于英国风格的台球，然而宫家却热衷于这种卑俗的游戏，实乃匪夷所思。

于是，便把精于麻将技艺的柳桥花街的老板娘和一名老妓，常常派到绫仓家里来，蓼科也算在一起，围成一桌，开始教聪子打麻将。费用自然由侯爵家出，其中也包括老妓外出的一切开支。

这种夹杂着牌艺高手的四个女人凑在一起，按理说会给平素颇为冷清的绫仓家带来异常热闹而活跃的气氛，但是却引起蓼科满心的厌恶。表面的理由是有损于门风，实际上她是害怕聪子的秘密逃不脱这两个老行家锐利的眼睛。

即便不是如此，对于伯爵家来说，等于是招来松枝侯爵的两名密探。蓼科这种排外的趾高气扬的态度，立即损伤了老板娘和老妓的自尊，引起她们的反感，不撑三天，这事就传到侯爵的耳眼儿里了。侯爵抽空子找到伯爵，极为委婉地对他说：

"府上那位老婆婆珍视绫仓家族的声誉，这是好事，不过这都是为了投合宫家的兴趣而采取的措施，希望府上多多少少包涵些才是。柳桥的两位女子，她们至少感到很光荣，才忙里偷闲到府上供事的。"

伯爵把这番话对蓼科说了，蓼科的处境从而变得困难起来。

本来，老板娘和老妓同聪子也不是初次见面。那次赏樱的游园会上，老板娘在后台担任导演，老妓扮演俳谐师。第一回打麻将时，老板娘向伯爵夫妇祝贺小姐觅得佳偶，并献上一份厚礼。她的祝词至为殊胜：

"多么俊俏的一位姑娘啊，真是天生做王妃的坯子哩！这回缔结良缘，姑爷指不定该多欢喜呢。我们能陪陪小姐，真是一辈子都不会忘记的荣耀。这可是关起门来说自家话，我们也会把这桩事告诉儿孙们，一代代传扬下去。"

可是在另外的房间，一旦围在麻将桌旁，就立即摆下脸面，那双恭恭敬敬望着聪子的温润的眼眸消泯了，变成了一条品头论足的干枯的河床。她们的视线有时也停在蓼科落后于时代的和服银丝腰带扣上，惹得蓼科甚是反感。

"松枝府上的少爷不知怎么样了，我从未见过那般一表人才的男子汉。"

老妓手里摆弄着麻将牌，若无其事地说着，老板娘听了，十分乖巧地暗暗扭转了话题。这些都被蓼科看在眼里，心中犯起了疑惑。不过，也许老板娘觉得老妓的话有些唐突，她只是帮衬着略做纠正罢了……

聪子听从蓼科的主意，在两个女人面前尽量少开口。她们对于女人身子的明暗变化，一眼就能看穿，聪子当着两位女的面，时刻注意不敞开心扉。不过，她又产生另外的担心，若是让她们看到自己过分悒郁，或许会遭她们怀疑，误以为对这门婚事不满意，从此传扬开去。要掩护身体，就会暴露内心；要掩护内心，就会暴露身体。因此，聪子处在两难的境地。

其结果，蓼科自有蓼科的打算，她凭借才智，说服伯爵，成功地阻止了麻将桌边的聚会。

"一味听任两个女子的流言蜚语，不像是松枝侯爵老爷的一贯作为。那帮女子看到小姐玩得不起劲，就怪罪到我头上——其实，小姐若有什么不称心的事，全都是她们造成的——，她们定是告我的状了，说我权高压人。老实说，侯爵老爷的一番好意，到头来却使得府上有花街女子出出进进，这名声总是不好听。再说，小姐也已初步学会了麻将的打法，将来过门之后陪着新姑爷玩玩，经常输上几把，反而显得更加可爱。因此，我请求停止麻将聚会，要是侯爵老爷不肯辞退她们两个人，那么就请老爷把我蓼科辞退。"

伯爵自然不得不接受这桩含有几分胁迫的提议。

——自从蓼科从松枝家的执事山田嘴里，听到清显就信件一事撒了谎，她就站在一个岔路口上了：要么从今以后视清显为敌人，要么全都包容下来，一切遵从清显和聪子的愿望而行动。最终，蓼科选择了后者。

可以说，这完全出自对聪子真情的爱护，同时，蓼科害怕，事到如今，万一棒打鸳鸯两处飞，弄得不好聪子也许会自杀的。与其那样，倒不如保守秘密，任他们二人自由自在，到时候，他们自然会主动刹车的，不如继续等待下去为上策。再说，这样做，自己只需竭尽全力守住秘密就行了。

蓼科怀着一种自负，自以为通晓男女感情的规律，她的哲学是：没有暴露的东西就等于不存在。就是说，蓼科既没有背叛主人伯爵，也没有背叛洞院宫，她谁也没有背叛。就像化学实验一样，一桩情恋事件，一手给予援助，保证其存在；一手为之守住秘密，消除痕迹，否定它的存在，这样就可以了。当然，蓼科所走的是一座危险的独木桥，她坚信，自己就是时刻准备为他人最后修补破绽，才降临到这个世界上的。只要不惜一切多施恩惠，到头来，对方自然会按照自己的主意行事的。

蓼科一方面尽量使这对男女青年频繁地幽会，一方面又等待着他们热情的衰退，她没想到，这样做本身，也会使自己变得一往情深。而且，对于清显那种永无止境的情欲，唯一的报复办法就是，不久他会主动找上门来，恳求她说："我已经打算同聪子分手了，希望你妥善给以劝导。"她想让清显亲眼看到他自身热情的崩溃。不过，蓼科本人对这一幻想也将信将疑，要是那样，首先聪子不是太可怜了吗？

这位沉着老练的老妪信奉明哲保身的哲学，在她看来，这个世界没有什么安全之类的东西。那么，究竟是什么使她甘心舍弃个人安危，运用哲学本身作为冒险的口实呢？其实，蓼科已经不知不觉成为一种难以言状的快乐的俘虏。一对年轻貌美的男女，在自己的引导下，欢然幽会，眼瞅着他们的无望之恋如烈火般熊熊燃烧，蓼科自己也不由自主陶醉在死去活来的欢乐之中，哪怕冒着天大的危险也置之不顾了。

她感到，在这种欢乐之中，美丽的、青春的肉体两相融合，这本身似乎是符合某种神圣而不同寻常的正义感的。

两情相会时明亮的眼神，互相接近时跳动的胸脯，所有这些，好似一只火炉，重新温暖了蓼科早已变得冰冷的心。为了自己，她不能让这粒火种猝然熄灭。相会前忧郁而憔悴的面庞，一旦认出对方来，犹如六月的麦穗，立时摇曳生辉了……转瞬之间出现了奇迹，跛子迈开了两腿，盲人睁开了双眼。

实际上，蓼科的作用是保护聪子不受邪恶的侵犯，然而，燃烧的烈火不是邪恶，可以写入诗歌的东西不是邪恶，如此的训诫不正是涵蕴于绫仓家传承的悠远的优雅之中吗？

尽管如此，蓼科依然在等待着什么。抑或可以说，她正等待机会，她要把放养的小鸟捉回来，重新关进笼子里。这种期待中含有不吉而沾满血污的东西。蓼科每天早晨浓妆艳抹，按照京都风格精心打扮一番，眼下的疙皱用白粉掩盖，嘴角的细纹搽上隐约的京都胭脂。尽管经过修饰，她还是躲开镜中的容颜，询问般地将黯淡的视线投向空中。秋天邈远的光亮，在她眼里映射着清澄的光点，而且，未来从内部露出一张似乎有所渴求的面颜……蓼科为了重新检点一下自己的盛妆，拿出平时不大使用的老花镜，将纤细的金丝镜腿儿架在耳朵上。于是，一双衰老的白皙的耳轮，立即被镜腿儿刺得火辣辣地直发疼……

——进入十月后，下来了指示，告知纳彩仪式定于十二月举行。其中还附了一份礼单：

一，西服料子五匹
二，日本酒两桶
三，鲜鲷鱼一箱

后两项不成问题，至于西服料子，松枝侯爵给五井物产公司驻伦敦分公司经理打了一封长长的电报，托他迅速采购英国最高级呢料寄来。

一天早晨，蓼科想叫醒聪子，只见她睁着两眼，面色苍白，立即折身而起，推开蓼科的手臂，跑到走廊上，即将走进厕所的时候呕吐了。吐出的东西不多，只是弄湿了睡衣的袖子。

蓼科陪伴聪子回到卧室，查看一下紧闭的隔扇外面有没有动静。

绫仓家后院养着十多只鸡，长年累月，雄鸡报晓的声音冲破渐次泛白的格子门，描绘出绫仓家的早晨。太阳升高了，雄鸡依然高叫不止，聪子被鸡鸣包围了，再次将苍白的脸孔靠在枕头上，闭上了眼睛。

蓼科凑在她的耳畔说道：

"听我说，小姐，这事儿千万不能告诉别人！衣服脏了也一概由我悄悄洗涮、收拾，绝不可交给用人去做。吃的东西，今后也由我细心调理，做些您所喜欢的饭菜，绝不可让用人们知道内情。出于对小姐的爱护，我还要叮嘱您，最要紧的是，今后可要照着我的意思办啊！"

聪子不置可否地点点头，她那美丽的脸蛋儿流下一行泪水。

蓼科的心里充满喜悦，首先，最初的征兆出现时，除蓼科以外谁也没有看到。其次，这正是蓼科所一直期待的事态，所以事情刚一发生，她自然就能接受下来。从此，聪子就掌握在蓼科手心里了！

细思之，对于蓼科来说，比起单纯的情感世界，还是在这样的世界更得意。蓼科堪称是一位精明可靠的血污方面的专家，聪子初潮时也是她最先发现并给以指导的。对这个世界发生的一切一概漠然置之的伯爵夫人，在聪子初潮到来两年之后，才从蓼科嘴里知道这件事。

蓼科一直注意聪子身体的变化，一点儿也不敢大意。例如自从早晨犯恶心之后，聪子傅粉后的肌肤色感、预料未来的烦恼因不快而紧蹙的双眉、饮食嗜好的变化、日常起居当中所流露的紫堇般的忧愁⋯⋯对于这些迹象，她都一一抓住不放，一旦得到确证，毫不迟疑，立即采取果断措施。

"整天闷在屋子里，身子要生病的，我陪您出去散散步吧。"

她这样说，其实是暗示聪子可以会见清显了。聪子看到天色刚刚过午，外头一片明亮，很感奇怪，抬起疑惑的眼睛望着蓼科。

蓼科一反寻常，脸上涨满了令人望而生畏的神色，因为她知道，自己手里掌握着关系国家名誉的大事。

她们来到后院正要走出后门，看到女佣站在那里给鸡喂食，伯爵夫人两手袖在胸前望着。秋天的阳光洒在走动的鸡群身上，照得羽毛亮晶晶的，晒衣场洁白的衣物快活地飘动着。

聪子一边走一边听任蓼科驱赶脚下的鸡群，她对母亲轻轻点头致意。群鸡丰满的羽毛之中顽强地闪露着步步前行的双腿，聪子第一次感触到这类生物的敌意，这是因和自己为同类而产生的敌意。她避忌这样的感触。几根飘散的鸡毛闪闪地挨着地面掉落下来。蓼科打着招呼说：

"我陪小姐出外散散步。"

"散步？那就有劳你啦。"

伯爵夫人应道。女儿的喜事眼看就要临近了，夫人也同寻常大不一样，一副难以平静的风情。但另一方面，对于亲生女儿也越来越客气，仿佛对待别人家的千金一般。这就是公卿贵族的家风，面对即将入宫的女儿绝不说一句指责的话。

　　她俩来到龙土町町内一座小小的神社，大理石的院墙上写着"天祖神社"的字样。她们跨入秋祭刚刚结束后的逼仄的境内，站在张挂着紫色帷幔的神殿前垂首膜拜之后，聪子随着蓼科转到小小的神乐堂后头。

　　今天，聪子似乎受到蓼科无形的威压，她怯生生地问：

　　"清少爷会到这里来吗？"

　　"不，他不来。今天我对小姐有话说，才陪您到这儿来的。这地方说话儿不必担心被外人听到。"

　　一侧横卧着两三基石凳，是供人观赏神乐的座席。蓼科将自己的外褂叠在一起，垫在长满苔藓的石面上。

　　"当心腰部别受凉了。"

　　她劝聪子坐下来。

　　"我说小姐，"蓼科改口道，"事到如今也无须我再提啦，不过，您可知道，皇上最要紧的事是什么吗？

　　"绫仓家代代承蒙皇家恩德，到现在已经是第二十七代啦。凭我蓼科这样的人，也配和小姐谈这个，真是对着佛祖讲经啊。可是一旦获得敕许，姻缘就是不可改变的了，谁要是违背它，就等于违背圣上的旨意，这可是世上最深重的罪孽啊……"

　　接着，蓼科一五一十加以说明，她说她绝不是指责聪子以往的行为，在这一点上，蓼科也是同谋。事件没有暴露，也不必痛悔不迭，但是总得有个限度，既然怀了孩子，就到了应该有个了结的时候了。虽然过去蓼科是默认的，但事已至此，这场恋爱就不能再延续下去了。眼下，聪子必须下定决心同清显分手，万事都要听从蓼科的指示办理⋯⋯所有这些，蓼科都有条不紊地罗列出来，尽量不夹杂私情地一一讲述着。

蓼科说到这里，估计聪子已经全都明白过来，并且已经入她彀中。蓼科这才收住话头，叠起手帕，轻轻按了按汗津津的前额。

虽然说的全都在理儿上，但蓼科依旧带着共命运的悲悯的调子，甚至连声音也充满了温润。面对这个比亲骨肉还要疼爱的姑娘，蓼科和聪子接触并没有感到自己怀着真正的悲哀。这种爱护和悲悯之间，隔着一道栅栏，蓼科对聪子越是疼爱，就越是希望聪子和自己一起共享莫名的可怖的欢乐，那是隐藏在可怖的决断之后的欢乐！一种骇人听闻的罪愆，要通过所犯的别的罪愆获得救赎，到头来两罪相抵，二者均不复存在。一种黑暗，掺和进另一种黑暗，就会招来艳丽的曙光，而且都在隐秘之中！

聪子一直闷声不响，蓼科不安地再次叮问了一句：

"您打算一切按照我所说的去做吗？您到底是怎么想的呢？"

聪子的脸上一片空白，不见一点儿惊慌失措的影子。蓼科滔滔不绝讲了一通，聪子闹不清她是什么意思。

"那么，你究竟要我干什么呢？不妨直说了吧。"

蓼科打量一下周围，弄明白神社前金鼓[1]的响动，不是人拉的，而是风吹的。神乐堂地板底下，蟋蟀的鸣叫此起彼伏。

"孩子要尽快打掉，越早越好。"

聪子屏住呼吸，她说：

"说什么呀，要是那样非得坐牢不行喽。"

"哪里话，一切都交给我蓼科好啦，即便是泄露出去，小姐和我，首先，警察是不会判罪的，因为您是订了婚的呀。十二月的纳彩一结束，那就越发没事啦。关于这一点，警察心里自然明白。

"不过，小姐，您还是好好想想吧，要是小姐您一直磨蹭下去，当断不断，等肚子大起来，不光圣上那里通不过，就连世上的人们也不会答应的。这桩婚姻那是非破裂不可，殿下也要从这个世界上引退，而且，清显少爷的处境将苦不堪言。老实说吧，不论松枝侯爵家族还是他自己的前途，都会被彻底葬送掉。所以他们只好装聋作哑，不加理睬。到头来，小姐您将失去所有的一切，难道您能甘心情愿吗？眼下只有一条路可走啦。"

1　金鼓，原文为"鳄口"，金属制佛具，吊在佛堂或神社前，参拜时拉动绳索发出响声。

"一旦泄露出去，即使警察瞒住不松口，总有一天会传到宫家耳眼儿里的，你说，那时候，我还有什么脸出嫁呢？叫我怎么觍着脸皮服侍殿下呢？"

"用不着为流言蜚语担惊受怕，宫家那里怎么想，还不是完全看小姐的本领吗？您只管一辈子做一位美丽而贞淑的妃子好啦，一切谣言，不久就会不攻自破。"

"你是说，我绝不会被判刑、坐牢，你敢保证吗？"

"那么，我再说得更明确一些吧。首先，警察慑于宫家的威严，是绝不会把事情公开出去的。要是这样您还不放心，那就将松枝侯爵拖入我们这一边，凭着侯爵的一副伶牙俐齿，无论遇到什么，他都能压住阵脚。说千说万，还不是为他家少爷收拾残局吗？"

"啊，那可不行呀！"聪子喊道，"这一点万万不可，绝不能仰仗侯爵和清少爷帮忙。那我不就成了一个下贱的女人了吗？"

"我只是做个假设才这么说的。

"其次，在法律上，我下定决心庇护小姐。小姐只需表明对我的阴谋一无所知，稀里糊涂给吸了麻醉药，才走到这步田地的。到时候，不论怎么公开出去，只要我一人将罪行包揽下来，一切就没事啦。"

"你的意思是说，无论如何我都不可能去坐牢，对吗？"

"这一点，请千万放心。"

蓼科这么一说，聪子的脸上泛起的不是放心的神色。聪子出乎意外地说道：

"我倒很想坐牢哩。"

蓼科的紧张心情放松了，她扑哧一笑。

"净耍孩子脾气！那又是为的哪桩？"

"女犯人该穿什么样的囚衣呢？我坐了牢，不知道清少爷还会不会喜欢我。"

——聪子说出这样的疯话，不但没有掉泪，眼里还充满狂喜，蓼科从旁瞥见了，不由战栗起来。

这两个女人尽管身份不同，但她们渴求的无疑是同一种力量，同一种勇气。不论是为了瞒天过海，还是为了揭露真相，当前比任何时候都需要货真价实的胆量。

蓼科觉得，她和聪子两个人一分一秒都亲密无间，不可分离。正如溯流而上的小船和河水的关系，两者力量平衡，小船就会暂时停在一个地方不动。同时，她俩互相理解共同的欢乐，这种欢乐，宛若逃离即将来袭的暴风雨而飞临头顶的群鸟搏击的羽音……这是有别于悲叹、惊恐和不安，只可冠以"欢乐"之名的粗犷的感情。

"总之，您会照着我所说的行动吧？"

蓼科望着秋日阳光下聪子那张兴奋的面庞。

"这些全都不能告诉清少爷，当然是指我的身体的整个情况了。

　　"不论你所说的有没有效，你只管放心，我谁也不靠，只同你商量，以便选择最好的一条路。"

　　聪子的语调里已经含着妃子的威严。

三十八

十月初的一天，清显和父母一起吃晚饭时，听说纳彩仪式将在十二月进行。

父母对这个仪式表示出极大的兴趣，竞相述说自己有关有职故实[1]的知识。

"绫仓家为了接待宫家的执事，应当布置一间贵宾房，他们究竟打算安排在哪里呢?"

"都是站着行礼，有一间漂亮的洋房就最好不过啦，可他们家只能在内客厅铺上棉布，由门厅踏在布上出迎。宫家的执事带领两位副官，乘坐马车而来，绫仓家必须用大高檀纸[2]写一份受领书，包在同一种纸里，外面用两根纸捻儿扎好。执事

1　有职故实，日本历代朝廷公家、武家的法令、仪式、装束、制度、官职、风俗、习惯的先例。——编者注。

2　一种手工漉制的白色高级树皮纤维纸，分大高、中高、小高三种。

身着大礼服，受礼一方的伯爵或许要身穿爵位服。这些琐末细事，绫仓家堪称内行，根本不用我们插嘴。我们家只需帮衬着出钱就行了。"

——这天晚上，清显心里烦躁不安，自己的恋爱终于被捆上铁索拖在地上走来，他仿佛听到了阴森的钢铁撞击的响声。敕许下达时被激起的欢快的活力消失殆尽。当时被大大鼓动起来的"绝对不可能"这一坚如白瓷的观念，早已密布着细微的罅隙。曾经义无反顾地陶醉于狂热的欢乐之中的清显，而今犹如一位看尽春花秋月的过来人，只剩下悲怆的叹息。

就此罢休吗？他反躬自问。不行！敕许所激起的力量，曾经促使他们二人疯狂地结合在一起，而纳彩的官方公报不过是敕许的延长，却使他感到一种企图从外部将他们二人拆散的力量。前一种力量只需随心所欲，相机行事，后一种力量则不知如何对待才好。

第二天，清显给联络地的军人旅馆的老板打电话，托他转告蓼科，自己想和聪子见面，希望傍晚之前回话。所以清显虽然照样上学，但根本没有心思听老师讲课。放学后，他从校外打电话询问，对方转达蓼科的回话说：正如您知道的，这十天内不能让你们见面，到时候我会通知的，您只管等消息好了。

他就这样苦熬苦等了十天。想从前，自己对待聪子太冷酷了，如今他切实感到，自己是遭报应的时候了。

秋深了，树叶还没有完全变红，只有樱树的叶子染上红色，脱落了。星期天清显不打算请同学来玩，一个人挺憋闷的，他只顾眺望着湖面上漂移的云影。接着，他又茫然地瞧着远方九段瀑布，想不通为何那水永无止境地奔泻下来，他思忖着那平滑的流水为什么会接连不断，他觉得那水流就是自己感情的姿影。

体内一旦积攒起空漠而不适的情绪，有的部位发热，有的部位发冷，动弹一下身子，沉重的倦怠和焦躁就一起袭来，就像害病一样。清显独自一人在广阔的庭院里无目的地漫步，走上主楼后面桧树林中的小路。他看见老园丁在挖掘叶子发黄的山药。

透过桧树梢可以窥见蓝天，昨天的雨滴掉落下来，打在清显的额头上。他感到，这雨滴几乎砸穿他的前额，为他带来清凉而激烈的音信，将他从害怕被世间抛弃和遗忘的不安之中拯救出来。他一直等待着，什么事也未发生，然而，正如十字路口络绎不绝的脚步声，不安和疑惑使得他的一颗心忙乱不堪。而且，清显甚至忘记了自己的美丽！

——十天过去了。蓼科很守约。但是，这次见面的吝啬表现使他感到心寒。

聪子到三越百货商店挑选和服料子，伯爵夫人本该一道去的，因为有点儿感冒，只叫蓼科一人陪着去了。因此，聪子有可能同清显见面。不过，要是约在衣料商场会面，店员们看到挺不妙的，不如叫清显午后三点在有狮子雕像的入口等着，一旦看到聪子从百货店出来，就由她任意走过去，自己紧跟在聪子和蓼科后头。不久，两人进入附近一家不起眼的年糕赤豆汤店，清显就可以在那里同聪子度过些时光，说说话儿。这样一来，等候的车夫还只当是她们一直待在百货店里没出来呢。

清显提早离开学校，制服外面罩上一件风衣，掩盖着领章，把制帽塞进书包，站立在三越入口杂沓的人群里。聪子出现了，投过来悲戚而火热的一瞥，便向大街走去。清显按照事先约好的，瞅机会进入顾客稀少的年糕赤豆汤店，在一个角落里和聪子相向而坐。

也许是神经过敏吧，清显总觉得聪子和蓼科之间变得疏远起来。聪子脸上的化妆比平时显得浮薄，明显地看出她是故意装出一副健康的样子，说话的语尾有气无力的，头发显得很厚重。清显蓦地发觉眼前展现着一幅图景，原来色彩鲜明的画面，如今黯然失色了。眼前的这位，和他十天来一直企盼见到的人儿，有着微妙的差异。

"今晚还能见面吗？"

清显心急如焚地问道，他已经预感到绝不会有满意的回答。

"别再说些办不到的话啦。"

"有什么办不到的呢？"

清显言辞激烈起来，他的心空荡荡的。

聪子低下头，泪流潸潸。蓼科顾及着周围的顾客，她递过一块白手帕来，推了一下聪子的肩膀。蓼科的动作显得有些粗野，清显目光锐利地斜睨了她一眼。

"干吗那样瞅着我呀？"蓼科的语气满含着无礼的调子，"我为少爷和小姐拼死拼活，您懂得我的苦处吗？不，不光是少爷，就连小姐也不清楚。我们这号人，还是不活在这个世界上为好！"

三碗赤豆汤端上了桌，谁也没有动一下。滚烫的紫色豆馅，如春泥一般从涂漆的碗盖下溢出来，慢慢地干了。

见面时间很短，两人分别前随便约了个日子，十天后再见。

当晚，清显陷入苦恼不得自拔，聪子何时能不再拒绝同他夜间幽会呢？一想到这里，他就感到自己被整个世界拒之于千里之外了。他在绝望之中深感自己确确实实一心爱着聪子。

看到今天聪子的眼泪，清显明白，她的一颗心是属于自己的，但同时他也清楚，两人心灵上的契合，再也不能发挥任何作用了。

如今，清显所怀有的是一种真正的感情。比起他曾想象的一切恋爱的感情，这种感情粗杂、无趣、荒寂、幽暗，远离一切都雅，无论如何都不能写入和歌。他第一次保有这般丑陋的素材。

清显度过一个不眠之夜，带着一副苍白的脸色上学去，被本多一眼看出。面对那种欲言又止、细心关怀的询问，清显差

314

点儿流下泪来。

"知道吗，她不再跟我睡觉啦。"

本多的脸上现出童贞般的迷惘。

"到底怎么回事？"

"也许是决定十二月纳彩的缘故吧。"

"这么说，她是想更加谨慎些。"

"也只能这么看了。"

本多找不到一句安慰朋友的话，他无法用自己的经验开导清显，只能空发议论。本多为此感到悲哀。他有必要代替朋友爬上树梢，俯瞰地面，进行一番心理分析。

"你小子在镰仓同她幽会时，不是怀疑过自己突然觉得有些厌倦了吗？"

"不过，那只是一时的事。"

"是不是聪子小姐巴望再次获得更加深沉而强烈的爱，才采取那种态度的呢？"

本多以为清显自爱的幻想是这时候最好的慰藉，其实他想错了。清显对于自己的美貌已经无所顾忌，甚至连聪子的感情也不放在心上。

重要的是能找个时间和地点，使他们两人肆无忌惮、无忧无虑地自由见面。他怀疑也许只有在这个世界之外才能找到吧？要不然就是这个世界毁灭的时候。

最要紧的不是心情而是状况，清显疲惫、危险、布满血丝的眼睛，幻想着两个人的世界的秩序即将崩溃了。

"要是发生一场大地震就好了，那样一来，我就可以去救她。要是发生世界大战也好了，那样一来……对啦，整个国家的根基都动摇起来就更好啦！"

"你小子说的这些突发事件，总得有人去干呀。"本多带着一副怜悯的眼神望着这位优雅的青年说道。他想，这时讽刺和嘲笑也许能使朋友振作起来，"那你自己就去干嘛。"

清显露出一脸困惑的表情，沉迷于爱情中的青年哪有这样的闲暇。

然而，本多的话又一次在朋友眼里燃起一瞬破坏的光芒，本多被这种光芒吸引住了。清显双眼内澄澈的神域，狼群在黑暗中奔突，那狂暴的灵魂于迷幻中疾驰的身影，在他的眼眸里瞬息即逝。不必行使外力，甚至清显自己也毫无觉察……

"用什么力量才能打破僵局呢？是权力，还是金钱？"

清显喃喃自语。松枝侯爵的儿子竟然说出这等话来，多少显得有些滑稽。

"要是凭借权力，你怎么办？"

本多冷冷地反问。

"那就千方百计获得权力，不过，要花一段时间。"

"权力和金钱从一开始就丝毫不起作用。不要忘记你是同谁打交道，对方从来都不把权力和金钱放在眼里，你所迷恋的不正是这一点吗？否则，你小子将把人家看成一堆碎砖烂瓦。"

"可是，明明有过一次例外。"

"怕是做梦吧，你梦见彩虹了。此外，还有什么可求的呢？"

"此外……"

清显一时嗫嚅起来，他那欲言又止的背后，似乎绵亘着难于预测的广漠的虚无之境，本多一阵战栗起来。本多想："我们交谈的话语，犹如深夜工地上胡乱堆积的石头，一旦觉察头顶上是广大无边的沉默的星空，这些石头也只好闷声不响了。"

第一节的伦理学下课之后，他俩沿着洗血池周围的林中小道边走边聊。第二节课就要开始了，他们立即折回头来。秋天森林的路面上，明显地落满了各种杂物，厚厚堆积的湿漉漉的枯黄的树叶、橡子、过早开裂腐烂的青青的栗子、香烟头……其间，本多发现地上一团儿毛茸茸的东西，扭曲着的病态的灰白的身子，他停住脚凝望着，知道那是一只幼小鼹鼠的尸体。这时，清显蹲下腰去，借着头顶树梢反射下来的朝阳，默默盯着这具尸体不肯走开。

那团儿灰白是仰面死去的鼹鼠的胸毛。全身布满缎子般濡湿的黑毛，颇为灵巧的小蹄爪白色的皱褶里，塞满了淤泥，看来是垂死挣扎的结果。鸟一般尖尖的嘴巴仰起着，露出两颗精妙的门牙，张开着柔软的鲜红的口腔。

两人不约而同地想起松枝家瀑布上头曾经悬挂的黑狗的尸体。那只死狗，出乎意料地享受着虔敬的祭奠。

清显提起毛色斑斓的尾巴，幼小的鼹鼠的尸体悄然躺在自己的手掌上了。尸体已经干透了，没有什么不洁的感觉。只是这只卑贱的小动物的肢体中所蕴蓄着的宿命，那漫无目的地胡乱忙碌的命运使他厌恶，还有那张开的小爪子微细的造型也令他不快。

他又拎着小尾巴站起身子，沿着小路走到水池边，随便将小尸体抛进池子。

"干什么?"

看到朋友如此粗暴，本多不由皱起眉头。从这个调皮学生般的粗野举动里，他窥见清显一反寻常的颓放的精神状态。

三十九

七八天过去了，蓼科一直没有联络。到了第十天，清显给军人旅馆的老板打电话，回答说蓼科病了，一直躺在床上。又过了几天，还是说蓼科没有完全好转。清显怀疑这会不会是遁词。

清显被发狂的欲望所驱使，夜间，他独自一人跑到麻布，围着绫仓家住宅转悠。他走过鸟居坂一侧的煤气灯下边，对着明亮的灯光伸出手来。他看到自己苍白的手背，不由气馁起来。这使他联想到一句常常听到的话：濒死的病人总是注视自己的手背。

绫仓家的长形屋门紧紧关闭着，黯淡的门灯使得风化的凸出的黑字门牌也看不清楚。毕竟这座宅第的灯火很稀疏，他从院墙外头绝不能看到聪子屋内的灯光。

那些无人居住的长形屋子的格子窗，使清显想起幼年时代，他和聪子有一次偷偷钻到里面去玩。那一间间充满霉味儿的屋子，立即变得阴森可怖起来，于是他们攀上窗棂，很想看看外面的阳光。那些积聚在窗棂上的灰尘依旧原封未动吧？当时，看到对面人家的绿树是那样耀目争辉，想必是五月里的事。如此细密的窗棂，居然能看到一片未被分割开来的绿色，可以想见两人的脸蛋儿多么小。卖秧苗的走过去了，他吆喝着，拖着长长的尾音："买茄子喽——""买牵牛花喽——"，两个孩子跟着学，然后笑作一团。

他在这座宅第里学到很多东西。缕缕墨香总是寂寥而缠绵地萦绕于记忆之中，连同"优雅"凝结于他的心头，难解难分。伯爵向他展示的蓝底、撒满金箔的写经本，京都皇宫风格的秋草屏风……所有这些本该闪烁着肉体的烦恼之光，而今在绫仓家里，这一切都埋没在霉味和古梅园[1]的墨香之中了。眼下，清显被排拒在外的院墙内，"优雅"久久重新泛起香艳的光辉之时，他连碰一下指头都不可能。

从院子外面，好不容易看到二楼黯淡的灯光熄灭了。伯爵夫妇就寝了，伯爵一直有早睡的习惯。聪子大概辗转难以成眠吧，但看不见灯光。清显顺着围墙绕到后门，不由将手伸向黄色而干裂的门铃开关，但立时又控制住了。

他为自己缺乏勇气而伤感，悄然回家了。

1　古梅园，制墨的老铺，本店在奈良。

——熬过可怖的风平浪静的几天，接着又过去了几天。他去上学，只是为了消磨时光，回家后也不做功课。

为了迎接来年夏天的大学升学考试，包括本多在内的好多学生，都在加油刻苦攻读，被保送升大学的学生都在积极锻炼身体。清显同谁也走不到一起去，他越来越孤立。同学们跟他搭话，他也是待理不理的，因而同大家渐渐疏远起来。

一天放学归来，执事山田守在大门口，一见面就对清显说：

"今天侯爵老爷回来得早，正在台球室等着，说要和少爷打台球呢。"

这是不同寻常的命令，清显心里忐忑不安。

侯爵极少一时兴起招呼清显一同打台球，他只是在家里吃罢晚饭醉余之后偶尔玩一下。父亲在大白天里叫他去打台球，不是心情极好，就是心情极坏。

清显几乎未曾在有阳光的时候进过这间屋子。因此，当他推开沉重的门扉，看到夕阳透过全然紧闭的波浪形窗玻璃，照射着墙上四方槲木镜板的时候，他感到仿佛走进一间陌生的房子。

侯爵正低着头，伸出球杆瞄准一颗白球，扣在球杆上的左手指弯成棱角，看上去犹如一只象牙琴马。

清显穿着制服，伫立在半开半掩的门扉中间。

"关上门!"

侯爵俯伏在绿绒球台上的面孔,闪映着微微的绿色,清显弄不明白父亲的面色里隐含着什么。

"看看这个吧,蓼科的遗书。"

侯爵终于抬起身子,用球杆尖端指了指窗边小桌上的一封信。

"蓼科死了吗?"

清显感到拿着信封的手在发抖,他反问道。

"没有死,被人救活了。她没有死成……这就更加可恶!"

侯爵说。侯爵摆出个姿势,控制着自己没有走近儿子的身边。

清显踌躇不前。

"还不快读!"

侯爵第一次厉声吩咐道。清显依然站着,开始阅读写在长长卷纸上的遗书。

遗书

侯爵老爷看到这封遗书时,蓼科已经不在这个人世上了。贱妇实乃罪孽深重,诚惶诚恐,决心自绝贱命,以赎我罪。为表忏悔,故先冒死以陈,敬希谅察。

绫仓家聪子小姐，兹因蓼科懈怠而有怀孕之兆，不胜恐惧之至。虽屡劝小姐早做处置，却置若罔闻，以至于今。倘若一味拖延下去，后果不堪设想。故蓼科一念之下，将全部真情如实禀报绫仓伯爵，然伯爵老爷束手无策，徒叹奈何，始终没有采取任何决断措施。不久将超过一月，日渐难于收拾。鉴于关系国家之大事，一切皆因蓼科之不忠而起，眼下只得舍身以求侯爵老爷，别无良策。

侯爵老爷想必盛怒难耐，然小姐怀孕亦属家内之事，且不可外扬开去，故万望贤察，万望贤察。老命急死，乞求怜惜，小姐之事，万望关照。贱妇于泉下呈请老爷施以隆恩。

顿首。再拜。

……清显读罢，看到信里没有写明自己的名字，一时产生一种卑怯的安心之感。不过他断然舍弃了这种想法，他仰望父亲的时候，极力使自己不要露出狡赖的眼神。但是，他嘴唇发干，太阳穴灼热，怦怦乱跳。

"看完了吗？"侯爵问，"她说小姐怀孕是家内的事，万望贤察，你看到了吗？绫仓家和俺们虽然很亲近，也不可说是家内的事，但蓼科却这样说了……你有什么要申辩的，只管说说看，当着你爷爷的面说！……要是俺猜测错了，俺当自责。

作为父亲，实在不愿这样推想，这是令人唾弃的事，令人唾弃的推想！"

　　这位行为放荡的乐天派侯爵，看起来如此可怕，又如此伟大，这是前所未有的。侯爵背向着祖父的肖像画和《日俄战争海战图》，球杆焦躁地敲打着手心，站立不动。

　　这是一幅反映日俄战争场面的巨幅绘画，画面描绘了日本海军实行敌前大迂回的情景。半幅多画面都被大洋暗绿的波涛占据了，平时一直在夜晚看到的画面上的波浪，映着黯淡的灯影，画面不很分明，同灰色的墙壁相连接，只不过是一片凹凸的黑暗。但白天里看起来，眼前紫茄色的海浪，重重叠叠，巍然屹立，于暗绿之中透着几分明丽，向远方奔涌而去。各处的波峰，白沫飞扬。这激情的北方之海，一同进行大迂回的舰队，在水面上拖曳着广阔的水花，蔚为壮观。纵向穿过画面驶向大洋的大舰队，烟雾均等地飘向右方，清冷的北方的蓝天，包蕴着五月嫩草似的淡绿。

　　比较起来，身穿大礼服的祖父的肖像画，不屈的性格中透露着温情，与其说是在呵斥清显，毋宁说是用一种蔼然长者的威严对他施行教诲。清显面对祖父的肖像，觉得一切事情都可以和盘托出。

　　看到这位祖父鼓胀的沉重的眼睑、脸上的赘疣以及厚厚的下唇，他的优柔寡断的性格，立即得到显著的治愈，尽管是一时性的。

324

"我没有要辩白的，说的全对……是我的孩子。"

清显说着，他没有低头。

其实，处于这种立场的松枝侯爵，他的内心同可怕的外观截然相反，陷入极端的困惑之中。他本来就不善于处置这类事情，按理说接下去该是劈头盖脸一阵痛骂，但他只是在嘴里不住咕哝。

"蓼科老婆子一次两次来告状，前一回是学仆干了坏事，倒也罢了，这回竟然告到侯爵的儿子头上了……可想死又没死成，真是作孽！"

每当碰到触及心灵的微妙的问题，侯爵总是报以哈哈大笑，这回同样是触及心灵的微妙之事，应该大发雷霆的时候，他倒不知道如何是好了。这位红光满面、仪表堂堂的汉子，同乃父截然不同的地方，就是即使对儿子也要摆起架子，不能让他看出自己的愚顽不敏来。侯爵本来想，对儿子发怒也不必按老一套去做，但其结果却使他感到，自己的怒气失去了粗野无礼的力量。不过，发怒对自己也很有利，这样可以使他成为离自我反省最遥远的人物。

父亲一时的逡巡，给了清显以勇气。宛若从龟裂的地表涌出一股清冽的泉水，这位青年说出了平生最为自然的话语。

"不过，聪子反正是我的人。"

"你的人？再说一遍看看，你的人？是吗？"

儿子的话给了自己泄怒的把柄，侯爵感到很满足，这样一来，他就可以放心地贸然行事了。

"你都说些什么呀？宫家向聪子提亲时，我不是问过你'有没有什么不同的意见'吗？我说过，'事情还可以挽回，这事如果牵涉到你的心情，不妨直说出来。'还记得吗？"

侯爵发怒时不时交混使用着"俺"和"我"两个词儿，咒骂时用"我"，怀柔时用"俺"，而且错误百出。侯爵握着球杆的手明显地颤抖着，顺着球台一边进逼过来。清显这时候才感到大祸临头。

"当时，你是怎么说的？啊？怎么说的？你不是说'这事和我有什么关系'，对吗？大丈夫一言九鼎，亏你还是个男子汉。我本来还后悔，不该将你培养成一个性格懦弱的人，没想到你竟能干出这等事来。你不光染指于圣上敕许的宫家的未婚妻，还使她怀上了孩子。你败坏门庭，往父母脸上抹黑！世上哪有你这样不忠不孝的子孙？要是过去，我这个当老子的，非得剖腹自杀，向圣上谢罪不可。你品德恶劣，行同猪狗！喂，清显！你是怎么想的？怎么不回答？还在顶牛吗？喂，清显……"

清显看到父亲气喘吁吁，嗓门越来越大，突然抡起球杆打了过来，他一转身躲闪不及，穿着制服的脊梁骨重重挨了一竿子。他用左手掩护着后背，正巧被击中，立即感到麻木起来。为了躲避即将落在头顶上的球杆，清显寻找门口以便逃走，一回头，球杆打偏了，击中了鼻梁。清显被那里的椅子绊了一下，就像抱着椅子般倒在了地上，鼻孔里立即流满了鼻血。球杆没有再继续追打过来。

恐怕清显每挨上一竿子，就撕心裂肺地号叫一声。房门开了，祖母和母亲赶来了。侯爵夫人站在婆婆背后战栗着。

侯爵手握球杆，剧烈地喘息着，呆然而立。

"出什么事啦?"

清显的祖母问道。

一句话提醒侯爵，这才发现母亲的身影，他一时不敢相信母亲会来这里。他没有预料，是妻子觉得事态紧急，才把婆婆叫来的。母亲平时一步都不肯离开那座养老宅子，今天倒是出乎意外。

"清显干了不体面的事，您看看那边桌子上蓼科的遗书就明白了。"

"蓼科自杀了吗?"

"接到邮局送来的遗书，我给绫仓打了电话……"

"哦，后来呢?"母亲坐在小桌旁边的椅子上，慢腾腾从腰带里掏出老花镜，像打开钱包一样，十分仔细地拉开天鹅绒镜盒。

夫人突然注意到婆婆对倒地的孙儿瞧都没瞧一眼，老太太明显是想由自己一手应付侯爵，这才是对孙儿真正的爱护。夫人看出这一点来，放心地跑到清显身边，他已经拿出手帕，摁住了鲜血淋漓的鼻子。清显没有受什么大伤。

"哦，后来呢？"

侯爵的母亲打开卷纸，又重复地问。侯爵心里已经感到气馁了。

"打电话一问，命保住了，眼下正在休养中。伯爵觉得很奇怪，他问我是怎么知道的。看来，他不知道蓼科给我寄来遗书的事。我提醒伯爵，千万不可把蓼科吃安眠药自杀的事泄露出去。不过我想，这事毕竟是我们清显惹起来的，不能一味怪罪对方，所以实在是不该打这个电话。我跟伯爵说了，最近尽快找时间见一面，商量一下。无论如何，得等我们这边表态之后才能采取行动。"

"说的也是……这话在理。"

老太太一边看遗书，一边漫然地应着。

她那肥厚而光亮的前额，以及用粗线条一笔勾勒的轮廓鲜明的面庞，如今依然保留着往昔日晒的肤色。一头剪得很短的白发，随便染上了黑色，显得极不自然……不可思议的是，这种刚健的乡土风格的整体形象，反而同这座维多利亚式样的台球室十分契合，简直就像裁剪下来镶嵌上去的一般。

"不过，这封遗书没有一处提到咱们清显的名字。"

"您看看'家内之事、不可外扬'那段文字，不是暗含讥讽吗？一眼就会明白的……再说，清显他也承认是自己的孩子。妈，您可就要抱重孙子啦，不过是个见不得人的重孙子。"

"清显也许是为了袒护谁，故意说谎吧。"

"您想到哪儿去了呀，妈直接问问清显不就得了？"

她这才回头望着孙儿，就像对着五六岁的孩子，满含慈爱地问道：

"好吧，清显，快把脸转向奶奶，一直瞧着奶奶的眼睛回答，这样就不会说谎啦。刚才你爸爸说的都是真的吗？"

清显忍受着脊背的疼痛，不停揩拭着流淌的鼻血，他手里攥着鲜红的手帕转过脸来。五官端正的面庞，秀挺的鼻子因胡乱擦抹而变得血迹斑斑，就像小狗湿漉漉的鼻尖儿，同温润的眼睛一起，看起来显得多么稚嫩。

"是真的。"

清显瓮声瓮气地应了一句，急忙用母亲递过来的新手帕捂住鼻孔。

这时，清显祖母的一番话犹如疾驰的骏马，哒哒而过的马蹄，痛快淋漓地一举踢碎看似井然有序的一切。祖母说道：

"什么？把洞院宫家的未婚媳妇给搞大肚子了？好能耐啊！这种事儿，如今哪是那帮子没出息的男人所能办到的？这是了不起的大事！显儿呀，真不愧是爷爷的好孙子。就凭这一点，咱坐牢也情愿！这事儿总不该犯死罪吧？"

祖母显然满怀喜悦，紧绷的唇线松弛下来，长年的郁积获得了释放，到现在侯爵这一代凝聚于这座宅第的沉闷的空气，被她一下子扫荡尽净了。她为此而感到心满意足。这也不光是她儿子现任侯爵一人的过错。这座宅第周围有一股力量，十重二十重远远地围困着晚年的她，企图将她摧垮。祖母奋起反抗的声音，明显代表着已逝时代的音响。那个已经被现代的人们所遗忘的动乱的时代，没有人害怕坐牢和处死，生活始终同死亡和牢狱毗邻，随处洋溢着一股血腥气。祖母的时代，至少属于那些若无其事蹲在死尸漂流的河边洗盘子涮碗的一群主妇。那才叫生活！这位乍看起来温文尔雅的孙儿，能有这样的壮举，使那个时代的幻影重新在她眼前复活起来。祖母的脸上好一阵子神情恍惚，如痴如醉。侯爵夫妇一时怔住了，不知说什么才好，他们只能从远处呆然凝视着这位侯爵家的母亲的面孔，那是一副不愿让外人看到的野朴而粗俗的乡间老婆婆的面孔。

"瞧您都说些什么呀。"怅然若失的侯爵终于回过神儿，有气无力地顶了一句，"照那样下去，松枝家不就给毁了吗？那也太对不起父亲啦。"

"说得对！"老母亲立即回应道，"你现在应该考虑的是，不是如何拷问显儿，而是如何保住松枝家的名誉。国家固然重要，松枝家也很重要。咱们家可不像绫仓家那样，接连享受二十七代皇上的俸禄啊……那么，你打算怎么办呢？"

"权当什么事也没发生，从纳彩到婚礼，劝他们按部就班进行下去。"

"这想法很好。还有，要让聪子那丫头及早将肚里的孩子打掉。在东京近郊做，万一给报社的人嗅到了，会把事情闹大的，有什么更好的法子没有？"

"大阪可以。"侯爵思忖了片刻说道，"可以委托大阪的森博士极秘密地做掉。为此，不能稀罕金钱。不过，要使聪子很自然地去大阪，总得找个理由才好……"

"绫仓家那里有很多亲戚，既然决定纳彩，总得过去打个招呼吧，这不是很好的时机吗？"

"但每家都去见面，身子要是被人瞧出破绽，反而更糟……对了，有办法啦。最好让她去拜会奈良月修寺的门迹，表示一下辞别之意。那里本来就是宫家担任门迹的寺院，完全有资格接受拜别。不管从哪里看，都没有什么不自然的。聪子还是小孩子的时候，就受到门迹的百般呵护……所以先让她去大阪接受森博士的手术，静养两三天，然后去奈良。此外，估计聪子的母亲会跟着一起去……"

"光这样不行！"老太太厉声说，"绫仓太太到底是对方家的人，咱们家也得有人跟着，要从头到尾看着博士处置的过程，还必须是女的……啊，都志子，你去！"

她望着清显的母亲吩咐道。

"是。"

"你只管监视，不必去奈良。你只要看到该办的都办得妥帖了，就立马回东京汇报。"

"是。"

"就照着母亲的吩咐做吧。关于出发的日子，我和伯爵商量之后再决定，绝对做到万无一失……"

——清显自觉退到后台去了，他仿佛感到，自己的行为和所爱，已经被当作僵尸处理，祖母和父母的每句话都一一传进死者的耳眼儿，他们毫无顾忌，只是详细讨论有关葬礼的安排。不，在举行葬礼之前，一种东西已经被埋葬。而且，清显一方面是精力衰竭的死者，另一方面又是遭受打骂而负伤的走投无路的孩子。

这一切都有条不紊地被决定下来，既和行为当事人的意志无关，对方绫仓家人们的意志也被漠视。甚至刚才还在滔滔不绝畅言一通的祖母，这时也为处理这桩非常事件运筹帷幄，愉快地投入出色的谋划之中了。祖母本来和清显纤细的性格无缘，但都同样具有从不光彩的行为中发现野性之高贵的能力，同时也是为维护名誉将真正的高贵迅疾隐藏在手中的能力。看来，这种本领与其说是从鹿儿岛湾夏日的阳光中获得的，毋宁说是从祖父身上或经由祖父学习得来的。

侯爵自从挥动球杆痛打儿子之后，第一次仔细瞧着清显说道：

"从今以后，你要谨慎行事，严守学生本分，用功读书，准备迎接大学考试。听到没有？我不想再多说了。这是你能否出落个人才的关键……聪子那里，不用说了，禁止一切会面。"

"这在过去就叫闭门蛰居。要是用功感到累了，可以常到奶奶那里玩玩。"

祖母说。

于是，清显感到，如今这位侯爵父亲，为了维护社会名誉，也不好过分责罚儿子了。

四十

绫仓伯爵是个极端害怕受伤、疾病和死亡的人。

早晨，因为不见蓼科起来，人们一阵吵嚷，发现枕畔放着遗书，立即送到伯爵夫人手里，接着再转给伯爵，他的手指像抓着沾染霉菌的东西一样打开来。这封遗书写得很简单，谁看了都没关系，内容只是痛悔自己行为不检，对不起伯爵夫妇和聪子小姐，感谢长年以来对自己的恩典和照顾。

夫人立即请来医师，伯爵自然不会去看，只是听夫人事后的详细报告。

"好像吃了一百二十片安眠药，她本人还没有醒过来，是听医生说的。又扬胳膊又蹬腿，弓起身子抽搐着，大大折腾了一番。真不知道这老婆子哪来的那股子劲儿呢。大伙儿好不容易把她摁住，又打针，又洗胃（洗胃太残忍了，我没敢瞧）。医生说，一条命准是保住啦。

"到底是专家，就是不一样，没等家里人开口，一闻到蓼科喘气就说：'哦，有大蒜味，吃安眠药了。'一下子就给猜中啦！"

"多长时间能好？"

"医生说必须静养十天。"

"这事儿绝不可泄露到世上去，要封住家中女人们的嘴，还要叮嘱医生多加关照。聪子怎么样啦？"

"聪子一直闷在屋里，她不想去探望蓼科。聪子身体眼下这种情况，看见蓼科那副样子，弄不好会出事的。还有，打从蓼科把那件事情对我们说了之后，聪子就一直不理睬蓼科了，目前急着去探望，总有些难为情。聪子嘛，我想还是让她悄悄待着为好。"

——五天前，当蓼科思来想去不知如何是好时，就把聪子妊娠一事报告了伯爵夫妇。蓼科原以为自己要很挨一顿臭骂，伯爵也会感到狼狈不堪的。没想到他们麻木不仁，毫无反应。蓼科十分焦急，给松枝侯爵发去遗书之后，就吞下了安眠药。

首先，聪子死活不听蓼科的规劝，一天天危险增大，又叫蓼科不要告诉任何人，这样下去老是没个决断，蓼科困惑之余，背叛聪子，将事情对伯爵夫妇说明了。这对夫妻也许一时晕头转向，拿不定主意吧，就像听到后院的鸡给猫叼走了一般。

听到这桩重大事件的第二天，接着第三天，伯爵都去看望了蓼科，但每次都没有提及这件事情。

伯爵打心里感到困惑，但如此大事，自己一个人又难以处置，找人商量吧，又觉得没面子，所以还是忘掉为宜。夫妇商量决定，在采取对策之前，一切都瞒着聪子。不料，敏感的聪子经盘问蓼科知道真相之后，就再也不搭理蓼科了，一个人待在房子里不出来。全家笼罩在奇异的沉默之中，外头有人要找蓼科，一概告诉她病了，不予应接。

就连伯爵面对妻子也不谈论这个问题。事态确实可怕，必须赶快拿定主意。但越是紧迫就越只能拖一天算一天，伯爵根本不相信会出现奇迹。

可是，此人的怠惰含有一种精明的计算，毫无疑问，他对任何事情都犹豫不决，正是因为他根本不相信任何决断。但此人也并非普通所说的怀疑一切。绫仓伯爵即使终日冥思苦索，也不喜欢为坚忍的丰富的情感寻找一个突破口。精思类似家传的踢鞠，谁都清楚，不管踢得有多高，还是会迅速掉落到地上来。就算有人像那位难波宗建[1]一样，捏住麂皮白鞠的紫皮提纽儿，向上一踢，一脚就踢过十五间紫宸殿的屋脊，博得人们齐声喝彩，可是白鞠又立即落在小皇宫的庭园里了。

鉴于所有解决办法都缺少情趣，还不如坐待别人来承担那种干燥无味的差事呢。这就必须有别人用鞋子接受落下的鞠球。

---

1 难波宗建(1697—1768)，江户时代中期蹴鞠家。

尽管是自己踢起来的鞠球，但飘浮于天空的一瞬间，也许会出乎意料地癫狂起来，不知随风飞到哪里去了。

伯爵的脑里一向不会出现破灭的幻影。获得敕许的宫家的未婚妻怀上了别的男人的孩子，假若这还不算大事，那么这个世界就没有什么大事可言了。不管什么样的鞠球都不会永远停留在自己手中，总会出现可以托付的人，将鞠球接替下去。伯爵绝不是个时时使自己感到焦急的人，因此，其结果只能使别人为他感到焦急。

——蓼科自杀未遂一事使伯爵大吃一惊，第二天，他接到松枝侯爵的电话。

侯爵已经知道了这件隐秘，这怎么可能呢？但这是事实。不过，即使家中出了内奸，眼下的伯爵反正铁了心，也还是不慌不忙。但是，内奸嫌疑人蓼科，昨天一天都昏睡不醒，致使一切合乎逻辑的推测都无法成立。

因此，当伯爵从夫人嘴里听说蓼科的症状大有好转，既能开口说话也想吃东西的时候，忽然勇气大增，打算一个人跑到病室里探望。

"你不用去了，我一个去看她，或许那女人能说出些真心话来。"

"房间里又脏又乱，您突然去看她，蓼科会感到为难的。我先跟她打声招呼，叫她准备一下。"

"也好。"

听说病人开始化妆了，绫仓伯爵硬是等了两个多小时。

主楼内特为蓼科单辟一室，是一间没有阳光的"四叠半"，铺一套被褥就填满了。伯爵从未到这座房间里来过。终于有人来迎接了，于是他便过去，到那里一看，榻榻米上专门为伯爵安设了座椅，被褥也收起来了。蓼科双肘支在一摞坐垫上，身上裹着棉睡袍。为了迎接主人，她行礼时额头几乎触到那些坐垫上。然而，蓼科经过一番梳洗打扮，沉淀的浓厚的水白粉一直涂到发际，蓼科顾及着自己的浓妆，她行礼时额头和坐垫之间还是保留着少许的空隙。这些，伯爵全都看在眼里。

"真危险，能救过来真是太好啦。这就不用担心啦。"

伯爵坐在椅子上，这里只能俯视病人，但他绝不认为有什么不自然。他一边担心彼此是否能够互通心声，一边开口说道：

"实在没脸见人，真是对不起，不知怎样赔罪才好啊……"

蓼科又低下头，掏出怀纸按住眼角。伯爵知道，这也是为了保护脸上的白粉。

"医师说了，养上十天光景就会完全恢复过来的，不必担心，好好歇着吧。"

"太难为老爷了……落到这种地步，死也没死成，实在丢人现眼。"

她裹着碎菊花的紫红的睡袍，蜷缩着身子，那副姿态就像一度踏上黄泉路又折回头来的鬼魂，散发着阴森的气息。伯爵觉得这座小屋里的橱柜和小抽斗，都染上了某种污秽，因而有些不安起来。一想到这里，看见蓼科俯伏着的颈项仔细地涂满了白粉，头发梳理得一丝不乱，反而觉得流露出一种莫名的恐怖气氛。

"是这样的，今天松枝侯爵来电话，听他说已经知道这件事，我感到很震惊。有些事不知你还记得不记得，所以想问一问……"

伯爵是漫不经心提出这个问题来的，只要她肯开口，问题就自然解决了。他刚说了一半，就一下子预感到有了答案，不由感到愕然。与此同时，蓼科也抬起头来。

蓼科的脸上永远是一副极具京都风格的浓妆艳抹，嘴唇内侧闪现着京都胭脂的茜红色，盖满皱纹的白粉上再施一层白粉，由于昨天刚服了毒，肌理反常，满脸粉脂犹如飘散着的一层新长出的霉菌。伯爵悄然移开目光，继续问道：

"你事先给侯爵寄去了遗书，是吗？"

"是的。"蓼科扬着脸，声音一点儿也不发怵，"我是真心想死，那封遗书是拜托后事的。"

"全都写上了吗？"

伯爵问。

"没有。"

"这么说，还有没写上的，对吗?"

"可不，没写上的有的是。"

蓼科爽朗地回答。

四十一

伯爵虽然这么问，脑子里也并未想到这事儿被侯爵知道会怎样怎样，可是他一听说蓼科有好多事没有写上，忽然感到不安起来。

"没写上的是指哪些呢？"

"怎么好这样问呢？刚才您问我'全都写上了吗'，我才那么回答的。老爷既然这么问，心里总有些事放不下来吧？"

"不用绕弯子啦。我一个人来看你，就是为了说话不必有所顾忌，得啦，有什么话就直说吧。"

"没有写的好多好多。其中，八年前在北崎家，老爷吩咐的那件事一直藏在我心里，打算带到棺材里去。"

"北崎……"

伯爵一听到这个姓名，就觉得很晦气，身子不由震颤起来。由此，他明白了蓼科的意图。越是明白就越感到不安，他很想再次确认一下。

"在北崎家，我说了些什么呀？"

"那是个梅雨时节的夜晚，您不会忘记的吧？小姐逐渐长大懂事了，但也才十三岁。那天，松枝侯爵难得一次来家里玩，侯爵老爷回去之后，我看您脸色很不高兴，为了散散心，您到北崎家去了。那个晚上，您对我说什么来着？"

……他已经明白蓼科到底想说什么。她是想拿伯爵的话做把柄，企图将自己的丑行一概算在伯爵的账上。伯爵立即犯起了疑惑，蓼科服毒难道真的想死吗？

眼下，蓼科从一摞坐垫上抬起头来，那双嵌镶在白粉墙般浓妆的脸上的眼睛，犹如城堞上开着两个黑魆魆的箭洞。墙内的黑暗耸峙着"过去"，箭矢从黑暗中瞄准外面暴露于光明中的伯爵的身子。

"现在还提那些干什么，那都是闹着玩的啊。"

"是这样吗？"

伯爵感到，那双箭洞般的眼睛缩小起来，从那里奔涌出锐利的黑暗。蓼科又一次说道：

"那个晚上，在北崎家……"

——北崎，北崎。伯爵极力想忘掉这个盘结于记忆中的名字，而蓼科尖利的嘴巴却紧紧咬住不放。

自那之后，他已经八年没有踏进北崎家了，如今连房屋的细微结构都清晰地浮现在眼前。那里位于山坡下边，既没有门楼，也没有门厅，宽阔的庭院围着板壁。大门内潮湿而又阴暗，似乎随时都会爬出一些鼻涕虫来。门口摆着四五双黑色长筒靴，靴子内侧沾满油污，可以一眼窥见暗红的皮革的斑点，由此翻向外侧的脏污的宽而短的带纽，写着主人的名字。粗暴而响亮的高声歌唱一直传到大门之外。日俄战争正在激烈进行，这时候开办军人旅馆可是个安全可靠的职业了，赋予这座宅子质朴的外表和马厩的臊臭。伯爵被迎接到内宅，一路上就像通过传染病院的走廊一样，甚至连衣袖都害怕碰到廊柱。他对人的汗臭等身上的异味，打心底里感到厌恶。

那是八年前梅雨季节的一个晚上，送走来访的松枝侯爵，伯爵依然激情荡漾，一时难以平静下来。此时，蓼科察言观色，敏感地看穿了伯爵的心思。她说：

"北崎说了，他最近弄到一件好东西，务必请您欣赏一下。为了解解闷儿，那就今晚上去一趟吧，怎么样？"

聪子就寝之后，蓼科有"访亲问友"的自由，她同伯爵夜里在外面碰面并不犯难。北崎热情迎接伯爵，摆上酒，捧出一卷古画恭恭敬敬放在桌子上。

"这里太吵闹啦，因为出征的军人今晚举办壮行会。虽然天气很热，还是把挡雨窗关上为好……"

主楼的楼上，人们正在尽情高唱军歌，和着节奏不住拍手。北崎有些顾虑，伯爵说那就关上吧。这样一来，反而包裹于一片哗哗的雨声之中了。屋里有一面源氏隔扇，上面那些色彩浓丽的绘画，给这间屋子增添了令人窒息的扑面而来的妖艳气氛。仿佛这间屋子本身就在这幅秘籍之中。

北崎从桌子对面伸出满是疙皱的双手，小心翼翼解开画卷的紫色绳子，在伯爵面前首先出现的是一段出色的画赞，并引用了《无门关》公案之一：

> 赵州至一庵主处，问：
> "有乎？有乎？"
> 主遂竖起拳头。
> 州曰："水浅，非泊是舡之处也。"
> 言罢，乃行。

那时，暑气蒸逼，就连蓼科由背后用团扇扇过来的风，也像刚揭开的蒸笼，吹来一股股热气。等酒劲儿一上来，只觉得后脑勺里响着哗哗的雨声，外面的世界天真的人们传扬着战争的捷报。而且，伯爵在看春画来着。北崎的手在空中一划拉，抓住一只蚊子，接着，他便为惊动了客人而道歉。伯爵瞥一眼北崎苍白而干燥的掌心，只见粘着蚊子的黑点和鲜血，不由一阵恶心。这蚊子怎么没有叮咬伯爵呢？难道不管是什么都在着意保护他吗？

画卷上第一景是身披柿黄色法衣的和尚和年轻的小寡妇，两人对坐在屏风前边。俳画风格的笔致和洒脱流丽的线条，生动地描画出和尚一脸滑稽相以及那魁伟的男根。

接着，和尚突然向小寡妇扑过来，小寡妇刚想反抗，而衣裾已经紊乱。于是，两人光着身子搂抱在一起，小寡妇脸上一派平和。

和尚的男根如巨松盘根错节，他脸上露出惊惧而喜悦的神色，伸出焦褐色的舌头。小寡妇的脚趾用胡粉涂成白色，画面运用传统技法，使得每根脚趾头都深深弯向内侧。互相缠绕的洁白的大腿战栗着，一直流贯到脚趾，紧紧扣在一起的趾尖儿仿佛憋足了一股劲儿，极力不让无限流泻的恍惚之感逃逸而去。在伯爵眼里，这女子显得很果敢。

另一方面，屏风外面小沙弥们站在木鱼和经桌上，有的骑着别人的肩膀，一心瞅着屏风里的风景，压抑不住昂扬的欲火，终于把屏风挤倒了。赤条条的女子搌着前面企图逃跑，和尚连斥骂的力气也用光了。由此开始，场面一片混乱。

小沙弥们的男根画得几乎等同身长。看来画家认为，用寻常的尺寸已经无法令人信服地表现出无尽的烦恼。他们一起向女子奔来的时候，各人脸上充满难以形容的悲痛而怪异的表情，一起将自己的男根扛上肩膀，被压得东倒西歪。

一场苦役使得女子浑身苍白，猝然死去，魂魄飘飘，出现在随风乱舞的柳树荫里。女子化作一个以女阴为脸孔的幽灵。

这时，画卷的幽默消失了，弥漫着阴惨之气。已经不再是一人，而是好几个女阴的幽灵，头发蓬乱，张着血盆大嘴扑向一群男人。抱头鼠窜的男人们抵挡不住疾风般袭来的幽灵，包括和尚在内，他们的男根全都被幽灵们有力的大嘴咬掉了。

最后的情景是海滨。一个个失掉命根子的男人们，赤裸着身子号啕大哭。一艘满载刚刚夺来的男根的木船离开海滩，驶向黑暗的海洋。众多女阴的幽灵站在船上，头发飘扬，纤手低垂，一起嘲骂岸上那些痛哭流涕的男人。指向远洋的船首，也雕刻成女阴的形状，尖端上的一绺阴毛，随着潮风飞扬……

——伯爵看完了，心中充满莫名的阴郁。他酒兴方炽，心绪烦乱，越发不可收拾。他又要来一壶酒，默默喝了下去。

然而，眼底始终刻印着画卷上女人蜷曲的脚趾，还有那调情般的白色的胡粉。

此后发生的事情，只能说缘于那场梅雨阴森的溽热，以及伯爵的厌恶心情。

距离那个梅雨夜晚的十四年前，夫人正怀着聪子，伯爵曾染指于蓼科。当时蓼科已过四十，伯爵只能说是一时兴起，不久也就收场了。不料十四年之后，伯爵又和已经年过半百的蓼科旧情复燃，这一点他做梦也没想到过。自从那个夜晚之后，伯爵再也没有踏进过北崎家的门槛儿。

松枝侯爵的来访、被伤害的骄矜、梅雨之夜、北崎家的厢房、酒、阴惨的春宫画……看来，所有这一切都催发着伯爵的厌恶感，使他热衷于自我亵渎，干起了见不得人的勾当。

蓼科的态度丝毫没有拒绝的意思，这是惹起伯爵厌恶的关键。"这婆子打算等上十四年、二十年、一百年，她随时准备着，招之即来，而且情意缠绵，百般体贴。"……这事对于伯爵而言，完全是一时鬼迷心窍，或者出于极端的厌恶，跌跌撞撞进入幽暗的柳荫下，看到了等待已久的春宫画里的幽灵。

况且，这时的蓼科，她那一丝不苟的动作、谦恭的媚态，以及谁也无法匹敌的闺中教养所表现的矜持，一起和盘托出，同十四年前一样，对于伯爵依然具有一种威慑作用。

似乎事先串通好了，北崎再也没有露面。事后，他俩相对无言，雨声包裹着黑暗，军歌的合唱冲破大雨，这会儿，一句句歌词清晰地传进了耳眼儿。

> 铁血疆场，烽火连天，
> 护国使命，待君承担。
> 去吧，我忠勇的朋友！
> 去吧，君国的好儿男！

——伯爵忽然变成了孩子，欲将满心的愤懑一吐为快，于是，他把主人们之间的一些事情一件件全都抖搂出来，这些事情本不该让仆人们知道的。对于伯爵来说，他感到自己的愤懑之中也蕴含着祖上历代相传的愤懑。

那天，松枝侯爵来访，抚摸着过来行礼的聪子的娃娃头，也许趁着几分酒兴，他贸然地说：

"啊，小姐出落得实在漂亮，长大后真不知会多么出众呢！放心吧，叔叔给你找个好女婿。只要一切都交给我，保证给你找个百里挑一的如意郎君。这事儿用不着你父亲操心，叔叔我一定让你穿金戴银，嫁妆排成一里路长，摆摆绫仓家代代从来没有过的阔气。"

伯爵夫人倏忽蹙起眉头，当时伯爵只是柔和地笑着。

他的祖先没有对凌辱表露过微笑，而是少许展现优雅的权威以示抗争。然而现在，家传的踢鞠废绝了，吸引世俗人等的诱饵没有了。真正的贵族，真正的优雅，并不会给他些微的伤害，对于充满善意的赝品般无意识的凌辱，只能报以暧昧的微笑。面对新的权力和金钱，文化所浮泛的微笑里，闪烁着极其纤弱的神秘。

伯爵把这些对蓼科讲了，暂时陷入沉默之中。他在考虑，当优雅复仇的时候，应该运用何种方法进行复仇。难道没有公卿家族那种香熏衣袖式的复仇吗？即用袖子遮掩着缓缓燃烧的香，整个过程几乎不见一星火色，悄悄变成了灰烬。凝结的香炷一旦点燃，就把微妙的含着馥郁香气的毒移入袖中，不知不觉沉滞在那儿……

因此，伯爵确实对蓼科说过："从现在起，一切都托付给你了。"

就是说，聪子成人后免不了要照松枝所说的由他来替她找婆家，要是那样的话，结婚之前就叫聪子同她所中意的男人睡觉，不管是谁，只希望他能守口如瓶。至于男子出身如何，一概不讲究。只有一个条件，必须是聪子所喜欢的人。绝不能让聪子以处女之身嫁给松枝介绍的女婿，这样就能暗暗给松枝一个釜底抽薪。但这种事儿不能让任何人知道，也不要跟伯爵商量，所有的过错都由蓼科一手包揽，一竿子到底。至于闺房秘密，蓼科是内行，伯爵要她极力教会聪子两种相反的本领：使那个同非处女睡觉的男人以为她是处女，反过来，而使那个同处女睡觉的男人以为她是非处女。

蓼科听罢，一口应承下来。

"用不着您说，只管放心好啦，这两手我都熟。不论在女人行里串了多久的爷们，管保他看不出来。我一定尽早教会小姐。不过，这后一手又是为的什么呢？"

"为的是使那个同未婚女子偷欢的男人缺乏过大的自信。要是他以为睡过的是个黄花闺女，要为她担负责任，那就糟啦。这一点你也要多加留意才好。"

"您的意思我都明白啦。"

蓼科没有随便说声"遵命"，而是十分郑重其事地承诺下来。

……

刚才，蓼科说的就是八年前那个晚上的事。

伯爵很清楚，蓼科悲悲切切想要说的究竟是什么。凭蓼科这样的女人，她不会懵里懵懂地不知道八年前所承诺的事情已经发生意想不到的变化。对方是洞院宫家，虽说也是松枝侯爵做媒，但这是一桩关系到绫仓家东山再起的姻缘，一切都和八年前伯爵盛怒之下所预测的事态大不一样了。蓼科不顾这些，依然照老皇历办事，只能看作是有意而为之。而且还把秘密捅到松枝侯爵的耳眼儿里。

蓼科不惜暴露一切，决心孤注一掷，她打算向侯爵家公开进行报复吗？这是怯懦的伯爵所不敢想象的。抑或她不是针对侯爵家，而正是向伯爵本人发难吧？伯爵对此不管采取什么态度，总是有个把柄抓在蓼科手里，要是她把八年前枕头边的话告诉了侯爵，那就难办了。

伯爵不想再说些什么了，该发生的事已经发生，既然已经传入侯爵家的耳眼儿，自己即使招来对方的白眼，那也只好认了。话又说回来，侯爵也许会发挥强大的力量，想尽办法遮掩过去吧？看来只能听天由命了。

有一点伯爵是很明白的，蓼科虽然嘴里再三表明，但心中并没有道歉的意思。这个毫无悔意而服毒自杀的婆子，看她那一脸浓妆，宛若一只蟋蟀掉到白粉盒里，裹着紫红的睡袍，蜷缩着身子。她越是渺小就越使得整个世界都充满阴郁之气。

伯爵注意到这座屋子和北崎家的厢房一样大小。一想到这里，耳边立即响起沙沙的雨声，不合节令的溽热突然袭来，仿佛要使一切东西尽早腐烂。蓼科再次抬起涂满白粉的脸孔，似乎想说什么。那干瘪的布满疙皱的嘴唇内侧，映着射进来的灯光，可以瞅见艳红的京都胭脂，看上去就像濡湿的口腔里充血一样。

蓼科究竟想说什么，伯爵自以为可以猜测到。蓼科所做的一如她自己要说的，全都和八年前那个夜晚有关，她的所作所为，就是要使伯爵想起那一夜来，难道不是吗？她就是冲着自那以后再没关心过自己的伯爵来的……

伯爵忽然像小孩子一样，提出个残酷的问题：

"总之得救了，这比什么都好……不过，你一开始就真的想死吗？"

本以为她会发怒或大哭，没想到蓼科嫣然一笑。

"这个嘛……老爷要是叫我死，也许我就会真心去死。哪怕现在，只要您一声吩咐，我还可以再死一次。只是您明明说过的话，八年之后也许又忘了……"

四十二

松枝侯爵会见绫仓伯爵，看他依然无动于衷的样子，实在感到泄气，但侯爵所提出的要求，伯爵一概接受下来，这又使侯爵重新振作起来。伯爵表示，一切都遵照侯爵的旨意办理，他说，有侯爵夫人同行，心里踏实多了，又能极为秘密地将一切委托给大阪的森博士处置，这太幸运了，真是求之不得。今后的一切还请侯爵继续给予关照。

绫仓家方面仅有一个谨小慎微的条件，侯爵不得不答应下来。就是聪子离开东京之前，很想见上清显一面。当然不是两人单独见面，而是有双方的父母在场。只是看上一眼，也就死心了。只要能见上这一面，聪子答应今后从此不再会见清显……这本来出自聪子个人的意愿，但做父母的也只能应允。绫仓伯爵犹豫了一下，就把这事儿提了出来。

为了使这次会面更自然些，侯爵夫人的同行是很起作用的。儿子送母亲出外旅行，这是很自然的，那时见到聪子说说话儿，也没有什么奇怪的。

事情一旦决定下来，侯爵采纳夫人的建议，将繁忙的森博士秘密请到东京来，十一月十四日，聪子出发前的一周之内，博士做客侯爵家中，暗暗监护聪子，一旦接到伯爵家的联络，立即跑去应急处理。

这是因为，聪子时时潜藏着流产的危险。万一流产，博士就可以亲自处置，又绝不会对外部走漏风声。还有，漫长的大阪之行，一路都充满危险，博士暗暗坐在另外的车厢待机行事。

对于这样一位妇产科专家颐指气使，剥夺人家的自由，侯爵是花了一笔大钱的。要是这些计划幸运地得到实现，那么聪子的旅行也就可以巧妙地躲过世间人们的耳目。为什么呢？因为妊娠中的女子坐火车旅行，这是世上谁都难以想象的一次冒险。

博士穿着英国制西服，他是个一丝不苟的时髦的绅士。他身材既矮且胖，面孔的长相像一位大老板。诊断时，枕头上铺一张高级奉书纸，每个病人诊断完毕，都要将纸胡乱团成团儿扔掉，重新铺上一张。这也是博士获得好评的一项内容。他待人热情、稳重，脸上总是带着笑意，找他看病的多是上流社会的妇女。他医术超群，嘴巴严谨得像个牡蛎。

博士喜欢谈天气，其他再没有什么别的话题。不过，今天他大谈什么"天气炎热",什么"每下一场雨就变得更加暖和"等等,特别富有魅力。博士喜欢写汉诗,他把伦敦见闻写成二十首七言绝句,编成《伦敦诗抄》自费出版。他戴着一颗三克拉的大钻戒,每次诊察之前,总是煞有介事地皱起脸孔,似乎很吃力地将戒指脱下来,随便扔在旁边的桌子上。然而,未曾听说博士将那枚戒指给忘了。博士的八字须始终像雨后的羊齿草一样,闪现着黯淡的光泽。

绫仓伯爵夫妇认为有必要带着聪子到洞院宫家告别一声,坐马车去太危险,只好请侯爵准备汽车,借山田的旧西服给森博士穿上,扮作执事,坐在助手席上,一同前往。幸好少亲王参加演习不在家,聪子只是在门厅向妃殿下行礼告别一下就回来了。一路上来往冒险,所幸没有出现任何意外。

十一月十四日出发在即,洞院宫传话过来,说要差遣事务官前来送行,绫仓家谢绝了对方的好意。就这样,一切都遵照侯爵的计划顺利进行。绫仓全家和松枝家母子,在新桥车站会合,博士坐在二等车厢一角,彼此装作互不相识。鉴于是前往会见尼门迹的一次拜别之旅,行动光明正大,谁也不会怀疑,所以侯爵特为夫人和绫仓全家预定了展望车厢的车票。

由新桥开往下关的特快列车,上午九点半从新桥发车,抵达大阪需要运行十一小时五十五分。

美国建筑师布里金斯设计、明治五年建造的新桥车站,内里以木柱为骨架,外壁用色彩斑斓的伊豆石砌成。如今石墙的颜色已经发暗，于十一月清澄的朝阳里鲜明地刻印着飞檐的影子。侯爵夫人想到回程时无人做伴，一个人孤孤单单，从现在起就有些紧张，所以她和紧抱着包裹坐在助手席的山田还有清显，几乎没有说话就到达车站了。三个人从停车的一侧登上高高的石阶。

火车尚未进站，左右线路夹持中的广阔的梭形月台，朝阳倾斜地照射进来，光线里飘舞着微细的尘埃。旅途的不安使得侯爵夫人接连不断地深深叹着气。

"怎么还没来？莫非出什么事了吗？"

夫人只管说着，山田的眼镜片里反射着白光，他只是恭谨地应付着，不知道回答些什么，夫人明知道他会这样，但还是禁不住要问。

"啊……"

清显看到心绪不宁的母亲，也没有一句安慰的话，他站在稍远的地方，呆然若失，一直保持着僵硬的立正的姿势。他自己觉得垂直地倒在那里了，只是失去了重心，身子飘浮在空气中，直立着浇铸在那里了。站台上冷飕飕的，他穿着前襟镶着凸边儿的制服，挺着胸脯，苦苦地等待着，仿佛内脏都冻结在一起了。

列车露出瞭望车厢的栏杆，穿过闪闪的光带，颇为沉重地从后尾滑入站台。这时候，夫人远远地从等车的人们中，看到了森博士的八字须，稍稍安下心来。直到大阪，除了特殊情况之外，他们同博士相约谁也不认识谁。

山田把夫人的提包拎进瞭望车厢，夫人似乎对他交代着什么，其间，清显透过车窗一直盯着站台，终于从杂沓的人群中看到了绫仓伯爵夫人和聪子。聪子和服的领口上裹着彩虹色的披肩，迎着站台顶棚边缘照射下来的阳光，她那一副毫无表情的面孔，如凝固的牛奶一样洁白。

清显胸中躁动着悲哀和幸福的感情，他一看到聪子在她母亲的陪伴下步履极为缓慢的样子，刹那之间，他仿佛觉得是来迎接正在向自己走来的新娘子。这场婚礼进行得如此迟缓，好似点点滴滴郁积的疲劳，喜悦之情，拥塞心中。

伯爵夫人跨进瞭望车，将那个给她拎着提包的仆人撂在一旁，为自己的迟到不住道歉。清显的母亲自然也很客气地打着招呼，然而眉宇间似乎微微保留着高贵的愠色。

聪子彩虹的披肩挡住了嘴角，始终躲在母亲的背影里。她和清显像往常一样互致问候，接着，立即应着侯爵夫人的招呼，在绯红的座椅上深深坐了下来。

清显这才明白聪子迟到的理由，无疑，她想尽量缩短两人会面的时间，哪怕一分一秒也好。想想也是，在这十一月苦药水一般清澄的阳光下，离别之际那种泪眼相对、无语凝噎的场景是多么漫长而难熬啊！两位夫人交谈的当儿，清显望着埋头枯坐的聪子，他害怕自己落在聪子身上的目光过于热烈和专注，但心里自然是希望深情地盯着她的。然而，清显更加担心的是，酷烈的秋阳灼晒在聪子的肌肤上，将会抹消脆弱的白嫩。清显深知，眼下自己所投入的力量和交递的感情，都要做得十分巧妙才好，但是自己的一番热情显得过于粗暴了。这时，他很想对着聪子低头谢罪，这种心情是他从来没有过的。

和服遮盖下的聪子的身体，每个角落都是清显所熟知的。浑身的肌肉哪儿最先羞怯得发红，哪儿细软而又柔曲，哪儿透露着颤动，犹如被捕猎的天鹅不住抖动着翅膀，哪儿述说着喜悦，哪儿倾诉着悲哀……所有这些他所熟悉的部位，一律散放着朦胧的微光，使他得以从和服外面窥视聪子的身体。如今，只有聪子无意中用长袖掩护的腹部一带，那里萌生着他所不太知晓的东西。十九岁的清显缺乏对于孩子这一概念的想象力，只觉得那里有个令他捉摸不透的东西，紧紧包裹于幽暗而灼热的血肉之中。

尽管如此，唯一从自己身上通达聪子内部的东西，就盘绕在名叫"孩子"的那个部位，不久，那里就要被残酷地切断，两个肉体又成为永远互不相关的肉体了。对此，他一筹莫展，只能眼睁睁看着这种事态的出现。其实，"孩子"就是清显自己，他已经不具任何力量了。大家都高高兴兴去游山玩水，而他偏偏受到处罚，不得不留下看家。他那孩子般被迫留下的惶恐、懊悔和孤独，使得他浑身震颤不已。

聪子抬起眼睛，漠然注视着靠近站台一侧的窗户外面。清显痛切地感到，她的那双眼眸被来自内里的阴影全部遮挡住了，已经没有映现他的身姿的余地了。

窗外响起尖厉的哨音，聪子站起身来。清显看到她毅然而起，使出浑身的力气。伯爵夫人连忙挽住她的膀子。

"快开车了，赶紧下去吧。"

聪子的声音听起来是那样爽朗，似乎内心含着欢悦。清显和母亲互相叮嘱着，他叫母亲外出多加小心；母亲要他在家也要注意，等等。慌慌张张地你一句我一句，都是母子之间常见的问候话。清显竟能如此出色地扮演这种角色，他对自己甚感惊讶。

他终于离开母亲，同伯爵夫人作了简短的告别，似乎很自然地轮到聪子了，他对她说："好了，多保重。"

他的话带着轻快的调子，同时伴随着轻快的动作，这时，似乎伸手搭在聪子的肩膀上也有可能。但是，他的手麻痹了，不能动弹了。因为这时候，清显看到聪子正在直视着自己。

那双美丽的大眼睛看上去潮润润的，然而那种莹润似乎和清显所畏惧的泪水依然相距遥远。眼泪硬是被强忍住了。那是一位溺水之人径直向他投射过来的渴望救助的眼神啊！清显不由怯懦了。聪子修长而俊美的睫毛，犹如一朵蓓蕾猝然绽开，向外部世界尽情展现着妍丽的鲜花！

"清少爷，您也多保重……祝您愉快。"

聪子一口端正的语调。

清显仿佛被赶下火车。这时，腰挂短剑、身穿五颗铜扣的黑色制服的站长，举起手发了信号，车长再次吹响了哨子。

　　清显顾忌着身边的山田，心中继续呼唤着聪子的名字。火车轻轻滑动起来，犹如眼前的一团线卷儿打开来，渐渐伸延开去。聪子和两位夫人立即远远离他而去，她们都没有出现在后尾的栏杆旁。发车时一股浓烈的煤烟，向站台翻卷而来，周围弥漫着呛人的薄雾，似乎黄昏提早降临了。

四十三

一行人到达大阪的第三天早晨，侯爵夫人离开旅馆独自一人到附近一家邮局去发电报，因为侯爵再三叮嘱她要亲自发电报给他。

夫人这是生来第一次去邮局，样样都使她感到困惑不安。她联想起一位刚刚去世的公爵夫人，决心一辈子都不接触肮脏的金钱。她好容易照着和丈夫约定的暗语发了电报：

一切顺利拜望完毕。

夫人如释重负，她切实尝到轻松的快慰。她立即回到旅馆，收拾好东西，一个人从大阪乘上了回程的火车。伯爵夫人为了给她送行，暂时停止陪护聪子，暗暗溜出了医院。

聪子用个假名住进森博士的医院，因为博士主张要她静养两三天。伯爵夫人一直陪着女儿，她的身体情况很好，但从那以后就一言不发，母亲为此十分焦虑。

住院本是为了万无一失，是一项甚为周到的措施。院长答应她出院时，聪子的身体已经显著好转，能够承受相当大的运动量了。妊娠反应已经消失，身心都很健康，可就是不肯开口说话。

按照原定计划，母女二人去月修寺辞别，在那里住一宿之后就回东京。她们十一月十八日过午，在樱井线上的带解站下了火车。这是个明丽的小阳春天气，一直为沉默不语的女儿担忧的伯爵夫人，这天的心情也好了许多。

为了不打搅老尼，没有预先告诉到达的时间。她们托车站的人雇了两辆人力车，可是车子迟迟不来。等待期间，夫人对站上的一切都很好奇，她把女儿一个人留在候车室，任她一味沉思下去，自己到悄无声息的车站周围转悠去了。

一块招牌立即映入眼帘，上面是介绍附近带解寺的文字：

日本最古老的一座祈求安全生产、母子平安的灵场

文德·清和两帝、染殿皇后敕愿之地

带解子安菩萨、子安山带解寺

幸亏没有被聪子看见，她想。等人力车一来就避开这里，叫车夫停在车场的最里面，让聪子到那里上车。对于夫人来说，

这块招牌犹如在十一月晴明的风景中央，冷不丁滴落下来的一滴血。

带解车站白墙瓦顶，旁边有一口井，对面是一座古老的宅第，拥有高大的仓库和瓦顶板心围墙。仓库的白墙和板心泥墙，两种雪白相互映照，寂悄无声，犹如梦幻之境。

化霜后的道路呈现一片灰色，走在上面十分艰难。铁路沿线的一排枯树，向对面渐渐升起，一直连接着跨越线路的小小桥梁。桥畔漾着一团漂亮的鹅黄色，十分诱人，夫人撩起衣裾登上坂坡。

那是放在桥畔的瀑布形金钱菊，一共有好几盆，胡乱地摆在桥头晦暗的柳荫下。虽说是陆桥，但只是一座马鞍形的小小木桥，桥栏上晾晒着方格子印花棉被，那棉被饱吸着阳光，涨膨膨的，眼看就要蠢蠢欲动起来。

桥周围有民家，晾晒着褓褓，拉幅机上绷着红布，吊在屋檐下的一串串干柿子，依然保持落日一般润泽的颜色。到处不见一个人影。

伯爵夫人看到远方道路慢悠悠向这里走来的两辆人力车黑色的车篷，急忙跑回车站招呼聪子。

——天气晴朗，两辆人力车都卸掉了车篷奔跑着，穿过有两三家客栈的小镇，在田野里跑了好大一会儿，直奔对面的山峦而去。月修寺就坐落于山谷之中。

路旁的柿树只剩下两三片叶子，柿子压弯了枝条。所有的田里都一律布满了稻架[1]，很容易迷路。走在前头的夫人，时时顾及着后面的女儿，她看到聪子将披肩叠放在膝盖上，转着脖子望着周围的景色，稍稍放下心来。

进入山道，车子比人的步行还慢。两位车夫都是老人，脚步显然有些不稳。不过，夫人想，没有什么要紧的大事，一路上看看美景，倒也很惬意。

月修寺石砌的门柱越来越近了，进门有一段上升的坡道，透过芒草穗子可以看见碧蓝的天空，远方是一带低矮的山峦。除此之外就看不到别的景色了。

车夫停下车来擦汗，互相闲聊着，夫人的声音盖过了他们，她大声招呼着女儿：

"从这里到寺院的景物要好好记住，我们想来随时都能来。你将来身份变了，不是随便可以外出的人啦。"

聪子没有回答，她神情黯然地微笑着，轻轻点点头。

车子又出发了，这段路也是坡道，速度比刚才还慢，不过进了门迎面就是蓊郁的树林，阳光暗弱，浑身再也不见汗了。

刚才停车的时候，夫人的耳朵里传来一阵这个季节白昼的虫声。眼下，那唧唧虫鸣仍在耳边回响，而她的眼睛却被道路左边越来越多的鲜艳的柿子迷住了。

1　稻架，稻子收割后，分别扎成小把，搭在木架上晾晒。

灿烂的秋阳照耀着柿子，一根小枝条上结了一对柿子，其中一个柿子漆黑的影子遮盖在另一个柿子上。有一棵柿树，所有的枝条都密密麻麻缀满了鲜红的柿子。果实和花不同，只有残留的枯叶随风微微飘动，而果实却不为风力所动。因此，抛撒在半空里的众多的柿子，犹如被钉子牢牢钉住一样，镶嵌于寂然不动的苍穹。

"看不到红叶，这是怎么回事啊?"

夫人像百舌鸟一样，高声地对后面的车子喊道，没有得到回答。

路边连一片发红的草叶都看不到，西边萝卜田和东边的竹林郁郁青青，十分惹眼。萝卜田繁密的绿叶，映着日影重重叠叠。不久，西侧出现一条遮挡湖沼的茶树篱笆，上面缠绕着缀满红果的蔓草。越过篱笆，可以看到巨大湖沼中沉淀的污泥。过了这里，道路立即黯淡下来，进入一排排老杉树的树荫里。遍照的阳光只能漏泄在树下的筱竹叶上，其中有一株秀丽的筱竹散射着耀眼的光亮。

浑身袭来一股寒气，夫人不再期望聪子会搭理她了，只好将披肩披在肩头上，暗示后面的聪子。等她回头瞧着后边车子的时候，眼角里翻动着披肩的彩虹色。看来，聪子虽然闷声不响，但还是很听母亲的话的。

两辆人力车通过黑漆门柱之间的时候，道路周围已经充满浓厚的寺院内的气氛。夫人到达这里才初次见到红叶，不由赞叹起来。

黑漆大门之内有几棵树木的红叶，虽然还谈不上十分艳丽，但这种山坳里凝聚在一起的暗红色，宛如尚未得到彻底净化的罪愆，深深留在夫人的印象之中。

这种暗红突然像锥子一般扎向夫人心里，一想到后面的聪子，顿时不安起来。

红叶背后细瘦的松杉树木，不足以遮蔽天空，树木之间还有一些红叶，承受着空中反射下来的阳光，宛若朵朵朝霞拖曳于伸展的枝条之间。走在树底下抬头一看，绛紫色的纤细的红叶片片相连，恰似透过胭脂红的边缘仰望着天空。

一条石板路从平唐门一直通向内院的门厅，伯爵夫人和聪子在门前下了车。

四十四

自从门迹去年上东京，夫人和聪子同她见了面之后，整整相隔了一年。寺院里的一老告诉她们母女，门迹对她们这次来访感到十分高兴。娘儿俩正在十铺席大的房间里等待的时候，二老挽着门迹的手进来了。

伯爵夫人向门迹报告了聪子即将出嫁的事。

"恭喜恭喜，下次再来就要住进寝殿啦。"

门迹应道。寺院的寝殿是专门接待天皇家族的房子。

聪子此行是来辞行，总不能老是闷声不响，她简单地应和着，那副愁容看起来像是因为害羞引起的。当然，门迹温和、恭谨，没有露出什么怪讶的神色。夫人看见中庭摆着漂亮的菊花盆景，赞不绝口。门迹说道：

"村里有位种菊花的，每年都送来菊花，还要唠叨着述说一番。"

她说着，吩咐一老将种菊人的话原原本本又说了一遍，什么这是一株单瓣的盆栽大红菊啦，那是一株鹅黄的管状菊啦，等等。

不久，门迹亲自陪伴母女二人到书院[1]去。

"今年红叶时节来得晚。"

门迹一边说，一边叫一老打开障子门，外面可以看到庭院里初枯的草地和美丽的假山。有几棵高大的红叶，树顶一律艳红，下面的枝条次第变成杏黄、鹅黄、浅绿，颜色越发淡薄了。树顶上的红色犹如凝结的紫黑的血块儿。山茶花初放，庭院的一角，百日红滑爽而虬曲的枯枝，反而显得更加光洁耀眼。

她们又回到十铺席房间，门迹和夫人天南海北聊起来，不知不觉短暂的一天就要过去了。

晚餐是丰盛的祝贺筵席，吃的是罕见小豆饭，一老和二老照顾得十分周全，可是，席间的气氛始终不够活跃。

"今日宫里举办'焚火'仪式吧？"

门迹说道。一老在宫中做事那阵子，曾经亲眼见过，火钵里烈焰熊熊燃烧，命妇们围着火钵唱诵咒文，说着她亲自表演了一番。

那是十一月十八日举行的古老仪式，在皇上面前，火钵

---

1 书院，寺院内读书、讲经的地方。

的火焰燃烧得很旺，几乎舔着天棚，穿着白色裙裤[1]的命妇唱念道：

"烧吧，烧吧，快些烧吧！火神啊，快些烧吧！橘子、馒头，请享用吧！"

接着就把投进火里烧焦的橘子和馒头献给皇上。一老竟把这些宫闱秘事也抖搂出来，这是很不谨慎的行为。但是门迹只当是一老一心想使席间空气活跃起来才这么做的，所以没有妄加指责。

——月修寺的夜来得很早，五点钟就关门了。药石[2]结束后不久，大家各自回卧房，绫仓母女被领进客殿安歇。她们可以慢慢休息到明天午后，乘晚上的夜班车回东京。

只剩下她们娘儿两个人了，夫人本想提醒聪子，如此一天闷闷不乐有失礼仪，不过，想到自大阪以来聪子的心境，什么也没说就睡下了。

月修寺客殿的障子门，即便在黑暗之中也是肃然白净。十一月冰冷的夜气透过白纸的每一根纤维，看上去犹如漉进了粒粒白霜。门拉手用剪纸装饰着十六瓣菊花和云朵，浮泛着雪白的光亮。每根柱子的铆钉都盘结着六瓣菊花缠绕的桔梗，于黑暗之中牢牢固守着每一个重要的关节。无风的夜，

1　裙裤，女性参加宫中各类庆典的上下装礼服。
2　药石，寺院的晚餐。

听不见谡谡松涛，只感到外面是深山密林中的岑寂的暗夜。

夫人思忖着，不论对自己还是对聪子，这桩令人身心交瘁的差事终于全部完成了，接着就可以静下心来，安安稳稳过日子了。眼下，身边的女儿虽然辗转难眠，但她很快就睡着了。

夫人醒来之后，身旁的女儿不见了。她在黯淡的曙色之中摸索着，发现连睡衣都叠得整整齐齐，放在床铺上。她一时心慌起来，心想，莫非去洗手间了？先等等看。可转念一想，胸口一阵冰冷，心脏也麻痹了。她到洗手间看看，聪子不在那里。也不像有人起床的样子。天空一片朦胧的灰蓝。

这时，远处的厨房传来了响声，夫人走了过去，早起的用人见到夫人，一阵惊慌，连忙跪了下来。

"看见聪子了吗?"夫人问。

用人震颤着身子，一个劲儿直摇头，拒绝为她带路。

夫人茫然地在寺院回廊上走着，偶尔遇见起床的二老，对她讲明了情由。二老大吃一惊，立即陪她去找。

回廊尽头是大殿，远远望见那里烛影闪动。平日里，不会有人一大早就去诵经的。两只绘着花车模样的画烛点燃着，佛前坐着聪子。夫人觉得从背影上已经完全认不出女儿来了，因为聪子自己削去了头发。那剪掉的青丝供在经案上，聪子手捻佛珠，专心祈祷。

夫人看到女儿还活着，立时放下心来。她又猛然记起，瞬间之前她确信女儿已经不会活在人世上了。

"你削掉头发啦?"

夫人一把搂住女儿的身子。

"妈妈,我已经无路可走了。"

聪子这才第一次正视着母亲,一双眸子摇曳着蜡烛小小的火焰,眼角里辉映着银白的曙光。夫人从未见过女儿眼中射出这样的可怖的曙光。聪子手里一颗颗佛珠也含蕴着一样的白色的光亮。这一串意志达于极致而丧失意志的冰冷的佛珠,一起渗出黎明的曙色。

——二老立即将事件的始末转告一老,二老任务结束后随即告退。一老伴随绫仓母女来到门迹的卧室前边,打了声招呼:

"请问,起床了没有?"

"起来啦。"

"打扰啦。"

拉开隔扇一看,门迹趺坐在被褥上。伯爵夫人满心惆怅地说道:

"聪子刚才在大殿里自己削去了头发……"

门迹遥望着隔扇外面,眼见聪子憔悴的面容,丝毫没有露出惊愕的神色,她说:

"果然不出所料,我早就想到这一点啦。"——片刻,她又若有所思地请伯爵夫人暂时回避,好让聪子敞开心扉,诉说衷肠。于是,夫人和一老随即退去,只把聪子留在屋里。

这期间,一老一直陪侍被撂下的夫人,然而夫人对早餐一动未动，一老深知她心中的苦楚，转着弯儿想为她分忧，可是找不到一个她所喜欢的话题。过了很长时间，门迹来召唤了。于是，夫人面对亲生女儿，听着门迹出乎意料的话语。原来，聪子遁世之志已决，月修寺打算接纳聪子为随侍弟子。

本来，夫人独自一人待着的时候，将所有弥补的办法都想到了。无疑，聪子决心已定，不过，只要设法阻止她剃度，哪怕头发需要几个月或半年才能长起来，那么这段时间都可以用"途中染病"的名义对付过去，以此为由请对方延期举行纳彩仪式，然后凭借伯爵和松枝侯爵的辩才，或许能够说服聪子回心转意。听了门迹一番话，夫人的这种心情不但没有减弱，反而更加炽烈起来。平素，要成为一名随侍弟子，必须按程序，先修行一年，然后才有可能在得度式上接受剃度，不论怎样，这一切都决定于聪子头发的生长情况。假如聪子及早幡然悔悟……夫人心里涌出一种奇想，她甚至思忖着，要是巧于应对，哪怕凭着一顶精致的假发也能闯过纳彩这一关。

"您的意思我明白，只是旅途中突然出现这种事儿，因为累及到洞院宫家，所以必须马上赶回东京，同我家丈夫商量之后再做处置，不知您意向如何。这段时间，聪子就只好交给您啦。"

对于母亲的话，聪子连眉梢都没有动一动。母亲感到，即便对亲生女儿说话也大意不得。

四十五

如此重大的变故，绫仓伯爵从返家的夫人嘴里听到之后，整整拖延了一周时间，什么事情也没做，因而激怒了松枝侯爵。

松枝家里本以为聪子早已回来，并且向洞院宫那里及时通报了回京的情况。对于侯爵来说，这种疏忽是从未有过的。夫人回京后，听到她的报告，侯爵本以为一切计划都圆满完成，对以后的进展也就抱着极乐观的心情。

绫仓伯爵只是听其自然罢了，相信事情最坏的结果，未免有些低级趣味，所以还是不信为好。代之而来的只有得过且过，马虎了事。尽管眼看事情顺着下坡路缓缓下滑，但对于鞠球来说，掉落下来是常态，不值得大惊小怪，愤怒和悲哀同某种热情一样，是缺乏高雅情趣之心所犯的过错。而且，伯爵绝不缺少这种高雅。

但就是一味拖延，饱享时光微妙的蜜滴，较之接受潜隐于所有决断之中的鄙俗更见雅量。不管多么了不起的事情，只要放置不管，自然就会因放置而产生利害，就会有人站到自己一边。这就是伯爵的处世哲学。

待在持有如此想法的丈夫身边，夫人在月修寺所感到的不安也日渐淡漠起来。这阵子，所幸蓼科不在家，不会轻举妄动。在伯爵的关照下，蓼科为了病后静养，一直住在汤河原温泉旅馆。

一周之后，侯爵问起此事，伯爵再也不能隐瞒下去了，他在电话里告诉松枝侯爵，说聪子根本没有回家来。侯爵一时无言以对。此时，所有不祥的预感一起在他心里涌现。

侯爵伴随夫人立即拜访绫仓家。一开始，伯爵回答问题模棱两可，一旦真相大白，松枝侯爵火冒三丈，一拳头砸在桌子上。

——绫仓家只有一间西式房间，是由十铺席的和式房间草草改造而成的。两对夫妇在长期的交往中，从来没有像现在这样暴露过赤裸的面孔。

话虽如此，但两位夫人背过脸去，各人只顾偷眼瞧着自己的丈夫。两个男人虽说面对面，但伯爵只是俯首不语，扶在桌布上偶人般的手又白又小。而侯爵呢？虽说他内里缺乏旺盛的精力，但眉宇之间倒竖着暴怒的青筋，满脸通红，像个凶神恶煞。在夫人们的眼里，伯爵是绝对不可能占上风的。

事实上，一开始暴跳如雷的侯爵，骂着骂着，觉得自己气势汹汹，一直占上风，到最后连自己也觉得没趣。眼前的对手只是一个极为阘懦而孱弱的敌人。他面色灰白，一副又黄又瘦的牙雕般的脸孔，带着薄薄的严整的棱角，说不上是悲戚还是困惑，只是一味地闷声不响。温驯的眼睛，刀刻般的双眼皮，使得眼窝愈加陷落，神色愈加寂寥，如今在侯爵看来，更像是女人的眼睛。

伯爵将身子斜倚在椅子上，一副慵懒、倦怠、无所用心的风情里，清晰地透露出那种为侯爵的血统所缺少的深受伤残的古老而纤弱的优雅影像。那是一具备受污秽侵染的有着洁白羽毛的鸟儿的亡灵！它的鸣声虽然十分悦耳，但是肉质粗劣，不堪食用。

"好可叹啊！好无情啊！哪还有脸面晋见皇上，面对国家！"

盛怒难犯的侯爵只顾罗列这些厉害的字眼儿，然而他也感到这根愤怒的缰绳快要绷断了。对于这位绝不辩白、绝不付诸行动的伯爵来说，一切愤怒只能归于徒劳。不仅如此，侯爵慢慢发现，越是愤怒，这种激情越是反弹到自己身上来。

不能认为伯爵一开始就有这样的企图，但他一味无动于衷，不管面临如何可怕的结局，都认为这是对方一手造成的，他坚守这样的立场不变，这一点是肯定的。

本来是侯爵为了对儿子施行文雅的教育才来拜托伯爵的，

374

这次的祸端无疑也是清显肉体的欲望惹起来的。虽然可以说，清显的精神自幼受到绫仓家的毒害，但受害的根本原因在于侯爵自己。而眼下这个关键时刻，不顾结果如何，硬把聪子送到关西的也是侯爵……如此看来，侯爵的一腔怒火到头来不得不烧到侯爵自己身上。

最后，侯爵焦灼不安，他浑身疲惫，嗒然无语。

房子里的四个人都沉默了，似乎都在潜心修行。白昼的鸡鸣响彻了庭院，窗外初冬的松树，每当风儿掠过，就会晃动着神经质的针叶。瞅一眼这座客厅不平凡的气氛，整个房间没有一点儿声响。

绫仓夫人终于开口了：

"都怪我太大意啦，实在对不起松枝先生。事已如此，只好使聪子尽快回心转意，纳彩仪式也照旧进行。"

"头发怎么办？"

松枝侯爵急切地反问道。

"这个嘛，定做一副上好的假发，悄悄瞒过世人的眼目……"

"假发？倒是没有想到呀！"

大家立即谈论起来，侯爵高兴地大声嚷起来。

"可不是，怎么没想到呢？"

侯爵夫人也随着丈夫鹦鹉学舌地加了一句。

接着，大家趁着侯爵高兴，你一言我一语谈论起假发来了。客厅里笑语喧哗，对于这样一条妙计，四个人就像看到投过来的一小片肥肉，你争我夺，闹得不可开交。

但是，四个人对于这条妙计相信的程度大有差别。至少绫仓伯爵根本不相信这办法能起多大作用。在不相信这一点上，松枝侯爵也许和他一样。不过侯爵可以凭借威仪装作相信的样子，伯爵也立即仿效起他的威仪来了。

"少亲王总不至于触摸聪子的头发吧？尽管他多少会泛起疑惑。"

侯爵笑了，他极不自然地悄声说道。

四个人围绕这场虚伪一时亲密起来了。他们至今已经明白，这种场合最急需的正是如此有形的虚伪。谁也没有想到聪子的心情，唯有她那一头青丝，直接关系着国政大事。

松枝侯爵的上一代，凭借无敌的膂力与热情，为明治政府的建立做出贡献，由此所获得的侯爵家的名誉，如今竟然取决于一个女子的头发，要是先人地下有知，该是如何失望啊！这种微妙而阴湿的伎俩，并非松枝家的看家本领，这本属于绫仓家的。既然被绫仓家所持有的优雅和美丽那种早已消亡的虚假的特质所吸引，那么，如今，松枝家就不得不承担由此招来的后果。

不过，那现实中尚未存在的假发只不过是梦幻中的假发，同聪子的意志毫无干系。可是，就像拼图玩具，只要把这副假发严丝合缝镶嵌进去，就可以把事情做得完美无缺、八面玲珑。因此，侯爵将一切寄托于这副假发之上，并为之朝思暮想。

大家围着这副看不见摸不着的假发议论不止，达到忘我的地步。纳彩时要戴垂形假发，而平时要戴束扎形假发。人眼无处不在，聪子即使入浴也不可随意摘掉。

人人心里都在描绘一副聪子应该佩戴的假发，它比真发还要光洁、流丽，如射干果一般乌黑闪亮。它就是强加授予的王权。浮泛于宇宙中梦幻般黝黑的发型，散射着耀眼的光芒。它是浮游在白昼光海之中的夜的精髓……假发下面应该嵌入一副美艳而悲凉的脸庞，那是一件很困难的事情，四个人虽说都想到了这一点，但并没有仔细考虑。

"还要劳驾伯爵亲自跑一趟，认真严肃地劝说一番。夫人也要再辛苦一次，我让内人再陪同一道去。说真的，本来我也应该去一趟的，不过……"侯爵有些碍于体面，"要是我也去，社会上又不知会出现什么风波。我还是不去了吧。这次旅行要绝对保密，内人不在，就对外面说是生病。我在东京想办法找一位技艺高超的工匠，秘密做一副精致的假发。要是被嗅觉敏锐的新闻记者知道了，那就糟啦。所以这一点，就请交给我吧。"

四十六

清显看到母亲又要外出旅行感到很奇怪，母亲也不说到哪儿去，办什么事，临行时只是叮嘱他不许告诉别人。清显感到聪子可能又出事了，可身边有山田监视着，一切都由不得自己。

绫仓夫妇和松枝夫人到达月修寺，碰到一件出乎意料的大事：聪子已经剃度了！

如此急剧的落饰[1]是经过如下的一个过程：

那天早晨，门迹听了聪子所说的一切，即刻想到，聪子除了剃度无路可走。这座寺院有着由皇族出任门迹的传统，她作为一寺之长，一切以圣上为至尊，尽管一时有违圣上的旨意，

---

1 落饰，贵人剃发出家为僧尼。

但她认为，除此之外再没有别的办法能够维护圣上尊严，只好强行接受聪子为随侍弟子。

既已得知有欺瞒圣上的企图，门迹就不能放置不管；既已得知乔装打扮以掩盖其不忠，门迹就不能熟视无睹。

于是，平时如此谦恭、温良之老门迹，如今变得意志坚定、威武不屈起来。为了默默维护圣上之神圣，她敢于对抗现世的一切，必要时甚至决心违抗圣上的旨意。

聪子看到眼前这位门迹决心如此之大，她最后又进一步立誓要舍弃尘缘。此事她已考虑良久，但聪子着实未曾料到门迹会如此满足她的心愿。聪子遇上佛了。聪子意志坚定，门迹高瞻远瞩，凭借自己的仙眼，洞察了聪子的内心。

按规定，剃度仪式前要有一年的修行时期，但眼下这种情况，无论门迹还是聪子，都一致认为要尽早落饰，不过门迹还是主张，在绫仓夫人返回之前暂不施行。门迹的心思是：至少使清显对聪子残存的香发，保留一份珍惜和向往。

聪子十分着急。她每天都央求剃度，就像小孩子缠着母亲索要糖果一般。门迹终于让步了，她说：

"一旦剃度，就不能再见清显少爷了，你能做到吗？"

"能。"

"你要是今生今世决心不再见他，我就为你剃度，可不许后悔呀！"

"我不后悔，在这个世上，我决心不再同他见面。我已经同他彻底分手了。所以，就请……"

聪子用清亮的毫不动摇的语调说。

"真的可以吗？那么，明天早晨就为你剃度吧。"

门迹还是给她留下一天考虑的时间。

绫仓夫人没有来。

这期间，聪子自动投身于寺院修行生活之中了。

法相宗偏重教育，这个宗派较之"行"更重于"学"，尤其具有明显的国家祈愿寺的性质，不保有施主。门迹有时开玩笑说："法相宗根本不知道什么叫'感谢'。"因此，在只知依托佛陀之本愿的净土宗兴旺之前，没有所谓"感谢"的随喜的眼泪。

再说，大乘佛教本来就没有像样的戒律，只是援引小乘教作为寺内的规章，对于尼寺来说，是以《梵网经》的菩萨戒，亦即杀生戒、盗戒、淫戒、妄语戒为起始，以破法戒为终结的四十八戒作为一般戒律。

实际上，较之戒律更重修行。这几天以来，聪子早就把法相宗的根本法典《唯识三十颂》和《般若心经》背熟了。她一大早就起来，赶在门迹诵经之前，把正殿打扫完毕，跟着门迹一道念经。她已经不再是客人，接受门迹委托的一老，在指导聪子时也变得严厉起来。

举行得度式那天早晨，聪子净身，着墨衣，在正殿捻佛珠，双手合十。门迹首先用剃刀剃去一绺头发，然后一老接手，

动作娴熟地继续剃完。其间，门迹口诵《般若心经》，二老和
之，曰：

> 观自在菩萨。
>
> 行深般若波罗蜜多时。
>
> 照见五蕴皆空。
>
> 度一切苦厄……

聪子也跟着一同唱诵，她双目紧闭，其间觉得肉体之船渐
渐卸去重荷，启碇出海，乘着浓重而丰厚的唱经之声的波涛，
漂向远方。

聪子继续闭着眼睛，清晨的正殿冷若冰室，自己漂荡而
去，身子周围布满清冷的冰块。突然，庭院里传来一声百舌鸟
尖厉的鸣叫，这些冰块如电光一闪，豁然开裂，紧接着又重新
合为一体，变得洁净无瑕了。

剃刀在聪子的头皮上周密地划来划去，有时像小动物尖锐
的白色门齿啃咬着，有时又像悠闲的食草兽的白齿，不慌不忙
地咀嚼着。

随着一绺绺头发掉落下来，聪子的脑袋有生第一次感到如
此清凛的寒凉。自己和宇宙之间夹持着的那层燠热的充满阴郁
烦恼的黑发被剃掉了！从此，头盖骨周围展开一片谁也未曾触
摸过的新鲜、寒冷而清净的世界。剃去的部分逐渐扩大，冰冷

的头皮也随之扩大起来，犹如涂上一层薄荷。

头上凛冽的寒气，好比月亮那样死寂的天体径直毗连着宇宙浩渺的空气，其感觉抑或就是如此吧？头发似乎就是现世本身，渐渐颓落下去，颓落下去，变得无限遥远。

对于某种东西来说，头发是一种收获。那一头包蕴着夏日令人窒闷的阳光的黑发，被剃掉了，落在聪子的身体外侧。然而，这是徒劳的收获。因为如此光艳的黑发，于脱离身体的一刹那变成一堆丑陋的头发的遗骸。曾经关联着她的内部和美丽的东西，一丝不留地被丢弃到体外了。就像一个人，丢掉了手，丢掉了腿，聪子的现世剥离而去了……

当聪子只剩下一颗青须须的光头时，门迹带着怜悯的口气说：

"出家之后的出家最重要，你眼下的觉悟实在令人佩服。从此以后你只要静心修行，一定能为尼僧增光。"

以上就是迅速剃发的经过。然而，无论绫仓伯爵夫妇还是松枝夫人，对于聪子改变身份虽然感到震惊，但是仍旧不肯善罢甘休，因为还可以用假发挽留残局。

四十七

　　来访的三个人中，唯有伯爵始终带着一副温和的笑意，不紧不慢地同聪子和门迹山南海北地聊着，听他的口气，一点都没有促使聪子幡然悔悟的意思。

　　松枝侯爵每天都打电报来询问商谈的结果如何，到头来绫仓夫人哭着求聪子，也还是毫无作用。

　　第三天，绫仓夫人和松枝夫人将一切交代给伯爵，她们回东京了。伯爵夫人实在太累了，回到家就睡了。

　　其后，伯爵一人待在月修寺，无所事事地度过了一周。他害怕回东京。

　　由于伯爵没有一句劝解聪子还俗的话语，门迹对他也就失去了警惕，给了聪子和伯爵两个人留下单独会面的机会。但是，一老却若无其事地暗地里窥探着父女二人的样子。

　　父女二人一直打坐在冬日阳光照耀下的廊缘上，相对无言。透过枯枝可以看到迷离的云影和高悬的蓝天。鹩鸟飞临百日红的枝头，戛戛鸣叫。

父女二人默默对坐了好长时间，之后伯爵泛着微笑讨好似的说：

"你这样一来，爸爸我今后就无法在世上露面啦。"

"原谅我吧。"

聪子毫不动情地淡然回答。

"这座院子有各种鸟飞来呢。"

过了一会儿，伯爵又开口了。

"是的，各种鸟都到这里来。"

"今早出外散步时，看到柿子被鸟啄了，熟透之后掉落下来。"

"是的，是这样的。"

"眼看就要下雪啦。"

伯爵说着，没有得到回应。父女二人各自望着院子，沉默不语。

第二天早晨，伯爵终于离开了。松枝侯爵迎来一无所获而回京的伯爵，他也不再发怒了。

这天已是十二月四日，离纳彩仪式只有一周了。侯爵把警视总监叫到家里，企图借助警察的力量夺回聪子。

警视总监给奈良的警察下达了绝密的指令，但是如果踏进由皇家担当门迹的寺院，就有同宫内省发生摩擦的危险。这座寺院享受的皇家的岁银虽然只有千元，但谁也不敢用指头碰它一下。于是，警视总监带着随从西下，微服非正式私访月修寺。门迹看到经一老之手递上来的名片，连眉毛都没有扬一下。

警视总监受到茶水招待，听门迹讲了一个小时的话之后，慑于威压，随即退了出来。

松枝侯爵所有的手段都使出来了，他觉悟到只有向洞院宫请求退婚这一条路了。洞院宫经常派遣执事到绫仓家来，很为绫仓家莫名其妙的应对大伤脑筋。

松枝侯爵把绫仓伯爵召到自己家里，对他讲清利害，面授机宜。按照侯爵的想法，他找名医为聪子开具一份证明"强度神经衰弱"的诊断书，送到洞院宫家，将这件事当作洞院宫同松枝、绫仓两家之间的闺阃秘事，亲王一旦意识到为了共同保密，必须互相信赖，自然就会减消怒气。而且，还可以在世间造成一种假象，即由于洞院宫原因不明的突然退婚，聪子因厌世而遁入空门。通过这种因果颠倒的手法，一方面使得洞院宫家即便招来些怨艾，亦可保全脸面和威严；另一方面，绫仓家虽然不太光彩，但也能换得世人的同情。

可是，这事儿不能做得过头，要是太过分了，过多的同情都集中于绫仓家一方，洞院宫家就不得不挑明真相，以挽回无缘无故失去的民心。最重要的是，不能让新闻记者注意力集中到洞院宫退婚和聪子落饰两者之间的因果关系上。只能将这两件事一起提出，时间有个先后就行。尽管如此，记者还会追根问底，到那时候，只要带着不得已的样子闪烁其词，将前因后果忽悠过去，但得使他们不往这方面着笔就可以了。

双方商量妥当，侯爵立即给小津博士挂电话，请他火速秘密前来松枝侯爵宅第出诊。小津脑科医院接到如此显贵之家的突然邀请，对保守秘密十分注意。但博士迟迟未到，这个时候，侯爵当着因故留下来的伯爵的面，已经掩饰不住内心的焦急，然而，又不便派车迎接，所以只好等待下去。

博士来了，被接到洋馆楼上小客厅，壁炉里火焰熊熊燃烧，侯爵略做自我介绍，又介绍了伯爵，然后递上一支雪茄。

"病人在哪里？"

小津博士问。

侯爵和伯爵对望了一下。

"其实，她不在这里。"

侯爵回答。

一听说要叫他给一个未见面的病人开具诊断书，小津博士勃然变色。更使他气不过的是，侯爵认定他肯定会一口答应，小津博士似乎从侯爵的眼神里看出了他的心思。

"为何提出如此无礼的要求？你们以为我和那些帮闲医师一样，被金钱糊住了眼睛吗？"博士问道。

"我们绝不认为先生是那样的人。"侯爵从嘴边拿下雪茄，在屋子里转悠了一会儿，远远眺望着博士，壁炉的火焰照耀着博士那副圆活的不住抖动的脸庞。侯爵深情而镇定地说："为了请圣上放心，必须有一份诊断书。"

——松枝侯爵一拿到诊断书，及早趁着洞院宫方便之时，连夜赶到王府拜访。

幸好，少亲王参加联队演习不在家，由于事先表明有件东西特别需要治久王殿下亲自过目，因而妃殿下也没有在座。

洞院宫拿出法国贵腐酒[1]待客，他兴致勃勃地谈起今年到松枝宅第赏樱等乐事。他们好久没有在一起促膝畅谈了，侯爵谈起一九○○年举行奥运会时，他们在巴黎的一些往事，还乘兴提到那座"香槟酒喷水之家"的情景，以及各种遗闻逸事，仿佛这个世界没有任何烦恼可言了。

然而，侯爵一眼看出，尽管洞院宫威风凛凛、光彩照人，但内心却怀着不安和恐怖，等待着侯爵开口。再过几天就要举行纳彩仪式了，但他自己对这事不置一词。他那潇洒的半白的髭须，沐浴着灯光，犹如太阳照耀下的疏林，嘴角边不时闪过困惑的阴影。

"说实在的，半夜里突然前来打扰——"侯爵故意带着轻佻的语调切入正题，宛若一只悠闲的小鸟，身子轻灵地径直跃入了巢箱。

"真是不知如何说明才好，报告您一件不幸的事情，绫仓

1　贵腐酒，原文为法语"Chateau d'Yqguem"，译作伊甘庄园或滴金酒庄，波尔多历史最悠久的酒庄之一，以出产贵腐酒著称。

家的姑娘染上了脑病!"

"啊?"

洞院宫吃了一惊，睁大眼睛。

"绫仓这个人，他居然一直瞒着，没有同我商量，为了顾全自家名声就把聪子送去当了尼姑。他直到今天还没有勇气将真相向殿下说清楚。"

"怎么会呢? 赶在这个时候。"

洞院宫紧咬嘴唇，髭须随着嘴唇的形状贴伏着，目光直视伸向壁炉的皮鞋尖儿。

"这是小津博士开的诊断书，写的日期是一个月之前，绫仓连我都给瞒住了。一切都是因为我考虑不周引起的，真不知该如何道歉才好……"

"生病是没法子的事，可为什么不早说呢? 原来关西之旅就是为了这个。怪不得，她来辞行的时候脸色就不太好，妻妃一直为她担着心呢。"

"因为脑子有病，从今年九月起就有种种怪异的举动，我现在才听到这些情况。"

"既然如此，也就无法可想了。明天赶快进宫请罪，圣上会说些什么呢? 到时候把诊断书也呈请御览，那就借用一下吧。"

洞院宫说道。

殿下一句也没有提到治典少亲王殿下，表现了亲王一副豁达的胸襟。侯爵到底是侯爵，这期间，一直目无旁顾地紧

388

盯着洞院宫表情的变化：一股黑暗的波涛漂漂荡荡，轰然而起，随即深陷下去，眼看就要平复了，不料又高高飞蹿上来。几分钟之后，侯爵觉得可以放心了，最为恐怖的瞬间过去了。

当天夜里，侯爵留下一起商量善后对策，妃殿下来参加了，直到深更半夜才退出王府。

翌日早晨，洞院宫准备进宫朝见圣上，这时少亲王参加演习回府了。洞院宫把少亲王叫到一间房子里，告诉他事情的原委，少亲王年轻而英武的脸上不见一丝动摇之色，只说了声"一切听凭父亲王处置"，既无一点儿怨怼，也不见丝毫的懊悔。

彻夜的演习太累了，他送走父亲王之后就匆匆钻进卧室，但看样子还没有入睡，妃殿下来探望儿子。

"是昨晚松枝侯爵前来报告的吧？"

少亲王抬头对母亲问道，他彻夜未眠，眼中布满血丝，但依然强忍着，像平素一样。

"是的。"

"不知怎的，我又想起我当少尉时宫中发生的那件往事，以前我曾经对您说过。我进宫时在走廊上偶尔遇见山县[1]元帅，

1　山县有朋(1838—1922)，军人，政治家，长州藩士。陆军大将、元帅、公爵。历任内务相、首相。甲午战争任第一军司令官，日俄战争任参谋总长。

我不会忘记，那是外苑宫殿的走廊。元帅大概刚刚晋见了圣上，他像平时一样，穿着普通的军服，外面是宽领外套，戴着军帽，帽檐压得低低的，两手随便插在裤兜里，军刀几乎拖到地上，大模大样在幽暗的长廊上迎面走来。我赶快躲在一旁，直立不动，郑重地向元帅敬礼。元帅用他那绝不微笑的锐利的眼睛，倏忽瞅了我一下。元帅不会不认识我，可是他立即不悦地转过头去，也不肯还礼，依旧傲慢地高耸着肩膀，迅速离开了走廊。不知为何，我现在又想起了这件事。"

——报上刊登着题为《洞院宫府因故退婚》的消息，以及世人翘盼已久、准备大肆庆祝一番的纳彩仪式停止的报道。家中发生的一切事情都瞒着清显，他是从报纸上看到的。

四十八

这桩事情公开之后，侯爵家对清显的监视越来越严了。上学时，山田执事跟在后头监护。那些不知底里的同学，看到这种像对待小学生一样护送上学的一副做派，人人都瞠目而视。并且，自那以后，侯爵夫妇同儿子见面也一概不提这件事。松枝家所有的人都装聋作哑，好像什么事情也没有发生。

社会上闹得沸沸扬扬，即便学习院有相当地位的人家的子弟，也丝毫不知道事情的真相，甚至有人请清显谈谈对这件事的感想，清显感到很惊讶。

"世人似乎都同情绫仓家，但我以为，这件事伤害了皇族的尊严。不是说后来知道聪子小姐脑子有病吗？那怎么没有及早发现呢？"

清显不知道该怎么回答，有时本多从旁边为他帮腔。

"有病嘛，自然是出现症状之后才会知道生病的啊，得啦，不要再像小女生们那样嚷嚷个没完没了啦。"

　　不过，这种硬充"好汉"的假象，在学习院是通不过的。首先，要成为一个消息灵通的人士，给这种谈话下个像样的结论，其家庭必须有一定的名望，但本多家不够格。

　　能够自豪地说出"那是我表妹"或者"那是我伯父小老婆生的儿子"，最好同犯罪和丑闻多少有些血缘关系而又丝毫没有受伤害，以显示自己高贵的麻木，摆出一副冷漠的面孔，时不时模棱两可透露一些和世上的传说不一样的内幕消息，只有这类人才有资格做消息灵通的人士。

　　这所学校连十五六岁的少年都会说：

　　"内府对这事儿很头疼，昨晚给father[1]来电话商量来着。"

　　或者就是：

　　"说什么内务大臣患感冒，其实呀，是进宫时太慌张，一脚踏空马车踏板，扭伤了。"

　　但奇怪的是，这次事件证明清显常年以来实行的秘密主义获得了成功。没有哪个同学知道他和聪子之间的关系，也没有人清楚松枝侯爵是如何参与此事的。绫仓家的亲戚中有一位公卿华族出身的，他始终认为美丽而聪明的聪子小姐不会得什么脑病，他的话反而被看作为自己的血缘关系辩护，因而遭到大家的嘲笑。

────────

1　father，英语：父亲。

不用说，所有这一切都不断伤害清显的心灵。但是，比起聪子所蒙受的来自社会的诋毁，他自己并未受到别人的谴责，尽管暗自伤悲，也只能说是一个卑怯者的苦恼。同学们每当谈到这件事或提起聪子来，他就仿佛看见聪子的姿影，遥远而崇高地伫立于公众面前，默默闪耀着她那光辉的洁白，犹如在澄澈的清晨，站在二楼教室的窗口，眺望严冬季节远山的雪峰。

远山峰巅闪耀的洁白只辉映于清显的眼睛，只照射着清显的心扉。聪子将一切罪愆、耻辱和癫狂全部一人承担下来，从而洗清自身，变得一尘不染了。可是他呢？

清显有时真想周游四方，大声诉说自己的罪愆，然而这样一来，聪子好不容易做出的自我牺牲就白费了。那么，所谓真正的勇气难道就是不顾舍弃聪子的牺牲，也要极力摆脱良心的重荷吗？或者说，正确的坚忍就意味着耐着性子，默默过着眼下囚徒般的生活吗？对他来说，这两者实在难以分辨清楚。但是，不管心中郁积多少苦恼，也要一无作为地默默坚忍，这种状态符合父亲和全家人的愿望，可是清显很难做到。

无为和悲哀对于以往的清显来说，本是头等亲密的生活的元素。他对此总是乐而不疲、涵泳其中，然而，他是在何处失去这种能力的呢？就像稀里糊涂把雨伞忘掉在别人家里一般。

对于今天的清显来说，为了忍受悲哀和无为需要满怀希望，因为没有出现希望的苗头，所以自己就主动创造希望。

"关于她发狂的谣言毫无疑问是假造的。这事根本不可置信。那么，她的遁世和落饰也许是假装出来的。就是说，那只不过是为了躲避嫁给王府所采取的权宜之计，还是为了我，她那样孤注一掷，扮演了一出假戏。两人虽然天各一方，但只要齐心合力，静静等待着世间的谣言慢慢平息下来就好了。她连一张明信片都不肯发来，如此沉默难道还不足以说明这一点吗?"

假如清显相信聪子的性格，就不会有这种想法，要是聪子的负气不过是清显的怯惰所描绘的幻影，那么，其后的聪子就是他怀抱中融化的雪。他只盯着一种真实，其间，他相信过去不断使得这种真实一直存续下来了，并且相信这种虚假的真实还会永远继续下去。那时，他寄希望于欺瞒之中。

因此，这种希望里有着卑下的影子。因为他如果想描画一个美好的聪子，他就不会有希望的余地。

他的水晶般坚硬的心，不知不觉被亲切而富于怜悯的夕阳染红了。他想给人以关怀。他巡视着周围。

有个同学出身于旧式家庭，也是侯爵的儿子，大家都叫他"妖怪"。传说他得过麻风病，但学校是不收麻风病患者的，所以，他肯定生其他非传染性的病。头发掉了一半，脸色灰白，没有光彩，驼背，在教室里被特别允许戴制帽，帽檐拉得很低，没人见过他究竟长着什么样的眼睛。他不断刺啦刺啦吸溜着鼻涕，对谁也不理睬，一到休息时间，就抱着书本跑到校园边的草地上坐着。

清显本来就和这个学生不同学科，当然也从未说过话。清显可以说是全校学生美的总代表，而这位"妖怪"虽然也是侯爵的儿子，但只能是丑陋、暗影和阴惨的代表。

"妖怪"经常来坐的草地，冬日的阳光晒着一片枯草，暖融融的，可人人都躲得远远的。清显来到这里一坐下，"妖怪"就合上书本，紧缩着身子，摆出随时就要逃离的架势。沉默之中，他不住剌啦剌啦地吸溜着那软金链子般的鼻涕。

"在看什么书啊？"

美的侯爵儿子发问。

"呀……"

丑的侯爵儿子把书本藏到背后，清显看到书脊上有莱奥帕尔迪[1]的名字。由于动作太快，封面上的烫金文字，刹那间透过枯草倏忽闪现一丝微弱的金光。

"妖怪"没有理睬，清显挪动身子稍稍离开些，他的呢子制服粘满枯草，也不掸一掸，一只胳膊支撑在地上，伸开双腿。对面不远就是"妖怪"，他厌恶地蹲踞着，摊开书本又立即合上。清显从他身上仿佛看到自己不幸的漫画，他的心情由亲切转为轻轻的愠怒。和煦的冬阳毫不客气地散发着热力，这

1　贾科莫·莱奥帕尔迪(Giacomo Leopardi, 1798—1837)，意大利诗人，贵族出身。早年致力于希腊、罗马文学。他的诗受启蒙主义哲学和烧炭党人思想的影响，怀念意大利过去的光荣和伟大。作品有《致意大利》和《但丁纪念碑》等。

时，丑的侯爵的儿子慢慢变得放松了，他的蜷缩的双腿畏畏缩缩伸了开来，支起和清显相反的那只胳膊，歪着头，耸着肩膀，身体的角度正好和清显相反，两人的姿势宛若一对狮子狗。他那压得很低的帽檐下的嘴唇，虽然看不出有什么笑意，但多少故意带有一些谐谑的神色。

美的侯爵儿子和丑的侯爵儿子构成一对儿。"妖怪"没有对清显一时泛起的好意和怜悯做出反抗，更没有愤怒和感谢的意思，而是驱使全部的镜像一般准确的自我意识，描摹一个对等的姿势。如果不看脸形，从制服上装的镶边儿一直到裤腿儿，两人在明丽的枯草地上，形成了十分美妙的对称。

对于清显试图接近他，"妖怪"做出了如此充满无比亲切感的坚决的拒绝。然而，清显由于被拒绝，才得以接近如此飘荡而来的绵绵情意。

附近的靶场上传来箭镞离弦的响声，令人记起冬天里风的尖叫，与此相比，报告中靶的是迟滞的鼓音。清显感到，自己的心失掉了锐利箭矢的白羽。

四十九

学校放寒假了，用功的学生及早复习功课，准备迎接毕业考试，可清显连书本都不肯摸一下。

明年春天毕业后，准备投考夏季大学的学生，包括本多在内不到三分之一。多数人都将利用免试的特权，要么升入东京帝大[1]考生较少的学科，要么选择京都帝大或东北帝大。

清显也许会不顾父亲的主意，自行选择免试的道路。要是进入京都帝大，距离聪子所在的寺院就很近了。

这样一来，他如今就一味委身于光明正大的无为了。十二月里下了两场雪，地上积得很厚。降雪的早晨，他也不再像小孩子那般兴高采烈了，他总是赖在被窝里，拉开窗帷，毫无兴趣地望着湖心岛上的雪景。即便这样，也引起在庭院里散步的

1　帝大，帝国大学的简称。

山田的监视，为了报复，清显特意于朔风呼啸的夜晚，叫跛足的山田打着手电筒，跟他一道，将下巴颏儿深深埋在大衣领子里，飞快地攀登红叶山。暗夜的森林一派喧骚，枭鸟悲鸣，山路崎岖，他以迅疾如火的速度登上山顶，心中好不畅快！下一脚踩着柔软似生物的黑暗，仿佛一下子将其踏碎。冬夜的星空，于红叶山顶展现一片璀璨的光芒。

新年将近，侯爵家有人送来一份报纸，刊登着饭沼的文章。饭沼的忘恩负义，激起侯爵满腔愤怒。

这是右翼团体出版的印数很少的报纸。据侯爵所说，这类报纸专门用恫吓的手段揭露上流社会的丑闻，倘若饭沼穷困潦倒，事先跑来讨要钱财，那还好说，他出其不意，突然写出这种文章，这明明是忘恩负义的挑衅。

文章摆出一副忧国之士的架势，标题是《松枝侯爵之不忠不孝》，用一种弹劾的语调写道：

"这桩婚姻的居中斡旋者，实乃松枝侯爵。盖皇家之婚姻之所以于《皇室典范》中均有详尽规定，皆因关系到万一情况下出现的皇位继承之顺次。尽管事后才知晓，但侯爵介绍的是一位患有脑病的公卿家的女儿，且业已获得敕许，临近纳彩之际因故败露，遂致瓦解。然侯爵自身因世间未知其名而深感庆幸，实乃恬不知耻也。不仅为大大之不忠，对维新元勋之先代侯爵，亦是不孝之至极！"

尽管父亲如此愤怒，但清显读此文时却疑窦层生，印象深刻。首先是饭沼为何具名写这篇文章。饭沼明明对清显和聪子的情况了如指掌，却煞有介事地相信聪子得了脑病，抑或现在去向不明的饭沼，为了让清显读到此文后暗中知道他的所在，才不惜冒忘恩之罪做成的吧？至少这篇文章暗示着一种教训，要清显不要像侯爵父亲一样。

清显不由怀念起饭沼来了。他觉得，对眼下的自己来说，最大的慰藉莫过于再度接触那种愚拙的情爱，并予之揶揄和嘲谑。然而当父亲盛怒之际自己去见饭沼，将会使事情更加难以处理，他固然思念饭沼，但还没到不顾一切硬要前去相会的程度。

倒是见蓼科比较容易，自打她自杀未遂以来，清显对这个老婆子感到无可名状的厌恶。她既然能凭借一封遗书向清显父亲告密，出卖了清显，那么，就足以证明这个女人具有如下的性格：大凡由她撮合而见面的男女，必将一个不漏地遭到她的出卖，而她会以此为快乐。从而，清显明白了，世上有这样一种人，他们精心培育鲜花的目的，就是为了盛开之后将花瓣撕得粉碎。

一方面，父亲侯爵不再理睬儿子了，母亲也学着父亲，只想着尽量不要去惊动儿子。

怒火中烧的侯爵，实际上心怀畏惧，经他花钱请求，大门口增加一名巡逻警察，后门也新添两名巡逻警察。不过，其后没有人到侯爵府上寻衅滋事，饭沼的言论也未曾危及他的声誉，说着说着就到年末了。

圣诞之夜，两户客寓宅第内的西洋房客照例送来请帖。两家中不论去哪一家都会冷落另一家，所以，侯爵采取的态度是：哪家也不去，转而赠送各家的孩子们圣诞礼物。今年清显想在西洋人家的团圆气氛中散散心，托母亲转请父亲，结果未获准许。

父亲没有照搬以往会冷落其中一家的理由，而是强调应房客之请将有损于侯爵家公子的身价。此事暗里说明，父亲对清显在保持自身品位上仍抱有疑虑。

侯爵家年底的大扫除，光靠除夕一天是做不完的，所以每一天都忙得不可开交。而清显一人无事可做，这一年即将过去，一种痛切的思绪啃咬着他的心胸。今年是他生命之中去而不返的达于巅峰的一年，此种感怀日益浓烈。

清显离开宅第忙乱的人群，独自一人到湖里划船，山田提议陪伴他一道去，清显断然回绝。

小船穿越枯芦败荷，惊飞数只野鸭。随着一阵扑啦啦的羽翅声，刹那之间，冬日晴明的天空，清晰地浮泛着小小扁平的胸腹，闪现着未经濡湿的锦缎般的茸毛。它们倾斜的身影，打茂密的芦苇上面迅疾掠过。

湖面上泠泠然辉映着蓝天白云。船桨搅动水面，沉滞而厚重的波纹荡漾开来，清显看了颇有些奇怪。浓重而幽暗的湖水对他讲述的一切，无论冬日玻璃般的空气还是飘逸的云影，都无处寻觅。

他停下船桨，回头朝主楼大客厅望去，那里来往干活儿的人们，犹如遥远舞台上的人影。瀑布位于湖心岛另一侧，眼睛看不到，虽然尚未结冰，但那水声听起来清越、刺耳。远处红叶山北侧，透过枯枝，可以看见污秽的残雪斑斑驳驳。

不一会儿，清显划进湖心岛的小码头，将船系在木桩上，攀登松树褪色的峰顶。三只铁鹤之中，有两只向上伸着长喙，宛若将锐利的箭镞搭上弓弦，随时准备射向冬空。

清显立即找到一块阳光下温暖的枯草地，仰面躺了下来。于是谁也看不到他，孤身一人，完美无缺。双手枕在后脑勺下边，麻木的指尖儿依然保留着划船时木桨的冰冷。这时，一种绝不在人前展露的可怜的感慨，突然拥塞心间。他在心中呼喊：

"啊……'我的一年'过去啦！伴随着一片虚幻的云影飘走啦！"

他的心中不断喷涌出不畏残忍而夸张的语言，仿佛对眼下自己的处境痛加鞭笞。而这些语言都是过去清显自己严格禁止使用的。

"一切都向我无情地袭来，我已经失掉陶醉的工具。如今，一种可怖的明晰统治着整个世界，这种可怖的明晰，好似一弹指甲整个天空就会引起纤细的玻璃般的共鸣……而且，寂寥是灼热的，犹如用嘴巴数度吹冷方可入口的沉淀的滚烫的汤汁，一直摆在我的面前。这只又厚又重的白色汤碗，带着棉被般的污浊与迟钝！是谁为我预订的这碗汤？

"我一个人被撂了下来。爱欲的饥渴。命运的诅咒。永无止境的精神的彷徨。茫然的心灵的祈愿……渺小的自我陶醉。渺小的自我辩护。渺小的自我欺瞒……失去的时光和失去的对旧物的依恋，火焰般燃烧着全身。年华空掷，青春虚度，岁月有闲，人生无果，为之愤恨不已……独自一人的房间。独自一人的每个夜晚……远离世界和人间的绝望的隔绝……呐喊。谁也听不到的呐喊。表面的繁华……空漠的高贵……

"……这就是我！"

——群聚于红叶山枯枝上的众多的乌鸦，禁不住一起发出浩叹般的鸣叫，呼啦啦从头顶掠过，朝着先祖祠堂所在的矮小山丘飞翔而去。

五十

过年后不久，宫中举办新年御歌会¹，清显从十五岁那年起，绫仓伯爵每年都按惯例带着清显一起前去观看，以此作为他对清显实行优雅教育的一年一度的纪念。清显思忖着，今年恐怕不会再有了吧，谁知这回经由宫内省发放了参观许可证。今年，伯爵依然腆着面皮担当御歌所²职员，很明显，这是伯爵靠游说争取来的。

松枝侯爵眼瞅着儿子出示的许可证，以及四个人联署中伯爵的名字，皱起了眉头。他再次清楚地看到优雅的顽健和优雅的厚颜。

1　御歌会，原文为"御歌会始"，新年伊始宫中举办和歌吟咏会，天皇和皇后临席，与会者各自披露自作的和歌，最终选出秀逸之作，进行讲评。
2　御歌所，宫内省下属和歌管理机关，负责管理御制、御歌和御歌会诸事项。创设于1888年，1946年废止。

侯爵说："这是历年来的惯例，还是去吧。如果今年不去，人家会说我们家和绫仓家闹不和。关于那件事，我们家和绫仓家之间本来就没有任何牵扯。"

清显对于历年来的那种仪式非常熟悉，可以说兴致很高。只有在那个场合，伯爵才显得威风凛凛，真正像个伯爵的样子。如今再看到那样的伯爵毋宁说是一种痛苦，但是对于清显来说，他一心巴望将曾经蓄积在心中的和歌的残骸，尽情饱览一番。他想，到了那里，就能思念起聪子。

清显不再认为自己是扎在门风谨严的松枝家族手指上的一根"优雅的棘刺"。当然也并非一反常态，以为自己也是严谨家族中的一根指头。他曾经暗自笃信的优雅已经干涸，魂魄已经消散，作为和歌元素的流丽的悲哀也已无处找寻，体内唯有一股迷幻的轻风飒飒掠过。如今的他，感到自己早已远远离开了优雅，甚至远远离开了美。

但是，说不定正是因为这些，自己才真正称得上美。没有任何感觉，没有陶醉，甚至眼前明显的苦恼也不相信是自己的苦恼，痛楚也不相信是现实的痛楚。如此的美，一如麻风病人的症状。

清显失去了揽镜自照的习惯，刻印在颜面上的憔悴和忧愁，活画出一幅"苦恋中的青年"的形象，而他对此却木然不觉。

一天，晚饭时他独自一人面对餐桌，饭盘里有一只雕花玻璃小杯子，满满盛着稍显紫红的液体。他懒得向婢女问一声是什么，只以为是葡萄酒，一气喝了下去。他感到舌头残留着异样的感触，一种阴暗而滑腻的余味久久不散。

"这是什么？"

"鳖鱼血。"婢女回答，"里头盼咐了，只要少爷不问就先不说。厨子说，为了给少爷补补身子，是他到湖里抓来做菜的。"

清显静等着那令人不快的滑腻的东西通过胸间，此时，他再度回想起小时候用人屡次用来吓唬他的鳖鱼的可怖的幻影。当时，他心中每每描画着这样的景象：一只鳖鱼从黝黑的湖水中悄然露出头来向他窥望。那鳖鱼埋身于湖底温热的淤泥，时时冲破腐蚀时光的梦境和恶意的水藻，从半透明的湖水中浮出身子，长年累月凝视着清显的成长。如今，这道诅咒突然解除了，鳖鱼被宰杀，他于不知不觉之间喝下鳖鱼的鲜血。因而，一件事情蓦然了结了。恐怖柔顺地进入清显的胃袋儿，开始转化为一种不可预测的活力。

——御歌会的讲解，照例从参加预选的和歌中由资历浅者开始，顺次向资历深者移动。首先读标题，接着读官位，从下一人开始，不读标题，直接读官位，然后转入正文。

绫仓伯爵担任名誉讲师。

天皇皇后两陛下和东宫殿下驾临会场，亲聆了伯爵娇柔、美丽而清澄的嗓音。伯爵的声音没有一丝犯上的震颤，只是用悲切的明朗的语调，一首首慢悠悠读下去，那速度宛如一位神官足踏黑靴，一步步登上洒满冬日阳光的石阶。他的语调不含任何性的馨香。这座御所的屋子鸦雀无声，听不到一声咳嗽，全都被伯爵的声音占有了。即便在这个时候，他也强忍着不使声音超越语言而戏弄人们的肉体。只有那带着明朗的悲愁的优雅，不知羞耻地直接来自伯爵的喉咙，如绘卷上迷离的烟霞在会场里飘曳。

臣下的歌只读一遍，东宫殿下的御歌先唱诵一遍，交代一下：

"……以上为太子殿下之御歌。"

接着再唱诵第二遍。

皇后的御歌要吟咏和唱诵三遍，首先由领诵者唱出起句，自第二句开始，全体合唱。皇后的御歌唱诵期间，其余皇族和臣下，连同东宫殿下共同起立恭听。

今年的新年御歌会，皇后的御歌尤为秀美而高雅。清显一边起立恭听，一边偷眼窥视，远远看到伯爵那双女人般纤细的素手之中，捧着两张上等绵纸，那纸是红梅色的。

尽管发生那么大震撼社会的事件，清显从伯爵的声音里，感觉不到丝毫的战栗和畏怯，更看不出一点儿作为父亲自俗世上失去女儿后的悲痛之情。对此，清显不再感到吃惊。伯爵只是奉献着优美、无力和澄明的声音罢了。无疑，即使千年之后，伯爵也会如此用鸟儿般婉转的歌喉继续做出奉献的吧。

新年御歌会终于进入最后阶段了。就是说要开始唱诵圣上的御制和歌了。

讲师恭恭敬敬来到圣上御前，拜领御砚盖上的御歌，吟咏唱诵五遍。伯爵用格外澄净的音调吟咏，最后说道：

"……以上是所吟咏之御制圣歌。"

这期间，清显诚惶诚恐仰望龙颜，胸中涌起幼时承蒙先帝抚摸头颅的记忆。看起来比起先帝更加孱弱的当今圣上，聆听经过唱诵的御歌，并未显露欣喜之色，而是保持冰冷的平淡——虽说是不可能的，清显感到其中暗含着对自己的震怒，因而恐惧万分。

"我背叛了圣上，必死无疑。"

清显想着想着，漠然觉得自己倒在氤氲的香雾中了，一种说不清是快活还是战栗的情绪流贯全身。

五十一

进入二月，眼看就要毕业考试了，同学们都忙碌起来，只有清显对什么都不感兴趣，独自抱着超然的态度。看到清显这个样子，本多不是不想帮助他温课，但估计会遭到拒绝，所以作罢了。因为他知道，清显最讨厌"过热的友情"。

这时，清显的父亲突然提出要他投考牛津大学的马顿学院。这座创立于十三世纪著名的学院，因为有主任教授的特别关照，容易入学，为此，必须通过学习院的毕业考试。侯爵眼看这个不久即将升晋从五位的儿子日渐苍白、羸弱的身体，才想出这样一个补救的办法。这一补救办法看来有些异想天开，但正因为如此，反而引起清显的兴趣。于是，他决定对这一提议装出一副欣然从命的样子。

过去，他也和别人一样向往过西洋，如今他却执着于日本最纤细、最美丽的一点。然而，打开世界地图，广漠的海外诸国自不必说，即使染成红色的小虾一般的日本，也显得那么俗恶不堪，他心目中的日本，原是一个蔚蓝的、飘移不定的、笼罩着雾一般哀婉情调的国度。

父亲侯爵还叫人在台球室内张贴一幅巨大的世界地图，他想使儿子成为一个气宇轩昂、襟怀博大的人。但是，地图上冷寂的平板般的海面，未能使他动心，勾起他回忆的倒是那片夜间的海洋，犹如一只保有体温、脉搏、血液和怒吼的巨大的黑兽。那可是夏夜里于极度烦恼之中轰鸣、狂叫的镰仓的大海啊！

他从未向别人提起过，他经常遭眩晕的袭击，受轻度头疼的威胁。失眠症愈益加重。夜间躺在被窝里，脑子里想入非非，事无巨细，一幕幕掠过眼帘：聪子明天会有信来，商量出奔的时间和地点。在一个无人知晓的乡村小镇，他站在设有一家土屋银行的街头，迎接跑来的聪子，将她紧紧抱在怀里……然而，这些想象的背面，都一律贴着一触即破的冰凉的锡箔，时时透露着苍黑的内里。清显的眼泪打湿了枕头，他经常于深夜中茫然地连连呼唤聪子的名字。

于是，在梦境和现实的分界线上，突然出现了聪子清晰的身影。清显的梦境，不再编织《梦日记》那一类客观的故事，而只是像描画海岸边变化不定的水线一样，愿望和绝望交相往来，梦幻和现实互为消长。从平滑的沙滩退去的海水的镜面上，映现着聪子的容颜。这面影从未像眼下这样美丽而悲戚。这夜晚星辰一般灿烂辉煌的容颜，清显刚想凑去嘴唇，又旋即消泯了。

一心想逃出家门的念头日渐强烈，在他胸中形成一种难以抗拒的力量。所有的一切，时间、早晨、白昼、夜晚，还有天空、树木、云彩和北风，都在告诫他放弃幻想，然而，既然有一种不确定的痛苦时时折磨着他，他总想一手将这种不确定的东西紧紧抓住，他想从聪子嘴里听到忠诚可靠的话语，哪怕一句也好。要是不便开口，只要一睹芳颜就足够了。他的心几乎要发狂了！

另一方面，世间的谣言迅速平息了。从敕许下达至纳彩，举行仪式之前爽约退婚，这些不祥的事件逐一被忘却，此时社会上又将愤怒转移到海军受贿问题上了。

清显决心出走，但是一直受到监视，不给零花钱，所以手头自由使用的钱一文也没有。

清显向本多借钱，本多感到很奇怪。本多的父亲给儿子存了一笔钱任他自由使用，本多全部提取出来应急。但他没有问一句这笔钱派何用场。

二月二十一日早晨，本多把钱带到学校交到清显手里。这是个晴朗的严寒的早晨，清显接过钱，怯生生地说：

"离上课还有二十分钟，你来送送我吧。"

"你要上哪儿去？"

本多吃惊地问，他知道前门有山田把守着。

"那边。"

清显指指那片森林，笑了，他又恢复了久已失去的活力。本多瞅着他的脸，那上面并没有因而出现红晕，相反，看起来那张瘦削的面庞，却因紧张而变得苍白，好似结了一层春天的薄冰。

"身体能行吗?"

"有点儿感冒，不过，不要紧的。"

清显说罢，首先步履轻捷地走上林间小径。本多很久没有看到这种快活的脚步了，他虽然明白这脚步将迈向何方，但嘴里却没有说破。

朝阳的光线深深照射下来，眼前是黯淡的池沼，冰封的池面横七竖八分布着一些浮木。两人穿过鸟鸣嘤嘤的森林，走到学校所在地的东端。那里有一段缓缓的山崖，向东边的工厂街伸展。这一带胡乱围了一道铁丝网代替围墙，孩子们经常从破洞里钻出钻进。铁丝网外面连着一段杂草丛生的斜坡，连接着道路的低矮的石墙那里，又有一段低矮的栅栏。

两人来到这里站住了。

右面是院线[1]电车的轨道，眼下是朝阳辉映的工厂街，锯齿状的屋顶石棉瓦闪闪发光，各种机器的轰鸣混合在一起，发出海涛般的喧嚣。烟囱悲怆地耸立着，黑烟的阴影爬过屋顶，

---

1 院线，战前直属铁道院经营的国有铁道。

笼盖着夹在工厂之间的贫民街头的晒衣场。有的人家屋顶伸出一截平台，摆着众多的花盆。不知是哪里，总有一种光亮不停地闪闪烁烁，或是一根电线杆上电工腰间的铁钳，或是一家化学工厂窗户里梦幻般的火焰……一个地方的声音刚一停歇，接着，敲击铁板的锤声又叮叮当当响个不停。

天边一轮清澄的太阳，鼻子底下是绵延于学校边缘的白色的道路，清显即将顺着这条道路逃离吧？路面上鲜明地印着低矮房屋的阴影，几个孩子在玩跳房子的游戏。一辆锈迹斑斑、毫无亮光的自行车打那里跑过去了。

"好吧，我走啦。"

清显说。这分明是"出发"的意思。本多听到朋友嘴里吐出这样一个富有青春活力的词儿，他从此铭记于心中了。清显连书包都撂在教室里了，制服外面只有一件外套，敞着领口，两排樱花金色纽扣左右闪开，显得十分气派。稚嫩的喉结将柔软的皮肤挤到上面，紧紧顶着海军服的衬领上的一条纯白的细线。清显帽檐下的阴影里漾着微笑，伸出一只戴着皮手套的手，将破口边的几根铁丝拧弯，斜着身子钻了出去……

——清显失踪的消息立即传到家里，侯爵夫妇大吃一惊。然而，又是老太太的一番话拯救了混乱的场面。

"事情不是很清楚吗？他要到外国留学感到很高兴呗，尽管放心好啦。他要到外国去，事前总得跟聪子打个招呼不是？

要是事先说了，你们肯定不会放的，所以才偷偷去的嘛。这不是明摆着的道理吗？"

"可聪子是不会见他的。"

"要是不见，他也就死心啦，还会回来的。年轻人嘛，要让他们自在些，管得太紧所以才闹到了这步田地。"

"正因为出了事，当然要管得紧些，不是吗？妈妈。"

"所以这回也是当然的啦。"

"无论如何，这事不能走漏风声，要是外头知道了就糟啦。立即报告警视总监，要他极秘密地进行探查。"

"什么探查不探查的，地点不是很清楚吗？"

"要尽快抓捕扭送回来……"

"那可不行！"老太太瞪起双眼，大声怒吼，"那样是错的！要是那么干，事情或许会弄得不可收拾。

"当然啦，为了防止万一，请警察探询是可以的，一旦知道在哪里，马上报告，这样也好。不过目的和去处很清楚，警察只要远远监视一下，不让他知道就行啦。要紧的是，绝对不要束缚那孩子的行动，只要远远盯着就成。大凡这种事儿，要办得稳妥，不要把事情闹大了。别的无路可走。如今要是办砸了，会闹出乱子来的！我先把话说清楚。"

——二十一日晚上，清显住进大阪的饭店，第二天一早离开饭店，乘樱井线火车抵达带解车站，在带解町的一家名叫葛屋旅馆的商人客栈租住了一间房子。房子一到手，他就立即雇了一辆人力车赶往月修寺。他催促车子沿着山门内的坡道快速上行，到达平唐门后下车。

洁白的障子门紧闭着，他站在门外喊叫。寺院男仆出现了，问清姓名和来意，等了一会儿，一老出现了，但是绝不许他进门，告诉他门迹绝不会见他，而且那位随侍弟子也不可能会客。一副冷漠的面孔，把清显搀出去了。这种结果本来是意料之中的，清显没有强行坚持，暂时回旅馆了。

他把希望寄托于明天，他一个人思忖再三，以为这次最初失败的原因，完全在于意志不坚，竟然乘人力车直达内门入口。这固然是因为自己心情过于急迫造成的，但会见聪子既然是一种祈愿，那么不管见不见到她，至少应在山门外下车。如此的修行还是很有必要的。

旅馆房间污秽，伙食很差，夜间寒冷。但一想到，如今和在东京时不一样，聪子就生活在附近这块地方。这种想法给了他心灵极大的安慰。当晚，他难得地睡了个好觉。

第二天，二十三日。他自觉浑身精力充沛，上午和下午各跑了一趟，这两次都是让人力车在山门外待机，清显步行爬上长长的参道，但寺院冷漠的接待丝毫没有变。下山时一路咳嗽，胸间隐隐作痛，回到旅馆，为了慎重起见，连入浴也免了。

从这天晚饭起，对于这座乡间旅馆来说，摆出了也许是最上等的饭菜，服务也明显改变了，房间也硬给调整到了头等高级客房。清显盘问婢女，没有回答，经再三追问，才揭开了谜底。据婢女说，今天清显外出以后，当地的警察来询问过清显的事，他说这是一位出身尊贵的阔少，必须加意小心伺候。警察还说，这事儿绝对不能告诉他本人，要是客人离店了，要赶快秘密报告警察。原来是这么回事，清显心里很着急，他想一切都得抓紧进行。

翌日，二十四日早晨，清显一起床就觉得不舒服，脑袋沉重，浑身发懒。但是他想，越是这样，越要好好修行，越要吃苦受难，为了会见聪子，只有这条路可行。他不再雇用人力车，从旅馆步行到寺院，跑了七八里路。虽然碰到晴天丽日，但他一路很苦，咳嗽越来越厉害，胸口一阵阵疼痛，心底里好像沉积着一堆沙子。当他站到月修寺内门之外的时候，又是一阵剧烈的咳嗽，出来应接的一老依然如故，她板着面孔，同样是三言两语，冷漠地回绝了。

又过了一天，二十五日，清显感到寒战、发烧。这天他本想好好休息一下，但还是叫了人力车又去了一趟，同样吃了闭门羹回来了。清显绝望了，他的灼热的脑袋思忖再三，实在想不出对策了。最后，他只好委托旅馆老板给本多发了电报。

　　速来，樱井线带解葛屋，务必对父母保密。松枝清显。

就这样，他度过痛苦难眠的一夜，迎来了二十六日的清晨。

五十二

这天，大和原野长满黄茅的土地上，雪片儿随风飞扬。说是春雪吧，又太淡了，犹如无数白粉虫飘飘降落，天空阴霾，那白色弥漫空中，微弱的阳光照射下来，这才看清楚是细小的雪粉。凛冽的寒气远比大雪普降的日子冷得多。

清显一直将头枕在枕头上，思考着如何向聪子表露自己的一腔至诚。昨晚给本多发了电报，本多今日定会赶到这里来的。凭着本多的友谊，也许能够打动门迹吧？但是，在这之前还有应该做的事，不妨一试。那就是不借助任何外力，独自一人表达最后的赤诚。细想想，自己尚未获得机会对聪子表露这种赤诚。抑或由于怯弱，一直躲避这种机会吧。

如今自己能做到的只有一件，越是病重，越要带病苦修，越是要孜孜以求，竭尽全力。这样的赤诚，聪子也许能感应到，也许不能感应到。然而，对眼下的自己来说，必须照此修行下去，心中才能获得平静。务必要见聪子一面，如此的期盼当初占据了他的全部灵魂，而今，灵魂自身开始活跃起来，似乎超越了原有的愿望和目的。

但是，他的整个肉体同游离出来的灵魂相对抗。高热和钝痛犹如沉重的金丝缝进全身肌肤，他仿佛感到自己的肉体编织成一块锦缎了。四肢的筋肉绵软无力，一旦抬起胳膊，裸露的肌肤立即出现鸡皮疙瘩，两只膀子比两只盛满水的水桶还要沉重。咳嗽一步步向胸底深入，宛若黑云如墨的高空，远雷殷殷轰鸣。甚至手指尖儿的力量也丧失了，倦怠而不由自主的身子，完全被一种实实在在的病热彻底征服了。

他在心里拼命呼喊聪子的名字。时光白白流逝，旅馆方面今天才发现房客生病了，于是想法把房间搞得暖和些，照顾得十分周全。但他顽固地拒绝看护和请医生。

午后，清显命令叫人力车，婢女犯起犹豫，报告旅馆老板。为了向前来劝阻他的老板显示自己很健康，清显必须从床上起来，当着老板的面，不靠任何人帮助，自己穿上制服和外套。车子来了，他用旅馆的人硬塞进来的毛毯裹住膝盖，出发了。虽然身上包得严严的，还是冻得直发抖。

清显透过黑色的帷幔，依稀看到雪片飘飞进来，心头随之泛起那个难忘的记忆。他想起去年那个雪天，他和聪子两人坐人力车赏雪的情景，心中一阵抽搐。实际上，此时他胸口正疼得难以忍受。

　　清显不愿龟缩在摇摇晃晃的晦暗之中强忍头疼的折磨，他干脆扯掉面前的帷幔，用围巾掩住口鼻，两只因发热而变得潮润润的眼睛，不断追逐着车外迷蒙的景色，这样反而要好些。如今，凡是促使他泛起内心痛苦的回忆，无一不使他感到厌恶。

　　人力车早已穿过带解町一个又一个逼仄的十字街口，直到远方烟雾迷离的山腹间的月修寺，全都是一马平川的田间道路。收割之后布满稻架的田地，桑园里干枯的枝条，还有夹杂其间的满眼青绿的冬菜，沼泽里透着几分暗红的枯芦和菖蒲穗……细雪霏微，悄无声息地飘落在万物表面，立即融化了。而且，粘在清显膝头毛毯上的雪花儿，没等化成明显的水珠儿，就很快消逝了。

　　天空水一般泛白了，从那儿射下来稀薄的阳光。雪片儿经太阳一照，越发轻柔，好似灰尘一般。

　　到处都是干枯的芒草，随着微风飘拂不定。淡淡的阳光照射着低垂的穗子，上面的细毛微微发亮。原野尽头低俯的群山烟雾蒙蒙，而远方天际却露出一片黛青色。远山峰峦的白雪，耀目争辉。

　　清显头脑轰轰作响，眼前的风景使他想起，自己已经好几个月没有同外界接触了。这里确实是个静寂的地方。晃动的人力车和沉重的眼皮，抑或扭曲和搅乱了这里的景色，然而，满怀苦恼和悲哀，于极不安定的状态中打发日月的他，很久没有面对如此明晰的风景了。而且，这里没有一个人影。

很快就要到达月修寺所在的山腹了，寺院周围绿竹森森，山门内坡道左右两排松树，也越发看得清楚了。当他看到竖着两根石柱的山门出现于弯曲的田间道路远方的时候，清显的心头涌起一阵痛切的思绪。

"今天要是坐着车子进入山门，再经过三百米直达内门，然后才下车，聪子肯定不会见我。再者，眼下寺院里会不会发生微妙的变化呢？比如一老说动门迹，门迹也终于改变主意，看我今天冒雪赶来，放我见聪子一面也未可知。不过，要是我乘在车上直闯进来，对方心中会有所感应，事情就会产生微妙的逆转，绝不会让我见聪子的。我最后努力的结果，总会在寺院的人们心中留下结晶。如今，现实将众多的薄片聚合在一起，正要编织成一把透明的扇子，稍不留神，一旦扇骨脱离，扇面就会四散开去……退一步说，如果坐着人力车一直到达内门，聪子今天根本不见，到那时候肯定会引起自责：'都怪我心不诚，不论多么艰难，如果下车徒步而来，这种不为人所知的赤诚，说不定能打动她的心，从而答应见上一面的。'对，绝对不能因心不诚而留下悔恨。不豁出性命是不可能见到她的。这一决心将把她推上美的峰巅。我正是为此而来的！"

对于他来说，根本分不清这究竟是理智的考虑，还是因热昏头脑而发出的谵语。

他下了车，叫车夫在门前候着，随后登上门内的坡道。

天空稍稍舒展开来，雪花在淡淡的阳光里飞舞。道路一边的竹林中，似乎传来云雀的鸣啭。排排松树中间或生长着樱树，冬天里的树干布满青苔，夹在竹丛里的一株白梅已经着花了。

已经是第五天的第六次来访了，因此没有什么值得惊奇的地方了。下了车，双脚像踩在棉花上，步子歪歪扭扭，睁开两只被体热熏蒸的眼睛向四下一看，一切都显得异样的虚空和澄净，那些每天眼熟的景色，今日开始出现一种可怖的新鲜的姿影。这期间，他依然不住打寒战，一阵阵如锐利的银箭镞穿过脊梁。路旁的羊齿草、紫金牛的红果、随风飘拂的松叶，还有那主干青绿而叶子已经发黄的竹林、众多的芒草，以及贯穿其间的有着结冰辙印的白色道路，一起没入前方幽暗的杉树林中。这般全然沉静的、每一角落都很明晰，而且含着莫名悲愁的纯洁的世界，其中心内里的内里，确确实实存在个聪子，她像一尊小小的金佛像屏住呼吸藏在这儿。然而，如此澄澈而生疏的世界，果真是她住惯了的"人世"吗？

走着走着，喘不出气来了，清显坐在道旁的石头上歇息。虽说隔着好几层衣服，但石头的寒凉还是直接刺激着皮肤。他剧烈地咳嗽，随着咳嗽吐到手帕上的痰呈现铁锈色。

咳嗽好容易止住了，他回过头眺望疏林远方高耸山峰上的白雪。咳嗽带出了眼泪，那积雪透过泪光是那般鲜润，显得更加辉煌。这时，他十三岁那年的记忆猝然苏醒了，当时他为春日妃捧裾，仰头瞥见那漆黑头发下亮丽的颈项，那银白色同眼前的雪景相仿佛。那是他人生第一次憧憬着夺人眼目的女子之美。

　　太阳再次黯淡下来，雪片越发繁密了。他脱掉皮手套，让雪花落在手心里。雪片一旦飘进灼热的手掌，眼见着遽然消失了。他的白净的手掌一点儿也不脏，没有磨出任何膙子。清显想到，他这一生始终爱护这双手，绝不沾染泥土、血污和油汗。他的手只为着感情而使用。

　　——他吃力地站起身来。

　　他很担心，这样一路上冒着雪能否走到寺院。

　　不久走进杉树林，风越来越冷，风声在耳畔呼啸。透过杉林空隙，看到水一般冬日的天空下面那座涟漪荡漾的湖沼。过了这里，古老的杉树更加苍郁，落在身上的雪花也稀少起来。

　　清显一心无挂碍只顾向前迈动双腿，他的回忆全然崩溃了，只觉得自己一点点向未来接近，一点点剥去未来的薄皮。

　　不知不觉穿过黑色庙门，平唐门出现在眼前，门上一排菊花瓦覆盖的庇檐被积雪染白了。

　　——他在玄关的障子门外颓然瘫倒了，一阵剧烈的咳嗽，但他并不乞求别人搀扶。一老走过来抚摩他的脊背。清显宛如堕入梦境，他怀着莫名的幸福感，似乎觉得眼下是聪子在为他按摩后背。

　　一老今天没有像前几天那样立即表明拒绝，而是将清显撂在那儿，自己回屋了。清显等了很久，他只觉得是在永远永远地等待下去。等着等着，他觉得眼前飘来一团雾气，痛苦和净福之感朦胧地融合成一体了。

依稀听到女人们惊慌的会话，不久又停止了。过了些时候，一老单独出现了。

"还是不能见面，不管来多少趟都是一样。我叫寺里的人送送你，快回去吧。"

于是，清显由一位身体健壮的寺院男仆搀扶着回到人力车上。

五十三

二月二十六日深夜，本多抵达带解的葛屋旅馆，看到清显那副不寻常的体态，打算尽早将他带回东京，可病人不同意。听说傍晚时分请乡村医生来看过，说有肺炎的征兆。

清显希望本多明天务必去月修寺一趟，直接拜见门迹，恳请她发发慈悲。门迹对于第三者的劝说，也许能听进耳朵里去，要是答应他们见面，就请本多将自己这副身子送到月修寺。

本多起初表示反对，结果他还是听从病人的话，决定推迟一天回京，自己想方设法拜见门迹，尽力使得清显的愿望得以实现。但他也坚决和清显约定，万一达不到目的，立即一块儿回东京。当晚，本多彻夜不断在清显的胸口倒换着湿布。旅馆幽暗的煤油灯下，本多看到清显那十分洁白的胸脯，大概因为进行冷敷的缘故，变得一片通红。

三天后就要进行毕业考试了，本多的父母不用说是不赞成儿子这次出行的，可是看到清显的电报之后，父亲没有再详细盘问，就说"快去吧"，母亲也很赞成，这是本多所没有想到的。

大审院法官本多，当年为了和那些不是终身官僚而突然被勒令退职的旧友们共命运，愤然辞职而未果，此刻他想教导儿子，友谊是何等尊贵。本多在赶来的火车上拼命温习功课，来到这里后，他一面彻夜看护病人，同时身边摊着伦理学的课堂笔记。

煤油灯雾一般昏黄的光轮中，两个年轻人各自心里截然对峙的世界的影像，集中表现在那锐利的灯火的尖端。一个为刻骨的思恋而沉疴不起，一个为坚固的现实而勤奋学习。清显恍恍惚惚梦游于恋爱的海洋中，被海藻缠住双腿，依然挣扎着前进；本多幻想着要在地上建造一座坚不可摧、井然有序的理智的宫殿。一颗为热病所苦的年轻的头脑，同另一颗冰冷的年轻的头脑，于早春的寒夜，在这古旧旅馆的一角，紧紧靠在一起了。而且，各自都被迫准备迎接自己世界终局的时光的到来。

此时，本多最痛切地感到，他绝不可能将清显脑子里的一切据为自己所有。清显虽然身子横在眼前，而灵魂早已疾驰而去，他那朦胧中时时呼唤聪子名字的潮红的面庞，看起来一点儿都不憔悴，反而比寻常更加鲜活，犹如象牙内部燃起一团火，光艳、隽丽。然而，本多深知，那内部是不容许别人触动一根指头的。本多以为，似乎有一种情念，自己无论如何都不能化身于其中。不，自己对任何一种情念都无法化身于其中，难道不是吗？本多缺乏一种容许此种东西向自己内部浸透的资质。他虽然笃于友情，深谙眼泪的价值，但缺少一种真正引爆"感情"的导火索。自己为何一直专念于内外整然有序，而不能像清显那样，将火、风、水、土等四大无形之物含孕于自己的体内呢？

——他又把眼睛转向密密麻麻写满蝇头小字的课堂笔记上了。

> 亚里士多德的形式伦理学，一直统治着欧洲学界，直到中世纪末叶为止。从时代上可分为两个时期：首先是《古伦理学》，以《工具论》中的《范畴篇》和《解释篇》为祖述，而《新伦理学》则可以十二世纪中叶出现的拉丁语全译本的《工具论》为嚆矢……

他不由感到，这些宛若风化的岩石般的文字，从自己的脑袋里一一剥落下来了。

五十四

本多听说寺院的人们起得很早，所以天刚蒙蒙亮他就急忙爬起来，匆匆吃完早饭，叫了辆人力车出发了。

清显在被窝里睁开温润的眼睛，他的头依然枕在枕头上，"拜托啦"，他那望着本多的眼神刺伤了朋友的心。本来，本多直到现在只是打算到寺里碰碰运气，内心倾向于立即将重病的清显尽早带回东京。但是，当他看到清显的眼神之后，随即改变了主意，他决心凭借自己的力量，务必使清显能见到聪子。

碰巧，这是个早春里温暖的清晨，到达月修寺的本多，发现自己很早就被打扫寺院的男仆盯上了，那男仆从远处一看到本多，就返身跑进去了，他一定是看到来人穿着同清显一样的学习院制服，立即引起了戒备之心吧？出来应对的尼僧，没等客人通报姓名，就摆起一副拒人于千里之外的僵硬的面孔。

"我姓本多，是松枝的朋友，这次为他的事从东京来到这里。我想拜见一下门迹大师，可以吗？"

"请等一下。"

本多在内门入口等了好长时间，他心里一直盘算着，要是遭到拒绝应该怎么应对，谁知不一会儿，那位尼僧又来了，请他到客厅去。本多很感意外，心中立即生起一线希望。

接着又在客厅等了很久，障子门关得严严实实，看不见的庭园里传来黄莺的啼鸣。门的拉手周围贴着剪纸，依稀浮现着菊花和云彩的纹饰。壁龛的花瓶插着油菜和桃花。油菜花粗鄙的鹅黄色十分显眼，胀鼓鼓的桃花蓓蕾凸显在黝黑的枝条和淡青的叶子之外。隔扇一抹银白，但立着一扇颇有来头的屏风。本多凑近身子，仔细观望屏风上的四季图：一副狩野派[1]画风中添加了大和绘[2]的色彩。

季节由右侧春天的庭园开始，生长着白梅和青松的庭院，有几位殿上人[3]游玩赏景。桧木板墙内的宫殿，从金色的云丛里露出一角来。顺序向左移动，一群毛色斑斓的小马驹欢蹦跳跃，池沼不知何时已转为水田，姑娘们正忙着插秧。黄金般的云丛

1　狩野派，室町·江户时期重要绘画流派，以狩野正信为其始祖。历经元信、守信(探幽)等，代代相传，日臻成熟。此画派善于运用宋元绘画和大和绘相结合的表现手法，长于山水、花鸟等水墨画，极盛一时。

2　大和绘，有别于中国水墨画、带有日本情趣的风俗画。

3　殿上人，指四五位以上允许升殿(清凉殿、紫宸殿)的官员。

深处，两股小小的瀑布飞流直下，和池塘边的青草一起，报告着夏令的到来。水池边竖着币帛以被除六月的不祥，殿上人聚集在这里，身旁有奴仆和朱衣小舍人[1]伺候着。红色的牌坊附近群鹿相互嬉戏，神苑内牵出一匹白马，带弓的武官正在为祭祀忙碌地做准备。眼见着红叶映照的池面即将进入万物萧索的冬季，金光辉耀的白雪之中，有人开始驾鹰出猎了。竹林负载着积雪，斑驳的竹影间隙，辉映着金色的天空。一只野鸡微微闪现着火红的颈毛，箭一般冲天而起。枯芦中一条白狗，向着冬空中飞翔的野鸡狂吠不止。猎人胳膊上的老鹰，双眼泛着威严的凶光，死死盯着野鸡飞去的方向……

　　四季屏风图看完了，本多回到座席上，门迹还没有出现。刚才那位尼僧用托盘端来了点心和香茶，告诉他门迹一会儿就到。她说：

　　"请慢用。"

　　桌子上放着一只贴画小盒子，无疑是这里的尼僧亲手制作的。看起来工艺甚是粗糙，说不定是出自聪子本人尚未熟练的双手。小盒子四边贴敷着彩印的花纸，盖子上厚厚的贴画，完全是典雅的宫廷风格，浓艳、华美、重重叠叠。贴画的图案画着一位童子在追赶一对蝴蝶。蝴蝶一黑一红，比翼而飞。童子光着身子，长着宫廷偶人的眼睛和鼻子，肥墩墩的肌肉是用一

1　朱衣小舍人，公卿贵族家的童仆。

团白绉绸裹成的。本多走过早春枯寂的田野，登过荒凉的冬天树林间的坡道，于月修寺晦暗的客厅中央，开始品味着好似蜜糖般的女人甘美的情韵。

传来衣服塞窣的响声，一老挽着门迹的手，身影映在障子门上。本多坐正了身子，却止不住内心的悸动。门迹虽然已是高龄，但一身紫色的法衣，露出光艳的小小的脸庞，黄杨木雕般的清净，找不到一点年龄留下的尘埃。门迹笑微微地坐下来，一老守在她身边。

"听说是从东京来的？"

"是的。"

本多当着门迹的面，一时不知说什么好。

"他是松枝少爷的同学。"

一老添了一句。

"说实话，松枝少爷年纪轻轻，也怪可怜的……"

"松枝发高烧很厉害，躺在旅馆里起不来，我一接到电报就赶到这里，今天我是替松枝求情来啦。"

听她这么一说，本多这才顺利地诉说着。

本多觉得，站在法庭上的年轻的律师或许也是这般心情。他根本不顾审判官有何想法，只是履行辩护，阐明自己的观点，尽力维护当事人的一身清白。他从自己和清显的友谊说起，讲到了清显眼下的病情，告诉门迹他为了见聪子一面甚至豁出了性命。清显要是有个三长两短，月修寺将悔恨莫及。本多语言如火，说得浑身燥热，他身处寒气森森的山寺的一隅，感到自己的耳朵直冒火，脑袋也几乎燃烧起来。

听到他的一番话，门迹和一老似乎被他打动了，两个女人一直沉默不语。

"也请您体谅一下我的处境吧。朋友向我诉苦，我把钱借给他，松枝是拿这笔钱做盘缠才来这里的。至于松枝在羁旅之中染上重病，我觉得对松枝的父母，自己的责任也很重大。我想您也许会认为，既然如此，理应尽早把病人带回东京才是啊。不错，作为人之常情，我也是这么考虑的。不过，先不谈这些，我来拜访您，是为了尽早实现松枝的夙愿，我也顾不得将来他的父母会如何抱怨我了。我看到松枝的眼睛里充满着不顾舍弃生命的渴望，我想帮助这位朋友，使得他的渴望得以实现。我想，您要是看到他的眼睛，也一定会动心的。在我看来，松枝的一腔渴望，比起他的重病更为重要，绝对不能坐视不管。说句不吉利的话，我感到他的病已经没救了。我是替他来传达他临终之前的愿望的！请菩萨大发慈悲，答应他见上聪子小姐一面吧。难道怎么都不能允许他们见面吗？"

门迹依然闷声不响。

本多担心再继续说下去，反而会妨碍门迹改变主意，心里虽然激动难平，还是不想再说下去了。

冰冷的屋子寂静无声，雪白的障子门雾一般透着亮光。

这时，本多仿佛听到一种宛如红梅花开般的幽然的笑声，那声音虽说不是来自一板之隔的近旁，但也不是太远的地方，说不定是廊下的一隅，抑或是毗邻的房舍。但他立即改变了想法，本多所听到的年轻女子的窃笑，假若他的耳朵没有听错的话，那声音肯定是荡漾于春寒的空气中的啜泣。比起强忍的呜咽来得快捷，犹如绷断的琴弦，暗暗传递着呜咽断绝的余韵。于是，他又想到，这一切好像是耳朵产生的一时的错觉。

"或许，您以为我的话太不近人情了吧?"门迹终于开口了，"看来，也许您认定是我不让他们两人见面的。其实，这是人力所不能阻挡的事啊，不是吗? 聪子她在菩萨面前发过誓的，今生今世啊，她不再想见面啦。我想菩萨会体谅她的心愿，也就依了她的吧。虽说少爷也够可怜的。"

"那么，您还是不肯答应，是吗?"

"是。"

门迹的回答带着无可名状的威严，他再也无话可说了。"是"这个铿锵有力的字眼儿，可以把天空撕得粉碎，就像撕毁一块锦缎。

……其后，本多实在想不出好办法了，门迹用优美的声音对他讲了许多尊贵的事情，他也很难听进去。眼下，他只是不愿看到清显失望的表情，所以才迟迟不肯告辞的。

门迹跟他讲了因陀罗网的故事。因陀罗是印度的神仙，这位神仙一旦撒开网来，所有的人都逃脱不掉。一切生灵都牵连着因陀罗网而生存。

所有的事物都是根据因缘果的理法而产生，这就叫缘起，因陀罗网就是一种缘起。

法相宗月修寺的根本法典是唯识的开祖世亲菩萨的《唯识三十颂》。唯识教义对于缘起，则采用赖耶缘起说，其根本就是阿赖耶识。所谓阿赖耶，原以梵语ālaya表音，可以译作"藏"，其中隐含着一切作为活动结果的种子。

我们于眼、耳、鼻、舌、身、意之六识深处，还具有第七识，即末那识，也就是自我意识。阿赖耶识则在更深之处。《唯识三十颂》写道：

恒转如暴流。

意即如激流奔涌，相继转起而不绝。这一识正是有情总报的果体。

无着的《摄大乘论》由阿赖耶识的变转无常之姿态，展开关于时间的独特的缘起说。这就称作阿赖耶识和染污法的同时互换之因果。唯识说认为，现在只有一刹那诸法（实际只是"识"）存在，过了一刹那，即灭而化为无。所谓因果同时，就是阿赖耶识和染污法于现在一刹那同时存在，并且互为因果，过了这一刹那，双方共同化为无。下一刹那，又重新产生阿赖耶识和染污法，互相更换为因果。存在者（阿赖耶识和染污法）每一刹那因灭亡而于此产生了时间。由于每一刹那的断绝和灭亡，因而时间就会连续出现，这就好比点与线的关系……

——渐渐地，渐渐地，本多感到自己深入到门迹所讲述的深奥的教义之中了。不过，在这种场合，他深究其道理的精神未曾调动起来。犹如暴雨突然袭来的艰深的佛教用语，还有其中自然包含着时间经过、自原始以来继起的因果，由于同时互换之因果这一乍看起来似乎矛盾的观念的操作，反而成为促使时间成立的要素。门迹对这些都一一加以说明……各色各样难懂的思想皆出现疑问，也没有心思再三请教。况且，门迹每说一段话，一老总是不断在一旁帮腔，"是这样的""是这样的"。本多心中十分烦躁，他思忖着，眼下门迹所讲解的《唯识三十颂》和《摄大乘论》，暂且将书名记在心中，他日慢慢加以研究，有了疑问之后再行请教。况且，本多尚未觉察，门迹那些初看起来显得很迂阔的议论，对于清显和他自己来说，宛如照在池水上的天心的月亮，显得多么高渺，又多么致密！

本多鞠躬致谢，匆匆离开了月修寺。

五十五

乘在返回东京的火车车厢里，本多看到清显痛苦的样子，心中焦急不安。他只巴望早一点到达东京，再没有心思温课了。清显的凤愿未得实现，如今身染重病，躺在卧铺上被运送到东京。每当本多望着清显，一种痛切的悔恨啃咬着他的心胸。当初帮助清显出走，果真是一个真正的朋友所应有的行为吗？

清显蒙蒙眬眬躺了一会儿，本多睡眠不足的头脑反而清醒了。他任由各种回忆往来交织。这些回忆之中，月修寺门迹两度讲解的佛法，分别浮泛出迥然各异的印象。前年秋天首次聆听她讲解的佛法，是喝下髑髅里的水的故事，其后，本多以此比喻恋爱，如果能将自己心的本质和世界的本质做到如此巩固的结合，则是最为理想的爱情。再到后来，他由攻读法律，进而涉及到《摩奴法典》的轮回思想。今早所聆听的第二次佛法讲解，似乎将那难解之谜的唯一的钥匙，在他眼前微微晃动了一下；另一方面，又似乎充满难解的飞跃，谜又进一步深入下去了。

火车将在明天早晨六时抵达新桥。夜已深了，乘客们的鼾声填满车轮轰鸣的间隙。本多占据着清显对面的下铺，他打算通宵达旦地守护着清显。卧铺的布帘一直敞开着，不论清显发生多么细微的变化，他都能随时应对。本多透过玻璃窗，眺望着窗外夜间的原野。

野外一派幽暗，夜空阴霾，山峦的轮廓模模糊糊。火车明明向前奔驰，而移动的夜景却依稀难辨。那小小的火焰、小小的灯光，犹如黑夜时时出现的鲜丽的破绽，然而没有成为某一方向的标志。广袤的黑暗包围着白白滑动于铁轨上的小小列车，那隆隆的响声不是列车的声音，似乎是黑暗的轰鸣。

收拾好行装就要离开旅馆时，清显交给本多一张粗糙的信纸，那或许是他向旅馆老板要来的吧，上面写着潦草的文字，清显托他交给母亲侯爵夫人。本多小心翼翼装在制服里边的口袋里。这时他显得很无聊，便掏出来就着昏暗的灯光观看。铅笔写的笔画有些打战，不像清显正常时写的字。平时他的字迹虽然显得很稚拙，但颇为雄健有力。

母亲大人：

有样东西想送给本多，就是放在我书桌里的《梦

日记》。本多喜欢这类东西。其他没有人要读，请务
必送给本多。

清显

很显然，他是想用无力的手指写一份遗书。然而，既然写
遗书，总该对母亲说上几句，可是清显只做了一般事务性的
嘱托。

听到病人痛苦的呻吟，本多立即收起信纸，接着走向对面
的卧铺，瞧着他的脸孔。

"怎么啦？"

"胸口，很疼，像，像刀绞一般。"

清显直喘粗气，断断续续地说。本多一时不知如何是好，
他用手轻轻摩擦清显疼痛的左下胸。灯光黯淡，依稀照射着清
显痛苦的面庞。

然而，他那疼痛得有些扭曲的容颜依然俊美，痛苦无形中
给了他灵气，使得那张脸孔具有青铜般严谨的棱角。漂亮的双
眼泪水盈盈，眼角向紧蹙的眉梢吊起，双眉攒聚，反而显得虎
虎而有生气，眸子里平添了点滴黝黑的悲怆的光辉。端正的鼻
翼不住翕动，仿佛要向空中捕捉着什么，因发烧而干燥的嘴唇
里，灿烂的门齿散射出珍珠贝内部的光彩。

不久，清显的痛苦减轻了。

"还能睡吗？还是睡睡好啊。"

本多说道。他怀疑，自己刚才看到的清显痛苦的表情，莫非是他在这个世界的终极见到了禁止观看的隐秘而表现的欢乐之情？对于看到这一隐秘的朋友产生的嫉妒，沉浸在微妙的羞耻和自责之中。本多轻轻摇动着自己的脑袋，悲哀弄得他有些神志麻木，渐渐出现一些连自己都感到莫名其妙的感情，犹如蚕丝萦绕心头。他为此而感到不安。

刚刚看似迷糊了一阵子的清显突然睁开双眼，要本多伸过手去。接着，他紧紧握住本多的手，说道：

"刚才做了个梦。还会见到的，一定能见到，就在瀑布下边。"

本多暗自思忖，清显的梦境想必是自家庭园，他在心中描绘着侯爵家广大园林的一角，九段瀑布依旧奔流不息。

回到东京两天之后，松枝清显死了，这年他二十岁。

尾注——"丰饶之海"出典于《浜松中纳言物语》中梦和转生的故事。另外，这一书名是根据月亮之海的一部分，即拉丁语 Mare Foecunditatis 翻译的日语。

第一卷终

译后记

　　三岛由纪夫的"丰饶之海"系列小说，是作者生前最后写作的四部曲，包括《春雪》(1965)、《奔马》(1967)、《晓寺》(1968) 和《天人五衰》(1970)。这部作品规模宏大，时间跨度久远，从大正初年 (1912) 到二十世纪七十年代约六十年，几乎涉及这个时期内的所有重大历史事件，是一部全景式的巨著。这部被日本人称作"大河小说"的作品，对人生中的根本问题一一加以考问，诸如生存、爱恋、战争、死亡和佛缘等，最后演绎出"世事皆幻象，人生即虚无"这样一个主题。作者认为，这个世界表面上看起来是轰轰烈烈的"丰饶之海"，其实是既无水又无空气的沙漠之海，死亡之海。"丰饶之海"第一卷《春雪》，连载于 1965 年 9 月号至 1966 年 1 月号《新潮》杂志。这一年，除了《春雪》之外，作者还发表了短篇小说《拜谒三熊野》(《新潮》1 月号)、《月澹庄绮谭》(《文艺春秋》1 月号)、《孔雀》(《文学界》2 月号)、《早晨的纯爱》(《日本》6 月号)，此外还写作了戏曲《萨德侯爵夫人》(《文艺》11 月号)。

　　《春雪》的开头和最后都笼罩在一片阴惨的"死"的氛围中。得利寺吊慰战死者的悲壮而凄厉的场景，返京的火车上松枝清显垂危时苍白的病容，一脉相承，更与第四卷《天人五衰》的结尾老尼聪子所守望的空阔寂寥的山寺遥相呼应。读完"丰饶之海"的心境，同读完哪部小说的心情相仿佛呢？仔细想想，或许和读罢《红楼梦》差可比拟。

《春雪》无疑是四部曲中写得最成功的一部，典型代表三岛文学的浪漫精神、贵族情趣、王朝憧憬和天皇制情结。这部作品在艺术表现上一如既往，依然是一副"三岛流"的笔墨，奇思妙幻的构想、云谲波诡的情节、诗意充盈的描摹、汪洋恣肆的文字，不厌其烦、发人警醒的哲学思辨等等，都达到十分完美的地步，在当代日本作家中，这种风格显得特别突出。其中，"游园""赏雪""幽会"和"访寺"等场景，尤为细腻动人。

《春雪》始译于今年7月，当时另一部长篇《禁色》的中译本刚刚出版，《春雪》和《禁色》都是长篇巨著，竟然能耐着性子用电脑一个字一个字"敲"出来，连我自己都感到是个奇迹。而今，三十万字的《春雪》临近年底就完成了，其间，还插译了一部作者自选短篇集《鲜花盛开的森林》。不用说，这半年对我来说也许是最紧张的时期，除了上课、研究指导和跑医院，我几乎将所有星星点点、针头线脑儿般的"闲空儿"都用来译三岛了，可谓"焚膏油以继晷，恒兀兀以穷年"。如果一切顺利而不出意外，包括新译、旧译和老版翻新在内，新的一年里我将有十部译作（七部中长篇小说，三部散文随笔集）陆续问世，应该说是译事生活中的一个小小高潮。

走笔至此，远近寺院的钟声刚刚敲响，2011年只剩几分钟了，我突然意识到，这悠悠的长鸣之中，不也有清显苦访聪子而未果的月修寺的钟声吗？

昔我往矣，杨柳依依。今我来思，雨雪霏霏。

陈德文
二〇一一年除夕钟声中
于春日井高森山庄闻莺书

图书在版编目（CIP）数据

春雪 /（日）三岛由纪夫著；陈德文译 . — 北京：
北京联合出版公司，2021.1（2025.4 重印）
ISBN 978-7-5596-4654-5

Ⅰ . ①春… Ⅱ . ①三… ②陈… Ⅲ . ①长篇小说—日
本—现代 Ⅳ . ① I313.45

中国版本图书馆 CIP 数据核字（2020）第 203654 号

春雪

作　　者：〔日〕三岛由纪夫
译　　者：陈德文
策划机构：雅众文化
策 划 人：方雨辰
出 品 人：赵红仕
特约编辑：陈雅君　马济园
责任编辑：高霁月
装帧设计：typo_d

北京联合出版公司出版
（北京市西城区德外大街83号楼9层　　　100088）
北京联合天畅文化传播公司发行
山东临沂新华印刷物流集团有限责任公司印刷　　新华书店经销
字数255千字　　787毫米×1092毫米　　1/32　　14印张
2021年1月第1版　　2025年4月第6次印刷
ISBN 978-7-5596-4654-5
定价：58.00元